問學

三升斋续笔

荣新江　著

浙江古籍出版社

图书在版编目（CIP）数据

三升斋续笔 / 荣新江著 .-- 杭州 ：浙江古籍出版社，2021.7（2023.3 重印）

（问学）

ISBN 978-7-5540-2044-9

Ⅰ . ①三⋯ Ⅱ . ①荣⋯ Ⅲ . ①随笔—作品集—中国—当代 Ⅳ . ① I267.1

中国版本图书馆 CIP 数据核字（2021）第 098915 号

三升斋续笔

荣新江　著

出版发行　浙江古籍出版社
（杭州体育场路 347 号　电话：0571-85068292）
网　　址　https://zjgj.zjcbcm.com
责任编辑　伍姬颖
封面设计　吴思璐
责任校对　吴颖胤
责任印务　楼浩凯
照　　排　浙江时代出版服务有限公司
印　　刷　浙江海虹彩色印务有限公司
开　　本　787mm × 1092mm　1/32
印　　张　10
字　　数　210 千字
版　　次　2021 年 7 月第 1 版
印　　次　2023 年 3 月第 2 次印刷
书　　号　ISBN 978-7-5540-2044-9
定　　价　58.00 元

序

浙江古籍出版社王旭斌社长约我给他们社策划的“问学”丛书提供一部书稿，盛情难却，随口就答应下来。“问学”是个很好的题目，因为我们做“学问”的人，都是从“问学”开始的，每个人都有自己的“问学”历史。

我的“问学”经历既辛苦，又幸运。“文革”结束之后的1977年恢复高考，1978年我正好高中毕业，非常幸运地考入北京大学历史系，跟从各位名师学习中国史、敦煌学、中外关系史等。但因为中小学底子太差，所以读起来颇为辛苦。改革开放以后，1984年我又走出国门，在研究生的最后一年中，幸运地来到荷兰莱顿大学，跟从著名汉学家许理和教授治学，并以荷兰为基地，走访了英、法、德（当时分东西德）、丹麦、瑞典等国的图书馆、博物馆，搜集资料，拜访学人，收获极多。但中学时没有学过外语，是免试才入大学，所以需要艰苦努力，才能与外国学者对话。这些“问学”经历，我曾经在几次讲演中有所述及，包括治学的门径和方法；也曾以“海外书话”的形式，把荷兰的见闻记录下来。

这些讲稿和记述，构成本书的第一部分——问学求索之路。

一个人在“问学”过程中，除了有机会亲聆一些大学者的謦欬之外，更多的情况是通过读书来向大学者“问学”。去岁我曾编辑一册《从学与追念》的小书，把亲身向一些前辈问学经历的记录汇集起来，这中间包括邓广铭、周一良、季羡林、饶宗颐、宿白、王尧、冯其庸等先生。在本书中，则选取若干我阅读一些前辈学者的著作而求学的文字，包括陈寅恪、郑天挺、季羡林、饶宗颐、姜伯勤等先生。虽然文章撰写时各自有各自的主题方向，并不能全面展示这些大学者宽广的学术领域，但辑在一起，正可以构成本书的第二部分——跟着大家来读书。

学人“问学”的一个门径，就是到处去“问学”，到处去找材料。我所研究的主要方向在敦煌、吐鲁番文书和中外关系史、西域史，这些方面传统史籍记载不详，需要我们时常到当地考察，并走访东西洋各国，去搜集散在四方的资料。这方面有文书，亦有碑刻；有文物，也有图像，还有东西方学者所撰写的大量学术论著，都在收罗范围当中。这里收录的几篇文章，正是想表现笔者在“问学”过程中，为上述目的在几个方面穷追不舍的情况，这构成本书的第三部分——把握新材料与学界动态。

本书所收，多为随笔类文章，与去年凤凰出版社所刊拙著《三升斋随笔》类似，故以“三升斋续笔”为名。此书之成，全赖王旭斌社长的提议鼓动，在此感谢。

荣新江

2021 年 3 月 5 日

目录

CONTENTS

问学求索之路

谈谈治史学的方法

我在开始做历史研究时，并没有认真仔细地思考过什么是史学方法，因为我是北大历史系78级本科中国史专业的学生，是“文革”后历史系第一个中国史专业的班，教我们的都是一流的好教师，所以我们都是一直跟着老师慢慢地做出来，受那一代学者治学方法的影响较多。从上学时，我就得到过一些很好的教益，当时的系主任邓广铭先生是宋史专家，他强调治史学有四把钥匙：目录、职官、年代、地理。要是把这四个方面都熟悉了，做史学研究就可以触类旁通。我后来留校任教，在北大开了一门课，叫“学术规范与论文写作”，其实从严格意义上来说不是一门课，本来是我和自己的研究生在周末的一个讨论，叫做“周末杂谈”。一个星期聊一个方面的内容，比如说怎么使用工具书；外文杂志的查阅应该从哪里入手，哪些是西方一流的刊物；研究某一问题时，到哪里去找相关的研究文献，某一研究课题的行家都是些什么人，他们的文章主要发表在什么刊物上；怎样追踪新的考古资料，怎样找寻古老的图片资料等等。可能这些东西是比较琐碎的，但是最后的实际效用却是比较明显的。

其实治史学的方法和其他人文、社会科学的研究方法没有太大的区别，当然有一些处理古籍、考古材料或者找寻这些材料的一些基本的、特殊的做法。

我觉得有两点应该强调：一是学术贵在创新，一是学术要守规范。这个大道理谁都明白，但是要做起来，特别是史学研究，需要很长时间的积累。用邓广铭先生的话来说，就是“史学没有神童”。要想有创新是要通过相当长的训练和积累，史学的训练不像搞科学的那样需要有天才和创新能力的人，是一般人通过一定的程序和艰苦的积累就可以达到一定的境界。也就是说搞史学创新的前提是要一个很长时间的积累，这个积累的时间可能是十分漫长的，对于学史学的研究生，我们有的老先生是不提倡早发表论文的。从史学来讲，用什么样的一个方法达到创新的境地，做起来并不是很容易的。下面就我做学问期间的一些经验和教训，以及在史学创新过程中摸索的方法，来同大家交流讨论。

我们做敦煌学研究的人都知道陈寅恪先生的一句名言：“一时代之学术，必有其新材料与新问题。取用此材料，以研求问题，则为此时代学术之新潮流。”“敦煌学者，今日世界学术之新潮流也。”他提到的“新学”有两个方面，一个是新材料，一个是新问题。我在敦煌学里做了二十年的工作，接触的海内海外学者还是比较多的，我觉得中国的学者一直在追求新资料，因为敦煌的资料是陆陆续续发表的，大概一直到20世纪的末期，由于一些中国的出版社的努力，才基本上把敦煌文献95%以上用很好的图版出版了。由于获得新资料越发困难，所以敦煌学者就愈加追求新资料，给他一篇文书就写一篇文章，看起来敦煌学的研究成果非常大，实际上我觉得水分也非常多。仔细斟酌就可以看出，有些选题不是很好，有一些过于琐碎，放着很多重要的问题不做，而去考究一个非常小的方面，没有太大的意义。

我觉得在敦煌学界一个最重要的问题就是没有注意考虑新的问题。敦煌学实际是隋唐史和魏晋南北朝史的一个分支，当然它的面比较广，除了历史之外，还有宗教、艺术等方面。这可以看作是一个好的方面，因为它杂、广，因此容易从中选题去研究，但是实际上，在敦煌学里可以产生新的课题的方面，搞敦煌学研究的学者可能也不甚清楚和明了。比如说均田制，已经有五本相关的书出版，但还是有人在研究这个问题，我觉得再研究也研究不出什么新的东西了。

比如，东西方学术界现在有很多的论文和论著对“印刷术”都有更进一步的研究，就是不仅仅停留在印刷史层面的研究，现在是一个非常热门的话题，如最近哈佛大学召开了一个关于印刷术的会议。我认为把印刷术和不同历史阶段的社会、文化结合起来，就是要把印刷术放在整个社会中的作用的层面来研究印刷术，而不是研究印刷术本身的技术层面，是很有前景的研究。这在近年来的西方是一个热门的话题，主要是受后现代主义的影响，他们认为对所有的文本都应该进行重新探讨，首先证明当时写作的正确性，然后才能看出历史正确与否。

后现代对我们过去的历史研究是有颠覆性的，他们认为我们研究所依据的材料是错的，所以整个研究都是错的，他们现在主要是在做清理性的工作，比如说男性书写者在写女性的时候就不可靠，要找那些专门给女性书写的印刷品来佐证。实际上，如果我们也积极回应后现代的思潮，也采用其合理的思考，同时也不否定正确的文献记载，则所有材料有重新考虑的必要，所有问题也焕然一新。例如从敦煌写本看到的王昭君与正史里看到的王昭君是不同形象的，敦煌写本里有很多下层民众阅读和书写的材料，实际上是一个非常好的反映唐朝社会文化的横断面，有高中低之分。通常我们看到的关于唐朝的史料都是高层的东西，看到的都是长安文人、贵族的生活等，关于下层的社会、文化其实反映在敦煌写本里。可是我们搞敦煌文化研究的人过去在这方面做得很少，完全是以传统的逻辑思维去处理敦煌的材料。所以我觉得新材料是不能否认的，但要有新的研究方法，新的思路，新的问题。

在当今的中国，新材料在不断地出现。长江流域的简牍日新月异，马王堆还没整理完，其他像长沙走马楼一轮轮的不断地有新东西出现。现在城市都扩大到了墓葬区，像西安，整个城市都扩大到汉唐时期的墓葬区了，只要是一个居民区一动工，一大片文物就出来了，特别是墓志，对于我们研究历史的尤为重要。我现在有一个课题就是做长安的研究，我发现过去墓志主要集中在洛阳附近，现在大量长安周边的墓志发表出来，对于我们理解长安城里的社会史、政治史非常非常有价值。

现在出版业也非常发达，把一些过去秘藏在图书馆里的珍本，像《四库全书存目丛书》、《续修四库全书》等出版了，这里面都有一些非常珍贵的史料。你要是对版本目录很熟的话，就可以剥离出哪一本是新书，哪一本是过去已经发表过的，有很多书可能是我们没有看过的，只要仔细地翻一翻就有可能找到很多新东西，包括新影印的《永乐大典》，其中就有好几本是新的，在过去绝对是看不到的。

新的中文资料不断地涌现是我们做研究最能体现实力的方面，但是我们也应该吸收西方一些史学理论的观点。从翻译的角度来看，在中国，当今许多最时髦的世界社会科学理论的书已经有了中文版，国内有一个很大的翻译队伍以非常快的速度将当今西方社会科学理论翻译过来。当然我们要掌握一个西方社会科学理论并运用到自己的研究中，对该理论本身的学术史应当有一个清理，回到原著去认真阅读，这比我们以前教条地运用某一两个理论来套自己的研究的状况要好得多了，我们现在可以借用非常多的理论综合起来运用到自己处理的一个问题中去。

从新史料和新问题的角度，我们做历史的有几个方法：一个是掌握目录，清理学术史。在中国特别是搞历史的一些老辈的先生比较注意原始资料。做隋唐史的不管什么人，我们历史系一贯的方法就是一部《通鉴》、一部《唐六典》，老师通常告诉学生要守住一部书。比如说你要研究制度，就必须通读《六典》，在这个基础上可以交叉产生多种研究的路径，这是做史学的人应该掌握的一种看家本事。另一个就是政治史的脉络，老师们强调《通鉴》的重要性，原因正在于此。当然《通鉴》并不好读，因为是编年体的。

我虽然没有留过学，但是通过对许多西方著名的研究中心和图书馆较长时期的利用经历和体会，我觉得西方学者比较注重学术的积累，他们的学术研究，一步一步的进步和积累是很清楚的。他们有着很好的而且是强有力的书评制度，对一本书的好坏要做出准确的评价，这样慢慢地养成一种重视学术史积累的习惯，一代一代人，一步一个脚印地走下去。

中国的学者比较强调对原始资料的研究，我觉得在这方面，一些老先生可以在对原始资料参读得比较透彻的情况下，处理一个问题时能准确地将这个观点说出来。但是如果一个年轻人对于史料研究得不透，在不了解全面的学术史的情况下，仅仅是依靠几条原始资料为出发点，那么往往是在别人后面爬行，将别人已经取得的成果跟着写，甚至是别人用错了一条史料也同样跟着用错。

我要求学生一方面要继续研究原始史料，另一方面很重要的就是要“倒着看”学术研究成果，即在看了最新的研究成果后要再往前追溯以前的成果。如果这个新的研究成果很好的话，可能它就对学术史进行过清理，其实这就是帮助你知道了哪些文章值得看，哪些不值得看。特别是一些大家的书最值得重视，读书的时候应该先读陈寅恪、唐长孺等最好的老师的文章，站在他们研究的高度上，你再思考的问题就是他们之上的问题了。

在现在电脑如此发达的社会背景下，我个人认为研究方法要更新，即使一些史学研究的老先生认为电脑联机检索破坏了一种学习的方法，但我认为如果不介入这些先进的科学技术，而还是用老的研究方法，我们是无法超过老一辈的先生的。我觉得现在做历史研究应当对自己要研究的专题进行一个学术史的清理，做自己专题的目录，通过整理目录、翻阅各种论文杂志，就会慢慢地淘汰一些东西，从中选择出哪些是自己需要的，然后写一些专题的述评的文章，但不是写流水账。在可能花费很长一段时间清理了学术史之后，自己要做什么，哪些地方值得做，就会凸显出来。有的是通过对那些大家文章的研读，从中了解我们有哪些东西值得做；有的时候是自己悟出来哪些地方是薄弱环节，是可以做研究的。

第二个方法就是史料的积累。在看学术史的同时，肯定也在读原始材料，也在读古书，就是要做史料的积累。过去搞历史的先生最强调的就是史料的积累，这种做法就像做《续资治通鉴长编》一样。在这个过程中，要把跟这项研究有关系的史料，只要沾上一点边就都要收集起来，或者按编年的方法，或者按主题的方法，要把史料整个做一个系统的搜集。这需要一个比较长的时间，可是现在的研究生，特别是博士生，学习的时间太短，在学习期间常常做不完这样的搜集性工作。

在以上两个前提之下，应该做一个研究的选题，这个选题说近了是对博士、硕士论文的选题，说远了是对于一个人整个学术研究取向的一个非常重要的选择。史学家刘知几说：研究历史的人有三个素质，叫才、学、识。做历史的一般都强调刘知几的这种说法，“才”是指个人有不同的才能，要根据个人“才”的大小，天分的高低，来做一些偏理论或者是偏实证的东西。“学”是指后天的培养。这三条当中最重要的就是“识”，就是识见，实际上是一种选题，就是要能够看到这个选题有出路，有远识。比如我们在八十年代初的时候做敦煌研究，就是一个很有“识见”的课题。对于现在的研究生来说，根据自己的才能和学识来为自己选题是非常重要的，是值得深思熟虑的方面。

从历史学的发展或者是整个大的史学发展趋向来看，现在一个重要的现象是中心和边缘问题的位置在互换。比如说北大历史系，过去的先生最主要研究的方面就是政治史和政治制度史，不仅仅是本系研究最辉煌的一方面，也是中国古代史研究最重要的一方面。当然由此牵带出有关于家族、氏族的研究，但都是附在政治史和政治制度史上面的，比如研究魏晋南北朝的时候，当然要研究那些大的家族、氏族的问题，由此引带出一些地域的问题，但都是跟着政治史和政治制度史走的。最近这二十年来，中国学术的发展非常快。一方面是理论的掺入比较快，有一些年轻人是专门以理论为号召的，我也十分赞同他们的观点。但是怎么把理论运用到历史研究里？现在还是比较教条的，生搬硬套的多。受西方学术思潮的影响整体上来说是一个很好的事情，提供给我们做史学研究的新的思考方式和方法。

话还是回到中心与边缘问题上来，就是从整个史学的情况来看，过去我们认为是很边缘的课题现在开始中心化了，而一些中心的课题往往开始边缘了。过去做隋唐史的，随便找一个官职就能写一本书，或者在三省六部制度里研究一个方面，如监察制度，就能做一本博士论文。从现在情况来看，在计算机检索功能发展的前提下，这种题目的选择就显得太简单了，或者说不好玩了，我想逐渐会被淘汰。这就像敦煌卷子的定名一样，过去要比定一个残片是属于哪部佛经非常不易，现在一点《大正藏》电子文本，基本上可以马上确定，这样的工作已经是一般随便什么人都可以做的事了。

从历史研究来讲，题目一定是要经过你脑子思考出来的东西，光靠文本的堆积就没有意义了。于是，很多需要人思考、需要人自己整合的一些社会史、性别史以及区域的研究，这些题目变得很重要了，这些题目不好用一次性的电子文本检索出来的东西。所以，北大在做“盛唐项目”时，我是非常鼓励对盛唐时期的妇女史、宗教史或者是地域社会史等方面的一些研究，当然也要保持传统的做政治史、制度史的研究优势。我觉得在这些新的课题方面是有很多可以开拓的领域，这些领域往往在历史学与其他学科交界的地方，像妇女史、宗教史等。我国过去做宗教史的人基本上是做义理方面的，主要是做思想史和哲学史层面的问题，并没有把佛教、道教作为一个历史来看待，不是把它放在一个特定的地域和空间。

我觉得在做选题和跨学科的研究的时候，不要受具体学科的限制。这里我讲我本人的一个研究例子：我曾经发表过一篇文章，叫《一个入仕唐朝的波斯景教家族》，我做了两块墓志，该墓志1980年发现于西安东郊西北国棉四厂职工子弟学校操场上，在发现后十几年时间里没有人做相关的研究，只是通过一个简报的形式通报过。通过对墓志的研究，我发现该墓志太重要了，墓志上反映出该墓葬的主人名叫李素，是波斯人，其父亲为广州别驾，也就是副市长级别的官职，那么可以想象为什么当时要一个波斯人来当广州市副市长呢？显然是因为广州是一个波斯人很多的地方。李素这个人是有特长的，他在大历年间被朝廷调到司天台任职，我通过对天文学史的对照，发现恰巧在大历十二年（777），来自印度的三代天文官员的最后一位瞿昙譔去世了，所以把李素这个具有波斯血统的天文学家调到司天台任职，他一直干了五十年，最后当了司天监。所以说这个墓志是一个很重要的天文学史和中外关系史的材料，但就是因为用一个简单的简报的形式处理发表，导致一直没有人注意。我把李素在长安的五十年仔细地清理了一遍，发现该人不是一个简单的人物，在他任职期间唐朝译进了一本用于天文占卜的书，叫《都利聿斯经》，或者叫《聿斯四门经》。对于这本书，有两个学术系统的人在研究，一个是研究中外关系史的，通过对书的作者的研究发现这很可能是波斯系统的占星术书籍。另一个系统就是搞科学史的，一个日本学者叫做矢野道雄，京都产业大学研究占星术的教授，他用英文写了一篇非常短的文章，叫《托勒密在中国》，他猜“都利聿斯”就是“托勒密司”（托勒密），《四门经》就是托勒密的占卜书*Tetrabiblos*。书名和人名都是如此的相对应，让人不得不相信。把上述材料串起来，可以看出实际上是李素在做司天监时，在原来印度学者翻译《九执历》的基础上，开始引进波斯系统所传的希腊占卜术，波斯和希腊混合的一种占卜术由此传到中国来。我们可以看到晚唐的社会上流传着一些用中国的占卜术无法解释的技法，比如杜牧《自撰墓志铭》所用的占卜术，并不是中国传统的占卜术，其实就是波斯系统的或者是托勒密系统的占卜术。最近，有学者根据更多的《都利聿斯经》的文本来看杜牧的自撰墓志铭，把这篇原来在唐代文学里全都读不懂的文字，通过《都利聿斯经》而完全解释明白了。实际上，这反映出在杜牧所在的唐朝后期，波斯系统的占卜术已经传进来了，可能对天文学没有太大的贡献，但是对于天文星占术是有很大的贡献。这个系统一直影响到宋代，大概到明代的《星历大全》都有相关记载。另外一个非常重要的发现，就是通过对来长安的波斯人的清理之后，我发现在李素来长安后不久，长安就建立了《大秦景教流行中国碑》，我们通常看到的景教是以叙利亚为基地的，但是从碑文上的人名还原回去，发现大部分的人名不是叙利亚人而是波斯人，证明唐代长安景教僧的主体是波斯人。令人惊奇的是，碑文上用叙利亚文和汉文对照书写的一个人名“Luka（路加）/僧文贞”，和李素的字“文贞”完全相同，通过对该碑文的重新考证，发现李素是景教在长安的俗家信仰者。李素就是皇帝内廷的御用占卜者，当外廷占卜结果出来以后，需要李素再用波斯的方法进行占卜，把不同的占卜结果交给皇帝。我觉得这是一个从选题到研究可以给年轻学生做范本的典型例子。

（此为 2005 年 4 月 15 日在“技术史研讨会”上的讲演，由会议主办方据记录整理而成，并经笔者校订，2005 年 8 月 2 日完稿，载张柏春、李成智主编《技术史研究十二讲》，北京理工大学出版社，2006 年 4 月，13—28 页。）

欧洲学院的缩影

——莱顿大学汉学院

2002 年 9 月 8 日，当我登上 KLM（荷兰皇家航空公司）飞往阿姆斯特丹的班机时，我的思绪就一下子回到了十八年前，回到了我初访荷兰的那段难忘岁月。那时北京还没有直飞阿姆斯特丹的班机，那次也没有像这次一样有同去开会的同伴，我独自一人，先乘中国民航的班机从北京飞往巴黎，再转法航飞阿姆斯特丹，对于头一回踏出国门的年轻学子来说，不免有些紧张。

1984 年 9 月至 1985 年 7 月那段在欧洲访学的经历，在我这次从北京经阿姆斯特丹到柏林的来回旅行中不断翻滚，勾起一桩久已盘桓脑海的心愿，那就是尽早把 1984 年以来在海外的读书生活、访学经历记录下来，以免曾经的一切随着岁月的流逝而成为过眼烟云。

我的“海外书话”，自然要从我第一次出国时留学的地方——荷兰莱顿大学汉学研究院说起。

作者在莱顿汉学院门口（1984）

我的所谓“留学”，和当时出国攻读博士学位的精英们的留学不是一回事，因为我是在北大历史系攻读隋唐史专业的研究生的最后一年，由于业师张广达先生的推荐，系主任田余庆先生、书记张万仓老师的大力支持，以及一些热心人的帮助，利用北大历史系和莱顿大学汉学院交换学人的机会，得以负笈莱顿，在那里读了十个月的书。因此，我在莱顿具有双重身份，既是留学生，也可以说是访问学者。我在那里只待了不到一年，当然不是读上七八年书的真正意义上的留学。不过，从我自己来讲，这可真是一次难得的读书、学习的机会，更何况，我当时正在从事古代西域王国于阗的历史、唐宋时期敦煌的历史和中古时期西北地区的民族史等课题的研究，因此奢望能借此机会，不仅收集西方文献中的资料，也能拜访有关学者，调查从中国西北甘、新、蒙、藏地区流散出去的历史文献。

莱顿大学（Leiden University）是欧洲著名的学府，这里的汉学已有一百年以上历史，从早年的汉学讲座，到 1930 年以后成立的汉学研究院（Sinological Institute），我们只需看一下历任汉学讲座教授和汉学院院长的名字：施古德（Gustaaf Schlegel, 1840–1903）、戴闻达（Jan Julius Lodewijk Duyvendak, 1889–1954）、何四维（Anthony F. P. Hulsewé, 1910–1993），就可以知道莱顿汉学在近百年的欧洲汉学史上，带给荷兰汉学的辉煌。我为能够在这里读书而感到庆幸和骄傲。

更值得庆幸的是，负责指导我的老师是当时的汉学院院长许理和（Erik Zürcher, 1928–2008）教授，他以两卷本《佛教征服中国》（*The Buddhist Conquest of China*, Leiden 1972）闻名学界，那时他正研究明末以来福建地区基督教的传播史。他工作非常繁忙，平时大约一个月和我谈一次话，对我的问题略加解答，更多的时候是帮助我联络出访的事情。我记得他的研究室里放着一套《大正藏》，衬托出他研究佛教的背景，虽然他的范围远不止佛教。1996 年我第三次去莱顿看望早已退休的许理和教授时，也曾到他原来的研究室，拜访当时已经接替他职位的施舟人（K. Schipper, 1934–2021）教授。施先生以研究道教著称，所以汉学院的学生们戏称："我们现在已经不是佛教徒了，我们现在是道教徒了。"

可以说，我在莱顿的那段日子，是我迄今为止最难忘、最美好的一段读书时光，没有应酬，没有压力，自由自在，随心所欲地在书的海洋中畅游，特别是可以看到那么多自己在北京找不到的图书和文章。

开始时，我主要是在汉学院的图书馆看书。这个专业图书馆不大，大体呈正方形，前面较小的地方摆放着学生们阅读的书桌，还有现刊的书架，以及一个不大的借书台，馆内平时无人，学生要借书时，要先到图书馆办公室叫馆员去书库里找，然后填条借走，还书则是往桌上一放就行了；后面比较大的部分是书库，书库的四周设计了一圈靠墙的台面，供博士生和像我这样的访问学者使用。在这里，我和许理和教授的博士生、曾在北大留学过的钟鸣旦（Nicolas Standaert）朝夕相处，成了好朋友。书桌的背后，就是一排排整齐的书架，摆放着普通书籍，有中文线装书，也有中、日、西文平装本或精装本书。对于我们在书库里阅读的人来说，这些书取用十分方便，我们可以把许多相关的书拿到自己身边对读。书库的中间是一个“库中之库”，里面是有轨道滑轮、可以移动的密集书架，存放过期的期刊和待处理的副本书。旁边是一间平日上锁的小房间，里面是一些属于善本的线装书和地图、绘卷等，主要是荷兰著名汉学家高罗佩（Robert H. van Gulik, 1910–1967）生前收集的黄书，这些书和北大图书馆的马廉藏书一样，在研究明清小说的圈子里很有名，而高氏所藏不仅仅是小说。

汉学院图书馆的中文书当然没法与北大图书馆相比，但是，在北大图书馆不方便阅览的港台杂志，这里却可以随意翻阅，我曾用极快的速度翻检了 1949 年以后出版的《史语所集刊》、《大陆杂志》、《食货月刊》、《中华文化复兴月刊》、《新亚学报》等，复印了一些自己感兴趣的唐史和敦煌学方面的论文，如严耕望的《唐方镇使府僚佐考》、毛汉光的《〈唐代墓志铭集释〉总序、凡例及引用书籍》、陈庆隆的《从借字看突厥、回鹘的汉化》、梅应运的《唐代敦煌寺院藏经之情形及其管理》等文章，我最早就是在这里复印的。我还复印到许多散在港台杂志中的陈祚龙先生抄录的敦煌文书，因为法国出售的敦煌卷子缩微胶卷不够清晰，所以陈氏抄自法藏原卷的文字值得珍视。

对于我来说，汉学院图书馆更有价值的，就是西文书刊。固然北大图书馆因为有北大和燕京大学图书馆的底子，1949 年以前有关汉学的西文书并不算少，甚至五十年代困难时期，西文书仍然是无间断地购买，这大概和向达先生担任馆长不无关系。但六十年代以后，特别是"文革"期间，北大的西文书奇缺，甚至连西文定期刊物，也断了线，往往缺少这些年份的。借此机会，我不仅可以通检有关汉学的杂志，如就在莱顿汉学院编辑的《通报》（*T'oung Pao*），还可以系统浏览数十年来西方汉学或者说中国学的主要成果。

汉学院图书馆的馆长是从美国来的马大任（John Ma）先生，他在康奈尔大学图书馆任职时，曾有机会走遍全球，搜求汉学资料。我当时正在收集有关敦煌、吐鲁番写本的收藏信息，从他那里得到不少资讯，在与欧洲一些图书馆联络时，也得到他不少帮助。我时常和他谈到法国汉学家伯希和（Paul Pelliot），有一天他告诉我，他曾从罗马的梵蒂冈教廷图书馆（Biblioteca Apostolica Vaticana），复印回一本伯希和编《梵蒂冈图书馆所藏汉文写本和印本书籍简明目录》（*Inventaire sommaire des manuscrits et imprimés chinois de la Bibliothèque Vaticane*）的稿本，因为我当时的兴趣不在明清时期流散出去的汉文书籍，只是找出来翻阅了一遍，并未特别措意。到 1991 年我重访莱顿汉学院时，马大任先生早已离开，知道这个稿本的人恐怕不多。当时正在调查明清时期流散在外的中文古地图的北大同事李孝聪先生、正在编辑意大利所藏汉籍目录的京都大学高田时雄先生也都在莱顿，我们一起参观汉学院图书馆。当我提到这个稿本时，他俩都很感兴趣。我很快凭着记忆，找到了它，他们两位都叹为秘籍。高田先生随后几次到梵蒂冈，据稿本仔细核校原书，终于把伯希和这部遗稿整理成书，1995 年 12 月，由京都的意大利国立东方学研究所（Italian School of East Asian Studies）出版，列为该所的《参考文献丛刊》第一种（*Reference Series* 1）。我想，如果没有马大任先生的努力，没有莱顿汉学院对这一稿本的收藏，也就不会有高田整理本的出版。伯希和这本书，对于海外汉籍的调查和明清中外关系史的研究，都极富参考价值。所以，高田的整理本出版后，我也写了一篇书评加以介绍（见中国中外关系史学会编《中西初识》，大象出版社 1999 年 3 月版）。

汉学院图书馆虽然是汉学的图书馆，却也收藏了不少有关中亚的图书，甚至还有更广义的东方学图书。我开始调查海外敦煌吐鲁番文献时，有一本可谓是指南的书，即皮尔森（J. D. Pearson）《欧洲和北美收藏的东方写本概述》（*Oriental Manuscripts in Europe and North America: A Survey*, Switzerland 1971）一书，我记得就是放在图书馆书库一进门的头一个书架上的，所以很快就被我找到了。这本书的确给了我很多帮助，不仅提示了敦煌、新疆出土各种语言文献的具体所在，而且我后来查访《永乐大典》，也是从它开始的。

除了读书之外，我在汉学院图书馆还得到了意想不到的收获。荷兰在欧洲是个富有的小国，其国人善于经营，且十分节俭。为了节省经费，荷兰政府规定，全国只有莱顿大学汉学院可以买汉文书，而其他大学或政府机关要是收到用汉字写的书，也要寄送到汉学院图书馆收藏。这样一来，就使得汉学院图书馆的书库中留存了大批汉文书刊的副本，当然最多的是台湾国民党的“反攻大陆”一类的政治宣传刊物，但是有用的书刊也不少。此外，汉学院图书馆为了节省空间，西文、日文的副本书也不保存，即使是已经加盖了藏书印的书，只要是副本，也要检出，再盖上注销的印，放在书库中间的密集书架上，等待发落。马大任先生曾用交换的方式，拿台湾出版物的副本和大陆高校等单位交换汉学院所需要的书，又拿大陆书刊的副本和台湾学术机构交换，他说有一年，没有花任何钱（莱顿大学实行邮资总付制），就为汉学院图书馆添置了不少的中文图书。

我浏览过这些副本书，其中不乏对我有用的书刊，于是和马大任先生商议，希望用低价购买一些副本书。这一想法很快得到汉学院领导的认可，于是我在密集书架中爬梳了一遍，挑选出我要的书籍，当然，我更看重的是在中国更为难得的西文书和日文书。这么多年过去了，当时买书的单子一时也找不到了，环顾四周的书架，还可以看得到的书有：

苏远鸣（M. Soymié）编《敦煌研究论文集》（*Contributions aux études sur Touen-houang*）第1集，日内瓦1979年出版，这是法国汉学界第一本集体研究成果，我步入学界的第一篇真正意义上的学术文字，应是发表在《中国史研究动态》1981年第9期上的《法国科研中心敦煌文献研究组的研究工作》，其中就有关于此论集的介绍，但我却一直没有这本书。虽然我的那篇小文章，早已为敦煌学界所遗忘，可我当时还是买下了这本书，因为对我而言，它多少有些纪念的意义。以后随着学习的进步，其中一些文章，如哈密顿（J. Hamilton）论于阗文书年代文、艾丽白（D. Eliasberg）关于归义军文书上的鸟形画押文，成为我经常使用的参考文献。

《西域出土汉文文献分类目录初稿》，共四册，最重要的是第1册池田温、菊池英夫编《非佛教文献之部·古文书类》（I）和第2册土肥义和编《非佛教文献之部·古文书类》（II）（分别于1964年11月和1967年3月由日本东洋文库印行），我们这个圈子俗称之为“东洋文库目录”。因为这个目录专收佛教文献之外的资料，而且每个号下，附有编纂年代以前的研究文献索引，有的号下还抄录了文书的原文，所以对于我们从历史角度来研究敦煌文书的人来说，最为有用。在国内时记得只有中科院图书馆有，使用起来非常不便。大概是因为被看作是汉文书籍的原因，汉学院图书馆竟收有四套副本，我得到了两套，把其中一套送给了张广达先生。

羽田亨《西域文明史概论》，这是西域史研究领域的名著，虽然国内早就有郑元芳的中译本（商务印书馆 1934 年版），但精装的原书，还是十分可爱的。这一册尽管不是 1931 年的初版，而是 1970 年弘文堂书房的新装版，但是属于限定发行的第 279 册，特别是图版印制精美，彩图尤其好看，远远胜过中文本。

《铃木俊先生古稀记念东洋史论丛》，东京山川出版社 1975 年出版。铃木俊先生是研究唐史的大家，《论丛》中自然收有一些唐史方面的论文。但我当时之所以买这本书，更重要原因还是在于考虑到 1975 年这样的年代出版的日文书，在国内一定很难寻找，所以先买下来再说。果然不出所料，国内确实很难寻觅。最近，张国刚先生来信，问我是否有池田温教授的《开运二年十二月河西节度都押衙王文通牒——十世纪敦煌的土地争议之一例》，此文就在这本《论丛》当中。

伯希和与韩百诗（Louis Hambis）合著《圣武亲征录译注》（*Histoire des campagnes de Gengis Khan. Cheng-wou Ts'in-tcheng lou*），1951 年莱顿博瑞书店出版。这本书和我当时的研究无关，除了伯希和师徒的名气外，书中的签条表明是 Prof. Dr. J. J.

L. Duyvendak（戴闻达）的藏书，所以很有纪念意义。西方小的专业图书馆往往不存副本，但图书馆员在撤下副本书时，常常把值得纪念的书当作副本处理掉，而留下一本可能是比较新的书，我后来在巴黎也曾遇到过这样的事。这本书折合在一起的书页还没有裁开，表明戴闻达根本没有动过，很不好意思的是，我买这本书也真成了纪念品，因为我这次翻开它时，折合的边也还没有裁开。

此外，当时所得还有袁同礼与渡边宏合编《新疆研究文献目录（1886—1962）》、森鹿三《东洋学研究·居延汉简篇》、小野川秀美《晚清政治史研究》等书，还有收载严耕望先生考证唐代交通路线系列论文的若干《新亚学报》，收载陈槃研究敦煌《占云气书》文的《史语所集刊》等杂志单本。这些书刊虽然没有什么珍奇之处，但却是我获得的第一批值得珍藏的图书，而且大多数是有用的书。

我喜欢莱顿汉学院的图书馆，但我更喜欢汉学院的读书环境。

据说汉学院所在的地方原来是个兵营，只有一个大门和一个侧门，高两层，像个长方形的大铁罐子，扣在地上，经过改造后才成为现在这个样子的。它的大门开在中间，进门后是一个通道，右边一半是图书馆，有房顶，内部的情况前面已经说过；左边一半，边上是走廊，外侧是一间间房子，包括院长室、秘书室和每个教员的研究室，四角是大一些的教室，中间是个大天井，顶部是用有机玻璃全封闭的，下面铺着红砖，中间是花坛，天井下面

作者与南洋史家韩振华先生在汉学院天井交谈（1984）

摆放着一些圆桌和椅子。按照西方的习惯，上午喝咖啡，下午喝茶，这段中间休息时间之前，工友会把自动出售咖啡和红茶的机器放在中间的过道里，老师和同学们一边坐在天井里聊天，一边喝咖啡。因为地砖下面有暖气，所以冬天也不冷，而上面有天棚，所以夏天下雨也不受影响。

汉学院这种欧洲学院式的布局，可以把老师、同学、图书放在同一个不大的空间里，上课时可以随时从图书馆提取要用的参考书，课间喝咖啡时，可以随便向老师请教，也可以相互交换意见。这样的教学效果，比起我们的那种教室里没书，而图书馆又没有老师的情形，当然要好得多。这也使我想起有不少先生都回忆过，陈寅恪先生上课时，总是用个大包裹皮包一大堆书到教室，或许就是因为教室里没有办法拿到书的缘故吧。

汉学院的这种布局，不仅方便教学，对老师们的科研也很方便。每个老师在自己的研究室做研究时，只需把自己常用的书放在手边即可，其他书可以随时走进图书馆参考。这里的教员不像中国的先生那样自己大量买书，而是充分地利用学院的图书馆。说实话，他们每个人都拥有这个图书馆的每一本书，所以数量甚至质量上比我们自己买的书要多得多和好得多。还有一点值得称道的是，汉学院图书馆借出的书，有明确的归还期限，而且被借走的书的原处，有一个塑料夹夹着纸条，说明该书被谁借走，何时归还，这样急于使用这本书的人可以从借书的人那里找来看一下。在这样的理念指导下，汉学院的老师也常常把别人赠送给个人的一些图书，捐给本院的图书馆，因为这和放在他自己的研究室里，并无太大区别。我在汉学院图书馆里，就看到我们中古史研究中心寄给许理和的《敦煌吐鲁番文献研究论集》。这样一来，虽然没有定性的要求，但每个老师每天几乎都来“上班”，在自己的研究室从事研究或备课，这自然又促进了教员间学术的交流。

我回到北京以后，去拜访了我们中心的主任邓广铭先生，汇报我在外面的见闻。我和邓先生开玩笑地说：“您买这么多书放在家里，是封建式的经营；而人家汉学院，是资本主义式的经营。”邓先生点头。我接着说：“像您这样知名的权威，自然可以照此方式经营下去，因为宋人的著作您缺的不多，而海内外研究宋代的人，都把研究论著寄给您。可我们年轻人就不可能这样了，既要购买必要的史籍，又要搜集相关的研究著作，要达到您这样的程度，恐怕是相当困难的。”邓先生说：“我之所以创办中古史研究中心，就是想把研究者和图书放在同一个空间里，让大家每天都到这里来学习和研究。”

欧洲的学院，是知识的渊薮，是图籍的宝藏，也是人才辈出的地方。莱顿大学汉学院，就是一个欧洲学院的缩影。

（2002年10月9日完稿，2003年1月2日修订，原载《中国典籍与文化》2003年第1期，45—49页。）

神圣的殿堂

——莱顿大学图书馆东方写本与图书部

在莱顿，我最自在的读书生活，应当说是在莱顿大学图书馆（Leiden University Library）里的“东方写本与图书部”中度过的。

第一次去“东方写本与图书部”是很偶然的，因为刚到莱顿的一两个月，主要是在汉学院的图书馆里读书，到大学的中心图书馆，只是去借还书，来去匆匆，没有细瞧。一天，偶尔去三楼各处转了转，看到一间阅览室的门旁，用荷兰文写着 Oosterse Handschriften and Oosterse Letteren en Geschiedenis，根据德文相关词语的拼法和两个月来翻书目卡片时积累的对荷兰文的感性认识，我走进了这间闻名已久的阅览室。因为里面人很少，所以图书馆员特别前来关照，向我介绍这里收藏的东方写本和图书的情况。对于这里珍藏的阿拉伯文、波斯文等中近东的古代文献，我从巴托尔德（W. Barthold）的书中已经略有所知，而研究中亚史的学者经常引用的阿拉伯文史料合集——德·胡耶（M. J. de

莱顿大学图书馆正门

莱顿大学图书馆后面的小河和木桥

Goeje）刊布的《阿拉伯地理丛刊》（*Bibliotheca Geographorum Arabicorum*），就有不少抄本得益于这里的收藏。但我不懂阿拉伯文和波斯文，主要的兴趣是在伊斯兰时代以前的中亚，因此馆员的介绍没有引起我多大的兴趣，可是一迈进摆放着普通书的阅览室，我就沉浸于其中，整日没得出来。

以后一段时间里，我每天晚饭后，就到这个阅览室来翻阅图书。开始时还有一个阿拉伯人模样的小伙子，后来就我一个人了，有时静得可怕。一个人时，我时而用自己的手提打字机打打卡片，好使空旷沉寂的阅览室，略显一丝生气。但更多的时候是一人独坐高楼，在寂静的夜晚里冥想，不受外界之任何干扰，此乃何等佳境啊。

这个阅览室的走道两边，一边放杂志，一边放专刊，进门处放着现刊。有关东方学的杂志，除了特别专业的放在各个学院的图书室之外，这里几乎应有尽有，欧美各国的东方学综合性刊物，如北欧的《东方学刊》（*Acta Orientalia, Ediderunt Societates*

BIBLIOTHEEK DER RIJKSUNIVERSITEIT
Witte Singel 27, 2311 BG Leiden
Tel. uitleenbureau: 071-148333, toestel 7513
LENERSPAS
Naam: Dhr. X. Rong.
UNIVERSITEITSBIBLIOTHEEK LEIDEN
05 471909

作者在莱顿大学图书馆时使用的借书证

Orientales Batava Danica Norvegica）、《英国皇家亚洲学会会刊》（*Journal of the Royal Asiatic Society*）、《伦敦大学亚非学院院刊》（*Bulletin of the School of Oriental and African Studies*）、法国《亚洲学刊》（*Journal Asiatique*）、《法国远东学院院刊》（*Bulletin de l'École Française d'Extrême-Orient*）、《德国东方学会会刊》（*Zeitschrift der Deutschen Morgenländischen Gesellschaft*）、《匈牙利东方学刊》（*Acta Orientalia Academiae Scientiarum Hungaricae*）、波兰《东方学刊》（*Rocznik Orientalistyczny*）、《美国东方学会会刊》（*Journal of the American Oriental Society*），以及《泰东》（*Asia Major*）等等，即所谓欧美东方学的一流刊物（leading journals），都在其中。还有一些属于阿拉伯学、伊朗学、中亚学、突厥学、印度学、汉学等方面的专刊，如美国的《突厥学研究》（*Journal of Turkish Studies*）、法国的《伊朗学研究》（*Studia Iranica*）、德国的《中亚学刊》（*Central Asiatic Journal*）、澳大利亚的《印度伊朗学刊》（*Indo-Iranian Journal*）、德国的《华裔学志》（*Monumenta Serica*）等等，也都摆放在书架上，而且

是从第一期一直到最新的一期。虽然有的杂志北大或北图也有，但要一本一本地借阅，十分不便。北大的西文杂志在“文革”中大多数都中断了，像《伦敦大学亚非学院院刊》第33卷，是我最仰慕的于阗文大家、剑桥大学教授贝利（Harold W. Bailey）爵士的纪念专号，北大恰无此卷，让我遗憾不已。而这里的杂志，往往是从十九世纪后半叶的第一期，一直到最新的一期。所以我很快订下目标，要把它们通检一遍。

然而，更吸引我的还是杂志对面的专刊。因为我当时最想找的资料，是国内难觅的有关于阗的各个方面的研究成果，包括历史、语言、考古、文物、宗教、美术等方面的论著，而在西方的学科体系中，因为古代于阗人操东支伊朗语，因此于阗的研究往往散见于伊朗学的各个专刊里。所以我首先翻阅的是集中发表伊

从外面望宁静的东方写本与图书部
（1984年12月作者摄）

朗学成果的专刊，如莱顿出版的《伊朗学刊》（*Acta Iranica*）。一些著名伊朗学家的纪念文集，更是我最先翻阅的对象，在这些书里不仅准能找到我要找的资料，而且也可以满足当时年轻的我崇拜偶像的某种心理。

在西方，编辑某位学者的生日纪念文集，是一种尊师重道的好方法。从六十岁开始，遇到五年或十年整数时，某位知名学者的同事或学生往往给他编一本纪念文集来作为祝贺。这种纪念文集常常根据被纪念者的学术研究范围确定一个主题，被邀请撰稿的人皆为其同行好友或者研究范围相同的学生，因此，这样的纪念文集就成为一个学科中的一次重要的学术成果的集中展现，有时比一次会议的论文集还重要，因为会议不是所有被邀请的学者都能够参加的，而给著名学者的纪念文集写文章，是义不容辞的，而且也不敢掉以轻心。可是，这种专业性很强的书，过去在我们北大图书馆或国图很难找到。

还有，一个西方学者在他开始发表论文时，往往比较集中地发表在几种杂志上，而一旦他成名，就会出席各种学术会议，到世界各地讲演，应邀为各国的刊物撰稿，还有就是给自己的老师或同行朋友写纪念文集的文章。比如我着力收集的贝利教授的文章，开始时主要是发表在他任教的伦敦大学《亚非学院院刊》（缩写作 *BSOAS*），或者是他后来担任过主席的英国皇家亚洲学会的《会刊》（缩写作 *JRAS*），以及他参与编辑的《泰东》新辑（*Asia Major, new series*）上。在他学术生命力最旺盛的年代——30 年代初至 60 年代中，他可以在这几个刊物上连续地发表文章，没有篇数限制，亦无字数限制，更无题材限制，论文、札记、书评，随心所欲，写什么发什么。这是西方能够推出人才的一种重要的机制，即一个年轻学者一旦为其学术长辈看好，就有人为他提供一切可以提供的机会——奖学金、论文发表、参加学术会议、到外国访学等等，因此可以不断推出像贝利这样的伊朗学的大家。这和我们国内的“核心刊物”过去规定一年一人只能发表一篇，论文字数不能超过一万等平均主义的思想，完全不同。在贝利成名后，他的文章就遍布全球了，我在国内时，经常为找不到他的文章而“望洋兴叹”。比如，贝利 1955 年发表在伊斯坦布尔出版的《托干教授六十生日纪念文集》（*60. Doğum Yĭlĭ münasebetiyle Zeki Velidi Togan'a armağan: Symbolae in Honorem Z. V. Togan*）上的《于阗文中的突厥语专有名词》（Turkish Proper Names in Khotanese），1962 年发表在伦敦出版的纪念伊朗驻英国大使文集《塔齐扎迪纪念论文集》（*A Locust's Leg: Studies in Honour of S. H. Taqizadeh*）中的《〈医理精华〉序文研究》（The Preface to the *Siddhasara-sastra*），同年发表在《纪念布朗印度学研究论文集》（*Indological Studies in Honor of W. Norman Brown*）上的《从德太子礼忏文研究》（The Profession of Prince Tcum-ttehi），1963 年发表在德黑兰出版的《纪念亨利·马西七十五寿辰东方学论文集》（*Mélanges d'orientalisme offerts à Henri Massé à l'occasion de son 75ème anniversaire*）上的《早期于阗的浪漫主义文学》（Romantic Literature in Early Khotan），1964 年发表在孟买出版的《安瓦拉博士纪念论文集》（*Dr. J. M. Unvala Memorial Volume*）上的《塞人的抒情诗》（Lyrical Poems of the Sakas），1965 年发表在斯里兰卡科伦坡出版的《纪念帕拉纳维塔那教授·艺术、建筑与东方学研究论文集》（*Paranavitana Felicitation Volume on Art and Architecture and Oriental Studies Presented to Professor Senarat Paranavitana*）上的《瞿萨旦那的形象》（The Image in Gaustana）等许多欧亚国家出版的书籍中的文章，过去完全无从获得，而现在，在"东方写本部"我常常能发现它们的踪影。诸位可以想见，那种得以一览好书佳作的愉快感与满足感，实在是任何文字所无法形容的。因为在自己的最美好的读书时光里有过对纪念文集的这种感受，因此，回国以后，我也非常乐意参与这种为知识分子树碑立传的事情。我留在北大中古史研究中心后所做的第一件正式的工作，就是协助邓广铭先生编辑《纪念陈寅恪先生诞辰百年学术论文集》。现在，纪念文集在中国已经是很普通的一种表彰学术的手段，尽管其中的论文不被视作核心刊物的成果，但有许多文章是核心期刊所不载的。

记得是 1985 年年初以后，在读了一段时间专刊上的文章后，我开始系统地翻阅"东方写本与图书部"的杂志或连续性的专刊。从第一个书架开始，一本一本地过，先看目录，与我的研究有关的或我感兴趣的都随手制成卡片，一篇文章或一本书做一张卡片；重要的还会翻开来阅读一番；更重要的则会拿至一楼复印。我当时不过一介穷书生，因而甚感复印价格较高，所以唯有非带回中国不可的材料才拿去复印。通常情况下都是把相关的部分抄在卡片上，或是在卡片上写摘要。我当时是用汉学院图书馆作废的卡片背面来抄我的目录，有的手写，有的打字，当时刚刚练习打字，常常出错，不过用打字机文字清楚，而且一张卡片上包含的文字信息较手写为多。我当时的眼界不够宽，关心的主要是中亚，特别是中亚各地以及敦煌、吐鲁番出土的写本研究情况，就此项而言，收获还是很大的。我断断续续地在这里翻阅了几个月的时间，日积月累，所抄的卡片和复印的资料，大约有近千张，这为我日后的研究工作，打下了坚实的基础。特别是为我随后在欧洲调查从中国西北地区流散出去的写本资料，提供了直接的帮助。我的调查报告《海外敦煌吐鲁番文献知见录》（江西人民出版社 1996 年版），罗列了大量的研究信息，并且大多数都给出了页码，就是因为我曾经在这里做过详细的记录。有些情况，比如芬兰赫尔辛基大学图书馆收藏的吐鲁番文献，我一直没有机会前往考察，有关的情况，我主要得自“东方部”收藏的芬兰《东方学研究》（*Studia Orientalia*）等书刊中的研究论著，比如辛姆斯－威廉姆斯（N. Sims-Williams）与哈伦（H. Halén）合撰的《曼涅尔海姆收集品中的粟特文书写的中古伊朗语残卷》（The Middle Iranian Fragments in Sogdian Script from the Mannerheim Collection），我就是从“东方部”藏书中复印到的。我后来指导学生从事中亚佛教、景教、摩尼教等方面的研究，也得益于这些学术研究信息的积累。从1985年回国至今，我搬过不知多少次宿舍和家，每次都扔掉一些旧书和杂志，但这套卡片却始终不忍丢弃，虽然其中有不少卡片已经输入电脑。我当时用的废卡片的大小，正好是一张A4复印纸的四分之一大，所以现在我去图书馆看书，也习惯把作废的复印纸或自己已经发表的稿子，一分为四，用做随手记录的卡片。

在“东方部”读书，十分安静，思绪不受任何干扰，就像坐禅一样，达到了某种境地。我当时所读的著作和文章，都是和中亚有关的专门学问，在此似乎不必细说，但在这里读书所得的结果，确实值得讲述一二。

谁都知道读书要有系统性，我们科班学习中国历史时，就是在老师的指导下系统地阅读中国的古籍和相关的研究成果。但我们在中国研究中亚史时，由于相关图书的不足，常常为无法找全有关一个问题的相关文章而苦恼。莱顿大学图书馆，以其雄厚的学术实力和丰富的藏书积累，自由的开架式收藏方式，提供给学者一个系统阅读图书的良好条件。我当时除了收集、阅读有关于阗的论著外，主要围绕着我的硕士论文选题“沙州归义军及其与周边民族的关系”来读书。根据九、十世纪敦煌周边的民族情况，我系统阅读了有关吐蕃、回鹘、吐谷浑、龙家（吐火罗人）、于阗、粟特的研究文章。

我曾用一两周的时间，专门翻阅了藏学书刊中有关敦煌藏文文书的研究成果，在这片陌生的领地里，我看到了一片广阔的学术天地。在这段时间里，我集中地阅读了匈牙利藏学家乌瑞（Geza Uray）教授和日本藏学家山口瑞凤（Z. Yamaguchi）教授的文章，他们两人在许多敦煌文献的断代以及文献所记史实的年代上都有争论，包括文成公主入藏、吐蕃军政制度的建立、藏语的发明等等，各执己见，争论不休。山口可以利用汉文材料，因而每个问题都钻研得很深，搞得很细，甚至于到了烦琐的程度；而乌瑞则更有创造力，更能发现新问题，特别是在吐蕃军政制度问题上，他利用敦煌文书，参照后代的藏文文献，复原了吐蕃王国的“翼”、“军镇”（Khrom）、“千户”等各级军政体制，贡献尤多。我从他的文章中受到许多启发，并且从后来与他的通信中，也学到了一些他处理史料和问题的方法。乌瑞的文章主要发表在《匈牙利东方学刊》上，也散见于一些藏学纪念文集中，如《纪念乔玛学术研讨会论文集》（*Proceedings of the Csoma de Körös Memorial Symoposium*）、《纪念黎吉生藏学研究论集》（*Tibetan Studies in Honour of Hugh Richardson*）等；山口的英文文章主要发表在日本的《亚洲学刊》（*Acta Asiatica*）、《东洋文库欧文纪要》（*Memoirs of the Research Department of the Toyo Bunko*）。在莱顿大学的图书馆，我可以把这些书刊迅速集中起来，系统地进行阅读。

这种系统的读书，可以迅速把握学界十年或二十年间对某一问题持续争论的全过程，帮助我们厘清这一学术问题及相关资料的脉络。在我以后走访各国的学术交往中，之所以能和欧、美、日本的伊朗学、突厥学、藏学等方面的专家对话，就是因为事先对他们的学术套路和学术传承一清二楚，而这些就是从莱顿大学“东方写本与图书部”开始起步的。

与书相比，杂志上的文章最能反映学术动态。西文杂志一般由三部分组成，一是论文，二是书评，三是待评书目或新书目录，没有废话。

杂志中的文章（Article），往往是最新研究成果的最快速的反映形式，对于近刊，特别是随时摆放上来的新刊的翻检，是追踪学术信息的最好方法。早在北大读书时，就受业师张广达先生的影响，养成了翻阅新刊的习惯。到莱顿后，有如此多的刊物不断更新，更是过足了瘾，从中获益匪浅。学术的收获当然是丰厚的，这个习惯也带来一些额外的回报。五月初我到巴黎，拜访法国国家科研中心 438 小组，即敦煌研究小组，当时的负责人苏远鸣（Michel Soymié）教授召集所有参加该研究组的同仁和我会面，记得有戴仁（Jean-Pierre Drége）、索安（Anna Seidel）、艾丽白（Danielle Eliasberg）、梅弘理（Paul Magnin）等等，他们全都坐在一个长桌子的对面，我和带我前去的法国高等汉学所罗钟皖女士坐在另一边。苏教授先让人从缩微胶卷中找到 Pelliot tibetain 0821，上面是一个毗沙门天王像，旁边有供养人，用汉文和于阗文分别写着题记，他问我这个于阗文的题记写的是什么。他当然知道我不懂于阗文，但是他知道我是研究于阗历史的，在他主编的《敦煌研究论文集》第 3 集（*Contributions aux études de Touen-houang* III, Paris 1984）上，收有张广达先生和我合撰的《晚唐宋初于阗王国的国号年号及王统世系》（Les noms du royaume de Khotan, les noms d'ère et la lignée royale de la fin des T'ang au début des Song）一文，所以他才这样问我。我虽然在出国前已经把五千号左右的伯希和编号的敦煌汉文写本翻过两遍，但伯希和藏文写本部分尚未及细读，好在缩微胶卷刚刚展示出 Pelliot tibetain 0821 的图像，我一眼就认出这是我不久前在“东方部”所藏的《伊朗学研究》（*Studia Iranica*）上读到的于阗文专家恩默瑞克（R. E. Emmerick）教授和牛津大学的汉学家杜德桥（G. Dudbridge）教授合撰的短文《伯希和藏文写本 0821 号》（Pelliot tibetain 0821）解读的那条于阗文题记。与之相关的还有法国集美博物馆藏敦煌绢画上的一条于阗文题记，行前我正好在同一杂志 1984 年刚刚出版的第 13 卷上看到恩默瑞克发表的解读文章。我的圆满解答，显然使得苏远鸣教授非常高兴，随后我即被允许复印他们研究室的资料，并且得以翻看了只有他们那里才有的部分前苏联列宁格勒所藏敦煌文献。这种被戏称为“巴黎的鸿门宴”的考试，我以后在不少地方都碰到过，每经历一次，就使我对莱顿大学“东方写本与图书部”的感恩心理增加一分，因为，正是它，为我掀启了国际学术殿堂的一扇扇门扉。

其实，在我看来，从一本西文学术期刊中获取的知识，有时并不在于论文。因为论文就那么几篇，涉及的范围不够广。更重要的是书评（Review），有时书评才能真正反映这本刊物所涵盖的各个方面。

在西方的学术体制下，每个学术出版社出版一本学术专著后，都要寄给权威的学术期刊，由期刊主编去约请与该专著研究领域相关的专家来撰写书评，同时也就把这本书送给写书评的人。这种由杂志自身来选择权威专家的做法，很好地避免了由作者本人把书送给书评作者从而产生人情稿子这种可能。因为主动权牢牢掌握在杂志自身手中，因而此杂志所发表的书评，一定程度上代表了该杂志的学术水准，而且杂志既不接受书评投稿，更不接受反批评。这种良好的书评制度，也使得西文杂志的书评保持了较高的信誉。我平日里最喜欢读书评，它不仅能让你了解所评之书的大致内容及其学术贡献，还可以从中了解到更多的信息，书评者往往还根据自己的知识来补充该书之不足，特别是从学术史的角度补充参考文献和相关材料；而且大多数书评都会有批评在内，有时往往是按页码顺序来一一挑错。这和我们在国内报端看到的书评迥然不同，因此读起来就像喝咖啡一样，精神不时为之一振。

有时杂志中会发表较长的书评，即书评论文（Review Article），对于所评之书来说，可谓重磅炸弹。如《通报》（*T'oung Pao*）所刊达菲那（Paolo Daffinà）的《评〈汉书·西域传〉的新译本》（The *Han Shu Hsi Yu Chuan* Retranslated. A Review Article）一文对莱顿大学汉学院前院长何四维（Anthony F. P. Hulsewé）教授《中国在中亚：早期（公元前125至公元23年）》（*China in Central Asia. The Early Stage: 125 B.C. – A.D. 23*, Leiden 1979）一书的批评，即属于这种书评。记得我有一天在汉学院图

书馆里的书桌前看书时，后面一个老人突然止步不前，因为他看到我桌子上放着《中国在中亚》这本书，他就是书的作者何四维先生，汉学院的前任院长，退休后移居瑞士，当时是特意来查书的。他操着地道的老北京话腔调对我说，看这本书，一定要看达菲那的书评。我找来一看，原来那篇批评他的书评，就发表在他自己曾任主编的《通报》里。

西方学者写书而受到批评，已成习惯，一般不会引起意气之争，更和评职称没有太大的关系。贝利集毕生精力所编的《于阗塞语词典》（*Dictionary of Khotan Saka*, Cambridge 1979）出版后，其弟子恩默瑞克在《印度伊朗学刊》第23卷（1981年）上撰写书评，指出其不足之处。但这并没有影响二人之交情，贝利每年过生日，恩默瑞克都要从汉堡赶往剑桥去祝寿。1985年我前往剑桥拜访贝利教授时，他告诉我当今执于阗文研究牛耳者为恩默瑞克，并介绍我到汉堡去找他。

西方学者在评价一个人的学问时，也往往注重他撰写的书评。如哈佛大学教授费耐生（Richard N. Frye）在介绍伊朗学家德莱斯顿（Mark J. Dresden, 1911–1986）教授的学术成就时说道："德莱斯顿非常认真并透彻分析地撰写了许多著作的书评，因为他是许多年来《美国东方学会会刊》的有关伊朗学论著的主要评家。"（《伊朗学研究》第16卷，1987年所刊讣告）这实际上就等于说，他是多少年来美国伊朗学界的权威。

我常常在看专业著作或论文累了的时候，跑去看书评。书评较短，内容不断变换，既能迅速获得新知，又不至于让人太觉困乏。近些年来，我自己也学着写书评，所评之书，自以为是值得评述之书，不值一评之书，则不枉费笔墨；所评之语，也力求有些新意，而不徒占篇幅。我在结集出版自己的文字时，也喜欢把相关的书评放在里面，这大概也是受了我在“东方写本与图书部”所读到的《伊朗学刊》作为单刊出版的恒宁（W. B. Henning）教授《论文选集》（*Selected Papers*, Leiden 1977）的影响。

莱顿大学图书馆，和世界上许多著名学府的图书馆一样，是一座荟萃了各国学术成果的宏伟宫殿，对于我而言，“东方写本与图书部”就是我心目中最神圣的殿堂。这座殿堂不是砖砌起来的，而是用书——学术精英们的著作一层一层垒起来的。这里静谧、庄严，最初置身其中，身边大师林立，就像是一群考官，在他们面前，自己显得那般渺小，而且不免有些紧张；两个多月之后，大量的阅读滋养着我，为我补充了新的血液，使我逐渐增强了自信心，浑身也充满了力量，热切期待着与大师们的对话。

（2003年1月5日完稿，2003年3月27日改订，原载《中国典籍与文化》2003年第2期，55—61页。）

学术精品的追求

——莱顿的博睿书店和它的出版物

刚到莱顿的时候，因为还没有安排好固定的宿舍，我先投宿在一个名叫 Nieuw Minerva 的小旅馆里。一条蜿蜒曲折的小河就从我住的房子前面流过，跨过门前的一座小拱桥，沿着河边小路再走一段“S”形的弯路，就来到了在国际东方学界久负盛名的博睿书店（E. J. Brill）。

然而，起初我并未敢贸然走进它的大门。因为初到莱顿，兜里还没有多少钞票。众所周知，和美国的学术书相比，欧洲的书向来是比较贵的；而和欧洲其他国家的学术书相比，博睿出版的书算得上是比较贵的。听说他们经常是先把书印出来，卖掉一部分，其余的则存放起来，以后再根据市场的需求情况，加价出售。因为欧洲的书和中国以及部分美国书不同，并不在书上明码标价，而是临时贴价签，所以价格的高低往往是随着需求而上下浮动的，这样固然可以用低价买到一些旧书，但大多数情况下，是要花高价来买搁置多年的崭新的旧书。对于当时习惯了花一块钱到几块钱买一本书的国人来说，对于出国前每月助学金只有 51 元钱的我而言，一本书一百多元简直不啻天价，是无论如何也买不起的。

在荷兰，一些人去得比较少的商店或书店，一般没有专职站柜台的人。常常是店门上安个机关，外面的人一推门，“叮咚”一声，里面的人听到后就会出来照应来客。而友善的荷兰人也是很精明的，在你逛书店时，主人必然会先问你喜欢什么书，然后就拿出你感兴趣的好书向你兜售，不过价格都是高得令人咋舌。而看到好书就一心想买的我，囊中实在羞涩，届时必然会陷入内外交迫的尴尬境地。所以，为了避免那样的尴尬，起初我常常只是在晚饭后到博睿书店的门前逛一下，看看橱窗里展出的书，并不走进那扇我向往已久的大门。不过橱窗里摆放的经常都是一些有关古代东方或阿拉伯、伊斯兰的著作，如《伊斯兰百科全书》，我最想知道的有关中亚和中国的图书几乎没有。

在这座风景宜人的宁静小城里，外来的读书人有时是十分孤寂和苦闷的。在这里，周五就算周末了，周六除了卖食品的店铺之外，全都关门。到了周日，大街上几乎没有人影，整个城市显得空荡荡的，只有过一个时辰传来一次的教堂钟声还能让人感觉到一丝生气。这对于在国内习惯了星期六为周末的我来说，一时还难以适应；而周日里零零星星的人影，也和北京城里到处熙熙攘攘的人群形成巨大的反差。好在很快我就找到了一个消磨周末的好办法——逛书店。有朋友告诉我，每周六博睿书店都卖旧书。

于是，在1984年10月初的某一天，我第一次踏进了博睿的大门——虽然只是一扇不大的门，但对我来讲，这扇门的背后，却是一座和莱顿大学图书馆一样神圣的殿堂。

走进这个不大的店面，门两边是橱窗，左右两面墙是摆满了博睿出版物的高大书架，前面通向里面房间的两边墙上，也都是本版书。一个年轻人站在中间一个大木板台面的后面，台面四周有高出的框，里面杂乱无章地堆放着许多旧书，三三两两的人站在前面翻检，希望能发现自己想要的书。开始时，我并不知道墙上的书和台面上的书不是一回事，所以抽出一本新书问小伙子价钱，他用英语告诉我他只是租了中间这块地，只卖台面上的这些旧书，我这才发现人家原来摆放着荷兰文的告示，只是我不懂而已。

于是，我只有集中精神，去那一大堆旧书和小册子里面发掘自己想要的东西了。可是，面前是一堆没有任何次序、互相叠压着的外文书，要想从中找到几本与自己研究领域相关的书，还真不是件儿容易的事。当然，也可能和自己此前从无这样找外文书的经验有关。在北京时，除了去灯市东口中国书店机关服务部的那间小屋里搜寻一番外，没有其他的找外文书的机会，而中国书店的店员对中国流行的相关图书非常在行，书架上的书分类很到家，我经过一两次的全面搜索之后，就知道了门道儿。以后每次去时，就不必通检一过，只需在语言类找有关佛教和梵文的词典，在历史地理类找斯坦因、伯希和以及汉学家的书，还是时有所获的。但这次不同了，英文、法文、德文、荷兰文、意大利文等各种语言的书放在一起，内容涉及东方学的各个方面，而且埃及学、阿拉伯学、伊朗学、印度学的居多，而我比较容易明白的汉学的书籍则少得可怜，因此有时费了半天力气，却几乎一无所获。

虽说都是些旧书，好在每周六都会有新的东西添补进来，所以后来我就经常在周六到博睿来。这样一来，既打发了难熬的周末，又过足了自己的淘书瘾。一举两得，何乐而不为呢？

不过，说实在的，我当时的学术眼界不宽，而我又不打算做藏书家，所以买书的首要原则是有用。但这样一限制，能够找到的有用的书实在是太少，所以有好些次都是悻悻而归。当然，也有令人激动的时候。有一天，当我看到一本 1968 年出版的 A. L. Basham 编《迦腻色伽年代论文集》（*Papers on the Date of Kaniska*）时，异常兴奋，尽管价格不菲，还是咬咬牙买了下来。这是 1960 年 4 月 20—22 日伦敦召开的迦腻色伽年代学术研讨会的论文集，然而迟至 1968 年才由博睿书店出版。迦王年代是中亚史上的难题之一，这本书虽未能就此问题给出圆满的解答，但里面汇集了印度学、中亚学、汉学各个领域的专家的文章，从语言、历史、考古、碑铭、文献、钱币等诸方面进行探讨，对公元前后西北印度、中亚的历史，以及佛教史、中印文化交流史的研究都有所贡献。我对其是早闻其名，未见其书，所以一看到就毫不犹豫地拿下。

记得最为高兴的是，有一次我竟然买到了贝利（H. W. Bailey）

教授的三个论文抽印本。我当时正在编“于阗研究论著目录”，对于这位于阗文研究泰斗的每一篇文章，是每见必复印的，而这三篇中就有我尚不知晓的一篇，虽然是论述奥塞梯语（Ossetic，一种伊朗语方言）的文章，但当时觉得只要出自贝利之手，就一定是有用的，而且发表在《英雄史诗的传统》（*Traditions of Heroic and Epic Poetry*, London: The Modern Humanities Research Association, 1980）论文集里。这类文章，回国后几乎无处寻觅，自然还是先买下来再说，而且这种抽印本往往是一个荷兰盾（当时合 0.73 元人民币）一本，也不算贵。以后，我还买到过法国梵文学家菲利奥札（J. Filliozat）的《古代印度科学》（Les sciences dans l’Inde ancienne）抽印本、德国梵文学家瓦尔德施密特（E. Waldschmidt）的《吐鲁番写本中的三件佛经残卷》（Drei Fragmente buddhistischer Sūtras aus den Turfanhandschriften）抽印本。现在想想，那时买到的好抽印本虽说不多，但每一次对我来说，都是很兴奋的。

大概就是从那时开始，我喜欢上了抽印本这种既便宜、又实用的小册子。因为一本论文集或者杂志里，可能并不全是你需要的文章，有时往往只想要其中的某一篇或某几篇，若把全书买下来，不仅经济上无法承受，而且家里有限的空间也实在是一个让人不得不顾及的因素。复印当然也可以，但一般来说复印件都是单面的，不仅效果不如抽印本，占的空间还要多一些。而且有些复印件往往两页一面，有时还需要折叠装订，也不如抽印本方便；

还有，早年的复印件上的油墨，过十多年后有的就越来越淡了，以致无法使用，而抽印本的效果和原书几无区别，看起来一样舒服，而且不会掉色。所以，在我眼里，抽印本是最节省空间、最实用、最耐久的学术精制品，这也就是我为何一向喜欢收集抽印本的原因。但后来各式各样的抽印本多了，管理起来也是件让人犯难的事。

抽印本其实还有一个好处，就是可以买来作为留念或是当作馈赠圈内朋友的佳礼。我不知道 1985 年 7 月我回国以后，那位小伙子的“地摊”摆了多久。但是当我 1991 年和 1996 年两次再去莱顿时，都没有碰到他。后两次在博睿书店里，看到在一个显眼的地方放着一个木制方盒子，里面都是抽印本，价钱从一盾到几盾不等，而且多半都有欧洲东方学家的签名，颇具收藏意义。我曾买到过伯希和（P. Pelliot）的一个抽印本：Quelques texts chinois concernant l’Indochine hindouisée，原载于 1925 年法国远东学院为成立 25 周年纪念而刊行的《亚洲研究》（*Etudes Asiatiques*）上，原文不太好找，但冯承钧先生早就把它翻译出来了，题为《关于越南半岛的几条中国史文》，收入《西域南海史地考证译丛一编》（商务印书馆 1934 年版），因为书店深知伯希和文的价码，所以标价 8 个盾，较之那些一盾一本的要高得多，但我还是毫不犹豫地买了下来作为留念。有时候，如果能买到几本朋友感兴趣的权威学者的抽印本送给他们，在我看来，应该会是一份非常别致的礼物，若是上面还带有该学者的签名，定会让朋友兴奋不已的。

至于博睿本店的书，我自己当时到底买过什么书，已经想不起来了，也没有在书架上找到什么，可能就没有买什么本版的原价书，因为它们实在太贵了。不过，因为当时张广达先生让我帮助北大图书馆联系购买 8 卷本的德·胡耶（M. J. de Goeje）刊《阿拉伯地理丛刊》（*Bibliotheca Geographorum Arabicorum*, 1879—1939 年；1967 年重印），我就建议有些书可以由北大图书馆订购。这个意见得到张先生的认同，于是我陆续把一些重要的书目和订购所需信息抄寄回国，请北大图书馆来购买。当时北大图书馆的一位副馆长负责教育部博士生培养专项外汇购书款，他力主多买专业书，少买教科书，以提高博士生的学术水平。在他的帮助下，图书馆陆陆续续买进了许多包括博睿书店出版物的东方学专业书刊，不仅为博士生的培养，我想对于北大相关领域的研究都有推动作用。

博睿书店出版的书确实是贵，但大多数也确实是极富学术价值的精品，这正是博睿书店出版经营的方针。

1683 年，鲁希特曼斯（Samuel Luchtmans）在莱顿创办了一家出版社。到 1848 年，开始使用博睿（Brill）这个被鲁希特曼斯家族接管了的家族名称，这一举动也标志着他们服务于学术界的传统的开始，这个传统一直延续至今。在它诞生至今的数百年里，出版了许多著名学者的专著、论文集、纪念文集，以及一些丛书、学术期刊和百科全书。博睿是以学者的著作作为自己的出版基础的，而且在19世纪末叶，为了编辑出版《伊斯兰百科全书》，他们组织了包括俄国巴托尔德（W. Barthold）在内的一大批优秀学者之间的国际合作。它出版的学术刊物，如《通报》（*T'oung Pao*）、《东方经济与社会史学刊》（*Journal of the Economic and Social History of the Orient*），都是东方学以及汉学领域的一流刊物，近年创刊的性别学刊物《男女》（*Nan Nü*）、考古学刊物《东亚考古学刊》（*Journal of East Asian Archaeology*），都是跟进学术新潮流的重要举措。在相当长的一段时间里，它还是莱顿大学（1575年创办）学术成果的出版者，虽然1982年以后它只是莱顿大学出版社的代销商，而继续保持自己独立的商业运作，但这并没有影响在莱顿大学执教的学者们把自己优秀的著作放在博睿出版，比如《莱顿汉学研究丛书》（*Sinica Leidensia*），就陆续刊布了莱顿大学汉学院教师的著作或编辑的论文集，而且迄今仍在不断刊出有影响的论著。

第一次在莱顿时，作为一个"穷学生"，我把大部分的奖学金都用在了买最直接相关的著作和旅行支出上，未敢放开手脚满足自己对博睿出版物的猎取心理。到了1991年5月再访莱顿时，因为有一项研究资金的支持，使我能够把自己垂涎多年的博睿图书，几乎一网打尽。现在当我翻出当年博睿寄书的发货单，不仅所购图书皆记录在案，当时及事后的一些想法也很值得说说。

汉学方面的书，首先当然是我在荷兰留学时的老师许理和（E. Zürcher）教授的《佛教征服中国》（*The Buddhist Conquest of China*, 2 vols., 1972),那时还没有李四龙、裴勇等人的汉译本(收入刘东主编《海外中国研究丛书》，江苏人民出版社 1998 年版)，我得经常借阅北大图书馆的书，买下它可是给我省下了不少时间。

其次是法国汉学泰斗戴密微（P. Demiéville）的《佛学研究论文选》（*Choix d'études bouddhiques (1929–1970)*, 1973）和《汉学研究论文选》（*Choix d'études sinologiques (1921–1970)*, 1973），虽然这还不是戴密微学术成果的全部，但主要的单篇文章尽收其中，特别是收载的他在法兰西学院汉学讲座上连续讲演的讲稿，更可以看出他的研究心得。以后，我在巴黎买到戴老的《吐蕃僧诤记》（*Le concile de Lhasa*, Paris, rep., 1987）、《王梵志诗与太公家教》（*L'oeuvre de Wang le Zélateur (Wang Fan-tche) suivie des Instructions Domestiques de l'aïeul (T'ai-kong kia-kiao): Poèmes populaires des T'ang (VIIIe-Xe siècles)*, Paris 1982）等书，还复印了一些《文选》未收或以后发表的文章，算是把他的论著大体收集齐备了。

J. C. Perry 编《唐代社会论集》（*Essays on T'ang Society*, 1976）是整个欧美学术界少有的几本专论唐代的文集，我当然不能放过，因为我一直想把这几本有关唐朝的专题论文集搜罗到手。

与中亚有关的伊朗学方面的书，是我当时最想买的书，因为这些书也是在中国最不容易见到的书，从 1985 年到 1991 年，我常常对着我带回来的那堆当年在莱顿做的卡片发愣，因为有些文章可以托朋友去复印，但有的书则只有望洋兴叹。那次一口气把

《伊朗学丛刊》（*Acta Iranica*）中有关的几本都检了出来：

恒宁（W. B. Henning）《论文选集》（*Selected Papers*, 1977）。这两卷恒宁的论文选，囊括了恒宁的几乎全部学术成果，主要是他解读、刊布吐鲁番出土中古伊朗语（包括帕提亚语、中古波斯语、粟特语）各类文献的成果，也有研究敦煌出土粟特文古信札、丝路北道吐火罗问题的名篇，其中不少是中亚史研究经常要使用的基本史料。

麦肯吉（D. N. MacKenzie）《英国图书馆所藏粟特语佛教文献》（*The Buddhist Sogdian Texts of the British Library*, 1976），这是刊布英国图书馆藏几个粟特文佛典长卷的著作，是研究敦煌和粟特佛教都不可或缺的基本论著。

博伊丝（M. Boyce）《摩尼教中古波斯语和帕提亚语读本》（*A Reader in Manichaean Middle Persian and Parthian*, 1975）、《摩尼教中古波斯语和帕提亚语词汇表》（*A Word-list of Manichaean Middle Persian and Parthian*, 1977）。博伊丝继承了她的老师恒宁的学术衣钵，把吐鲁番出土的中古波斯语和帕提亚语所写的摩尼教经典的主要文献汇集起来，并做了精心的转写和词汇解释。虽然她当时没有提供英文翻译，但她的著作实际上是后来阿斯木森（J. P. Asmussen）《摩尼教文献：主要选自中古波斯语和帕提亚语著作的代表作品》（*Manichaean literature. Representative texts chiefly from Middle Persian and Parthian writings*, New York 1977）和克林凯特（H.-J. Klimkeit）《丝绸之路上的摩尼教：中亚摩尼

《伊朗学丛刊》中的博伊丝著作

教文献》（*Gnosis on the Silk Road: Gnostic Texts from Central Asia*, New York 1993）两本英文吐鲁番摩尼教文献译释的基础。

此外，我还购买了几本有关中亚图像方面的书：S. Gaulier、R. Jéra-Bezard、M. Maillard 三人合编的《阿富汗和中亚佛教图像志》（*Buddhism in Afghanistan and Central Asia. Iconography of religions*, 2 vol., 1976），以及克林凯特（H.-J. Klimkeit）的《摩尼教的艺术与书法》（*Manichaean Art and Calligraphy*, 1982），这是从图像学角度研究中亚艺术的基础著作。后者有林悟殊的中文译本，题《古代摩尼教艺术》（中山大学出版社 1989 年版，台北淑馨出版社 1995 年增订版），但图版没有原书清晰。

最后，我也有选择地购买了《东方学手册》（*Handbuch*

der Orientalistik）的几个分册，即霍夫曼（K. Hoffmann）、恒宁、贝利等人执笔撰写的《伊朗语文献》分册（*Iranistik, 2 Literatur*, 1958），克劳斯（Wolfgang Krause）写的《吐火罗语》（*Tocharisch*, 1971）分册，葛玛丽（A. von Gabain）、普里察克（O. Pritsak）、波普（N. Poppe）等人执笔的《突厥学》（*Turkologie*, 1982）分册，德国印度艺术博物馆馆长雅尔迪兹（Marianne Yaldiz）所著《中国中亚（新疆）的考古学与艺术史》（*Archäologie und Kunstgeschichte Chinesisch-Zentralasiens (Xinjiang)*, 1988）。时至今日，这套《东方学手册》仍在继续出版，但有的已明显落后于研究和新发现。最近，这套《东方学手册》又有了英文名字：*Handbook of Oriental Studies*，而且显然加快了追踪学术最新动态的步伐。最为欣慰的是，原本分量十分薄弱的中国研究部分，列为《东方学手册》第 4 编，已经组成了由许理和为首的编委会，并且出版了钟鸣旦（N. Standaert）主编的《中国基督教研究手册》卷一《635—1800 年》（*Handbook of Christianity in China, vol. One: 635–1800*, 2001），正文计有 964 页；Livia Kohn 主编的《道教研究手册》（*Daoism Handbook*, 2000），也有 914 页，都是信息丰富并能反映最新研究成果的鸿篇巨制；我们也期望着太史文（S. Teiser）主编的《中国佛教研究手册》早日问世。

当我把这些精心选择的书及我在北京的地址，还有对我来说为数不少的 1756.75 荷兰盾一起交给店员时，他突然问了我一句："你是日本人吧？"我虽然愤愤不平，但还是语气沉静地回答他：

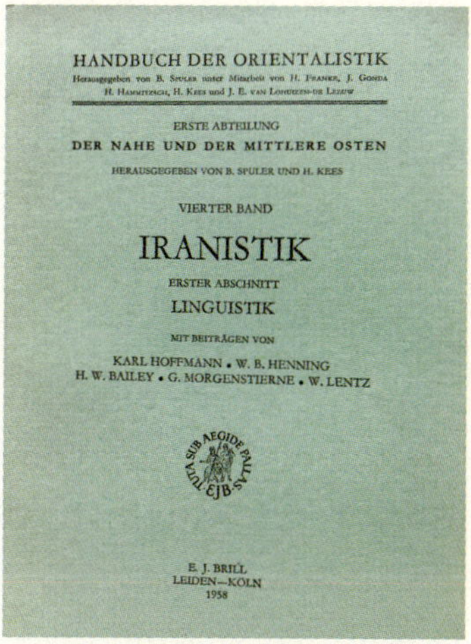

《东方学手册》之一
《伊朗语》分册

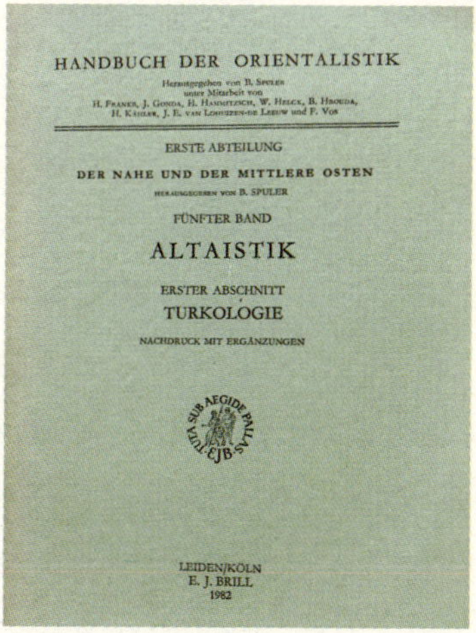

《东方学手册》之一
《突厥语》分册

“中国人也读这些书！”这也怪不得博睿的店员，因为多年来中国的知识分子比较清贫，没有钱，也没有机会到荷兰这样的地方去买书。虽然到了 1991 年，已经有不少留学生和学者不断到西方留学或者游学，但那时肯花钱买书的人毕竟还是少数，和现在中国学者在乐学书屋、神保町书店一条街的情形不太一样。

因为我买了在博睿的店员看来也是数目不小的一批书，所以在以后的两三年里，他们一直给我在北京的地址寄书目，使我能够随时了解他们的出版信息。因为从北京直接订购外文书不太方便，所以后来我并未订购过他们的书，我的名字也就没有再出现在他们的“订购单”上，书目也就停寄了。好在北京每年的国际书展上，博睿书店也经常来参加，前几次还有莱顿汉学院前任图书馆馆长马大任先生来帮他们的忙，所以每次我必去看书，但很少购买。2000 年 3 月，我到美国圣迭哥（圣地亚哥）参加“亚洲学会年会”，博睿书店也在会场设了摊位。虽然它的书都是半价出售，但还是比其他美国出版社的七折书价格要高出许多。其中刘南强（Samuel N. C. Lieu）的《中亚和中国的摩尼教》（*Manichaeism in Central Asia and China*, 1998），其实就是他的七篇文章的合集，售价却要 60 美元；M. Heuser 和 H.-J. Klimkeit 合著的《摩尼教文献与艺术研究》（*Studies in Manichaean Literature and Art*, 1998）要价 69 美元，比美国出版的 I. Gillman 和 H.-J. Klimkeit 合著的《1500 年以前的亚洲基督教徒》（*Christians in Asia before 1500*, 1999）几乎高出一倍；其他同时买的美国的书，如 J. D. BeDuhn 的《摩尼教戒律和仪式中的“身体”》（*The Manichaean Body in Discipline and Ritual*, 2000）标价 34 美元，J. Larner 的《马可·波罗与世界的发现》（*Marco Polo and the Discovery of the World*, 1999）要 23.96 美元，都比博睿的书便宜得多。我当时一直犹豫是否购买的最贵的一本书是 Marilyn M. Rhie 的《中国与中亚的早期佛教艺术》（*Early Buddhist Art of China and Central Asia*, 1999），等我下定决心去买时，已经被其他人抢走了。看来，再贵的书，只要是学术的精品，就必定有人欣赏，有人购买，有人阅读。

现在回想起来，尽管在博睿书店有过小小的让人有些不愉快的插曲，但我还是非常喜欢博睿书店的，喜欢那里恬静的氛围，喜欢那里的空气中飘散的淡淡的书香，更喜欢那里端庄精制的好书，因为这些图书是学术精英们的智慧结晶，不仅是欧美学术界的精品，也是人类知识的宝贵财富。

（2003年4月21日完稿，原载《中国典籍与文化》2003年第3期，86—91页。）

莱顿的旧书

——海外中国文化研究一瞥

在西方，我发现他们的学者不太逛书店，至少不像我们中国学者那样逛书店。在中国，逛书店几乎成了一个研究文史哲，特别是研究中国传统学问的人的一种习惯。如果别人觉得你不逛书店或者不会逛书店，那就好像是说你没学问。能从书店，特别是旧书店、旧书摊上发现好书，那就表明你有学问，找到的书越稀奇，似乎说明你的学问就越大。但是，我们知道，西方有很好的图书馆，无论是刚刚上市的新书，还是旧书店里的稀奇古怪的旧书，一般来说图书馆里都会有，因此，学者也就不必去逛书店，去图书馆的书架间浏览就行了。而在中国，许多书图书馆里根本没有，只得自己预备，所以若是发现了一本稀见的好书，当然会兴奋不已。慢慢地，中国学者这种具有非常浓厚的人文色彩的逛书店的习惯，就一代一代地传承下来了。我们都读过许多著名学者逛琉璃厂、隆福寺的故事，当我们步入学术圈子里以后，也开始追随着他们的脚步去逛各种各样的书店了，久而久之，逛书店竟成了我们这些人平淡生活中一种不可或缺的习惯和爱好。即便到了海外，虽然环境变了，但这种爱好却一时难以改变。所以 1984 年 9 月到了莱顿以后，我仍然想逛书店，特别是旧书店。

莱顿是一个大学城，很像我后来到过的剑桥和普林斯顿。这个城市主要是为大学而存在，因此城市的范围很小。穿过市区的河道蜿蜒曲折，使得街道也就不像北京那样端南正北地直来直去，刚去的时候很容易迷路。可是当我买到一辆自行车以后，很快就把这座城市转了个遍。最高兴的是，在城内一条主要的马路上，我找到了想找的旧书店，这可能是莱顿城内唯一的一家旧书店了。

西方的书店主要是卖西文书，我不可能在仅有的这样一家旧书店里找到莱顿大学图书馆里都没有的珍本秘籍。买到的几本书，也没有什么稀奇古怪的，只是对于中国学生来说，是在国内买不到的，所以就算是在西方过了一把逛旧书店的瘾吧。

当时买到的旧书，现在还可以找到或者还可以想起来的，有这么几本值得谈谈。

罗佛（Berthold Laufer, 1874–1934）的《说玉：中国考古与宗教的研究》（*Jade. A Study in Chinese Archaeology & Religion*）。这本书原本是 1912 年作为芝加哥《费尔德自然史博物馆专刊》第 154 种（Publication 154 of the Field Museum of Natural History = *Anthropological Series*, vol. X）而出版的，我买到的是纽约多沃（Dover）出版公司 1974 年版。论版本，还不如北大图书馆藏

的 1946 年的那一本，所以算不得是什么稀罕的书。罗佛这本书是他 1908—1910 年随同布莱克斯顿夫人（Mrs. T. B. Blackstone）到中国陕西、西藏做民族学调查并收集古物的结果，他极力宣称自己这本书中的材料，主要是得自中国古代文化核心区域——陕西西安周围的考古发掘品，所以他也是希望用考古学的方法，跳出中国传统金石学家有关古玉著作的藩篱，对玉器所反映出的古代中国的宗教、艺术思想以及文化生活做出一番解释。对比他自己作为对照物的先行研究著作，即 1906 年出版的布什尔（S. W. Bushell）等人所著《毕沙普（H. R. Bishop）收藏玉器的调查和研究》一书，罗佛在利用考古资料而不是传世藏品来考察玉器方面，确实进了一大步，因此在西方被看作是第一部有关中国古玉的划时代的考古学研究专著。但是，罗佛毕竟受到时代的限制，其著作在考证古玉的形制、名称和用途时，主要还是依靠清末古玉研究的重要著作——1889 年成书的吴大澂《古玉图考》（参看夏鼐《有关安阳殷墟玉器的几个问题》，《夏鼐文集》中，社会科学文献出版社，2000 年，35 页）。20 世纪 50 年代以来，随着中国考古学的进步和大量文物的发现，我们今天已经拥有新石器时代精美的良渚玉器，也有了红山文化的玉龙，殷墟妇好墓一次就出土七百多件玉器，远非罗佛时代所能比。所以今天谈玉器的人，除了像夏鼐先生这样熟悉西方汉学和考古学研究成果的人还提到罗佛的书，一般的研究论著已经很少参考他的这本划时代的著作了。

我买这本书的目的，一是想借以了解于阗玉的情况，但买回来后才发现，这不是本书研究的重点；二是因为早就读过罗佛的一些文章，翻看过他的《中国伊朗编》林筠因的中译本（商务印书馆，1964 年），对于他对中国物质文明和中外文化交往的研究很感兴趣。其实，我当时非常想买的是他的《中国伊朗编：中国对古代伊朗文明史的贡献》（*Sino-Iranica. Chinese Contributions to the History of Civilization in Ancient Iran*）一书的原本，即使买不到 1917 年出版的芝加哥《费尔德自然史博物馆专刊》第 201 种的原版，若能买到以后的翻印本也可以，因为这是经常要引用的书，而我觉得引用译文时最好能核对一下原文，所以以前经常要到北大图书馆去借这本书。若是一册在手，不就可以节省很多借书的时间嘛，而且可以随时在书上写札记！不过，这样有用的书就算这里有，可能也早就被人买走了。几年后，我在日本京都的中文出版社书店里买到 1978 年台湾成文出版社的《中国伊朗编》影印本，才最终让我如愿以偿。

无独有偶，我当时也渴望买到薛爱华（Edward H. Schafer, 1913–1991）有关中外文化交流史的名著《撒马尔干的金桃：唐代舶来品之研究》（*The Golden Peaches of Samarkand: A Study of T'ang Exotics*, Berkeley-Los Angeles-London: University of California Press, 1963），但我在莱顿的书店里，并没有等来它的出现，反倒是买到了薛爱华的另一本书——《古代中国》（*Ancient China*），这其实是薛爱华与时代·生活图书公司（Time-Life

Books）的编者共同完成的一本通俗读物，它是这个成功的杂志社所编辑的《世界文化史·人的伟大时代丛书》（*Great Ages of Man. A History of the World's Cultures*）中的一册，1967 年由纽约的时代公司出版，我买的是 1974 年荷兰分公司的版本，是比原版更好一点的修订版。

我买这本书固然是因为这是出自薛爱华手笔的著作，但更主要的还在于它吸引人的图文并茂的活泼形式。这本书的初版北大图书馆就有，不过可能许多教授或学习中国古代史的老师和学生不一定看过它，所以我这里略微多说几句。

这本书由八章组成，每一章先是用文字介绍基本情况，即中国历史发展脉络和中国文明主要贡献，其间有一些插图。然后是专门的图版介绍，除了简单的图版说明文字外，对每幅精心挑选的图版都配有一段生动的文字加以详细的解说。第一章名为《中国》，叙述远古到唐朝的历史；图版解说名为《铜器的黄金时代》，主要是展示商周时期青铜艺术的成就。第二章《两极的生活》，介绍汉唐间各阶层民众的生活；图版解说以《边境的贵族与农夫》为题，主要用汉画像石来阐明农夫的艰辛生活和贵族狩猎、出行、观看百戏的情形。第三章名曰《神圣的道路》，讲解中国传统思想、宗教以及儒释道三教的基本情况和相互交涉；图版解说以《石头上的佛教》为名，介绍石雕佛像表现的主要中国佛教思想，以及佛教传播的情况。第四章《皇家天子》，解说夏商周以来直到唐朝皇权的发展以及中华帝国版图的一步步扩大；图版解说名称

THE IMPERIAL INSTRUCTRESS *pens her "Admonitions" on proper conduct for ladies.*

WOMANLY VIRTUES

Chinese emperors and their courtiers had bevies of wives and concubines, all expected to be models of decorum. Their deportment was not left to chance. The ladies were indoctrinated by an instructress, whose perfectionist rules were recorded in a lofty moral tract entitled *The Admonitions of the Instructress to the Court Ladies.* "Correct your character as with an axe, embellish it as with a chisel", this text commanded in part.

Such expectations were often little more than wishful thinking. The Chinese master who painted the following illustrations for the tract recognized that ladies preferred gossip, primping and intrigues to moral improvement. His pictures are tinged with an irony as delicate as the strokes of his sensitive brush.

89

薛爱华《古代中国》一页

来自中国古文——《妇德》，用彩绘的《女史箴图》来讲述宫廷妇女应当遵循的行为规范。第五章《宇宙式的规划》，从阴阳五行讲到都城规划，如隋唐长安城的规划设计；图版说明则是《绘画六法》，以下依次用文字和插图说明“骨法用笔”、“应物象形”、“随类赋彩”、“经营位置”、“传移模写”、“气韵生

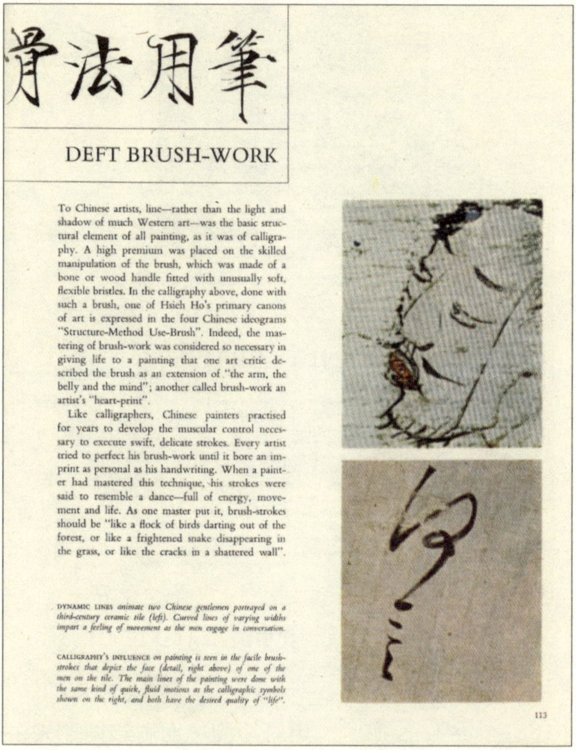

骨法用筆

DEFT BRUSH-WORK

To Chinese artists, line—rather than the light and shadow of much Western art—was the basic structural element of all painting, as it was of calligraphy. A high premium was placed on the skilled manipulation of the brush, which was made of a bone or wood handle fitted with unusually soft, flexible bristles. In the calligraphy above, done with such a brush, one of Hsieh Ho's primary canons of art is expressed in the four Chinese ideograms "Structure-Method Use-Brush". Indeed, the mastering of brush-work was considered so necessary in giving life to a painting that one art critic described the brush as an extension of "the arm, the belly and the mind"; another called brush-work an artist's "heart-print".

Like calligraphers, Chinese painters practised for years to develop the muscular control necessary to execute swift, delicate strokes. Every artist tried to perfect his brush-work until it bore an imprint as personal as his handwriting. When a painter had mastered this technique, his strokes were said to resemble a dance—full of energy, movement and life. As one master put it, brush-strokes should be "like a flock of birds darting out of the forest, or like a frightened snake disappearing in the grass, or like the cracks in a shattered wall".

DYNAMIC LINES *animate two Chinese gentlemen portrayed on a third-century ceramic tile (left). Curved lines of varying widths impart a feeling of movement as the men engage in conversation.*

CALLIGRAPHY'S INFLUENCE *on painting is seen in the facile brush-strokes that depict the face (detail, right above) of one of the men on the tile. The main lines of the painting were done with the same kind of quick, fluid motions as the calligraphic symbols shown on the right, and both have the desired quality of "life".*

113

薛爱华《古代中国》一页

动”六个方面。第六章《发现者与发明家》，依次介绍古代中国在观测天象、炼丹术，特别是技术上的发明，如罗盘、火药、纸和印刷术对于世界文明的贡献；图版说明主要是介绍《印刷术》，用图解的方式说明印刷的过程。第七章《文字的传承》，解说中国文字和文学作品的类型；图版解说《大地之诗》，用优美的现代中国山川图片配上杜甫、王维、白居易、寒山等人的诗，说明中国文学在诗歌方面的辉煌成就。第八章《中国与外部世界》，主要介绍汉唐之间中国与周边国家的交往及外来文明对中国的影响，这是作者最擅长的领域；他又用《唐朝皇家岁月》为名，利用唐墓出土的陶俑，来展现唐朝时期人们的物质和精神生活。

由于薛爱华对中国文化的深刻理解和对中国文物的熟悉，加上时代·生活图书公司的精心编辑，使得这些彩色或黑白图版与文字浑然一体，使得不懂中国文化的西方读者可以直觉地感受到中国文明的主要内涵，也让懂得中国文化的学者感觉赏心悦目，不时慨叹他们编辑的图版表现得确实恰到好处。比如第四章图版解说《妇德》一节，把英文的解说文字排在几页《女史箴图》画面的空白处，横写的英文和竖写的中文，共同装饰着整个画面。第五章表现谢赫绘画六法时，选取魏晋时期的人物画来表现“骨法用笔”，用大幅绢本敦煌经变画来说明“随类赋彩”，都非常到家。在介绍佛教思想时，在同一页上用石雕佛像的头、手、足三个分图，说明佛的智慧、交谈、禅定等状态，图版的选择和拍摄的角度都无可挑剔。书中的色彩也十分讲究，比如第二章介绍汉代生活的图版取自汉画像石，主要是用墨色和淡朱色的拓片，底色显得古朴、庄重；而第八章展示唐朝皇家岁月的时候，则是色彩斑斓的彩色陶俑，底色用天蓝或唐朝的粉色花卉图案丝织品，显得富丽堂皇，妩媚多姿。直到20世纪80年代初期，我们所用的课本和所读的通俗历史读物主要是以文字为主的，所以看到这种介绍中国历史文化的图书，真是让人爱不释手。在大学普遍推行多媒体教学的今天，这本书更加具有参考价值，所以上面我不厌其烦地多做了一些介绍。不过，如果读者有兴趣的话，最好还是能找到原书来感受一下，因为那要比我的介绍好看得多。我还不由地想到，这本书出版以后，1968年就有了法文版（*La Chine Ancienne*），1971年又出版了德文版（*China: Das Reich der Mitte*），现在我们找好的英文翻译并不难，而且版权问题也可以去联络，所以最好还是有出版社能出版一个中文译本。

对于当时未能买到的薛爱华的《撒马尔干的金桃：唐代舶来品之研究》一书，仍然耿耿于怀，不忘搜寻。功夫不负有心人，六年后在东京神保町的一诚堂，我终于买到了原书，是1985年加州大学出版社首次刊印的平装本，正对我的胃口，因为我不是藏书家，不那么讲究书品；我更不是为图书馆买书，所以不必非要立得住、看着好的精装本。

薛爱华的这本书后来由友人吴玉贵先生翻译成中文，题为《唐代的外来文明》，由中国社会科学出版社1995年出版发行，据说销量可观。玉贵先生在翻译过程中，把所有薛氏的引文都核对了一遍，并在译本中做了还原，我想这种经历可能和我帮三联书店核对新版《陈寅恪集》中三本论文集时一样吧，个中甘苦，唯有自己清楚。不过这个工夫没有白费，2002 年 4 月我到普林斯顿大学开唐史研讨会，柯睿（Paul W. Kroll）教授盛赞这部译著，直夸译著比原书还有用。因为对于西方学者来讲，要查出薛爱华用过的每一条材料诚非易事。唯一遗憾的是，译本题作者名为“谢弗”，正像《中国伊朗编》的译本题作“劳费尔”一样，不够准确，我们以后还是应当用“薛爱华”和“罗佛”来指称这两位贡献颇多而又喜爱中华文化的汉学家。另外，汉译书名虽较原书标题更为直观，但不如原书书名更有韵味，少了些许舶来品的神秘感。

薛爱华的《撒马尔干的金桃》一书是题献给罗佛的，表明他们的研究是一脉相承的。我当时虽然未能买到《中国伊朗编》和《撒马尔干的金桃》，但已经开始对中西文化交流史有所兴趣了，所以买下了这两位作者另外的两本书，以后我也终于买到了心仪已久的那两本书。每每想到这些，就感觉似乎冥冥之中有一种力量在牵引着我，使得我近年来的研究方向逐渐转向中西文化交流史方面，我想书缘至少是这种转变的缘由之一吧。

近年来我也比较喜欢用考古、艺术材料作为与文献同样重要的素材来研究历史问题，但我并不能说这也是受到了当年在莱顿所买到的下面两本书的影响。

一本是罗兰德（Benjamin Rowland）的《中亚艺术》（*The Art of Central Asia*），这是《世界艺术丛书·非欧洲文化之部》

（*Art of the World. Non-European Cultures*）中的一册，1970 年纽约出版，主要是介绍非欧洲艺术的历史、社会和宗教背景知识。罗兰德是东方艺术史大家，在此之前已经出版过《印度、中亚、斯里兰卡的壁画》（*The Wall-paintings of India, Central Asia, and Ceylon*, with A. K. Coomaraswamy, Boston 1938）、《巴基斯坦博物馆中的犍陀罗雕像》（*Gandhara Sculpture from Pakistan Museums*, New York 1960）、《阿富汗的古代艺术》（*Ancient Art from Afghanistan*, New York 1966）、《印度的艺术和建筑》（*The Art and Architecture of India*, 3rd ed. Baltimore 1967）等书，由他来写这样一本小书，可以说是左右逢源，融会贯通。该书在简短的

罗兰德《中亚艺术》附图

介绍中亚历史、地理、宗教的导论之后，第二章介绍了犍陀罗的希腊、罗马雕像，第三章是关于西域米兰发现的晚期古典艺术遗迹，第四章古代巴克特里亚和苏联中亚地区（主要是粟特地区）的艺术，第五章亚洲文明的十字路口——阿富汗的古代艺术，第六章至第九章是西域（古代新疆）的艺术，分别阐述于阗、巴楚、龟兹、焉耆与高昌的古代艺术，最后第十章是关于敦煌千佛洞的丝路和远东艺术。范围很广，而且配有精美的插图和部分线描图，是一本很实用的中亚艺术史的概说书，对于当时的我是本很好的教材，回国以后，有些参考图录无法看到，有时它还是我研究于阗历史和佛教的资料来源。

另一本是沃森（William Watson）的《中国艺术风格》（*Style in the Arts of China*），纽约世界图书公司 1975 年版。作者是伦敦大学中国艺术与考古学教授，著有《汉代以前的中国》（*China before the Han Dynasty*, New York 1961）、《中国早期文明》（*Early Civilization in China*, New York 1966）、《古代东亚的文化边界》（*Cultural Frontiers in Ancient East Asia*, Edinburgh 1971）、《中国古代的铜器》（*Ancient Chinese Bronzes*, 2nd ed. London 1977）、《中国考古与艺术研究论集》（*Studies in Chinese Archaeology and Art*, London 1995）、《公元 900 年以前的中国艺术》（*The Arts of China to AD 900*, New Haven and London: Yale University Press, 1995）。在这本小书中，作者希望一反西方传统的按照年代或者按照分类的研究艺术风格的方法，而是把中国各

个时代的艺术品，分成神圣的、真实的、装饰的三种类型来加以论述。对我来说，这本书不像上面那本书那样有用，因而并未给我留下什么特别的印象。

我到现在还能记得的当时买到过的书，还有卡尔·杨（Karl Jahn）刊布的两本波斯文著作，一是《拉施特著印度史》（*Rashīd al-Dīn's History of India*），一是《合赞汗吉祥史》（*Ta'rīh-i-Mubārak-i-Gāzānī*，即拉施特《史集》中蒙古史部分），其实我并不研究印度史，也不懂波斯文，这两本书的目录和导言也没有来得及看，只是因为知道刊布者卡尔·杨教授是《中亚杂志》（*Central Asiatic Journal*）的创办人和主编，想着他刊布的材料一定对中亚史研究是有参考价值的，所以就先买下来了。这两本书带回北大后，正好南京大学研究元史和察合台汗国的刘迎胜先生在北大东语系进修波斯语，我给他看过，他觉得有用，就复印了一份。后来北大历史系毕业分配到社科院民族所的张长利先生，颇有志于翻译拉施特或其他有关元史的波斯文资料，经常到我这里来聊天，我就把这两本他也觉得有用的书赠送给了他。可惜他壮志未酬，就英年早逝，思之不觉黯然神伤。我记得他曾送给我一本勒柯克（Albert von Le Coq）的《中亚艺术与文化史图鉴》（*Bilderatlas zur Kunst und Kulturgeschichte Mittel-Asiens*, Leipzig 1925），每次看到这本书，就会想起长利，想到他未竟的事业至今尚无人承继，心中不由感慨万千。

在西方一般的旧书店里，能够找到一本对自己有用的书，是很让人高兴的，像罗兰德的《中亚艺术》，就是十分难得的；有时若找到了一本自己颇感兴趣的书，则无异于过了一把逛书店的瘾，比如薛爱华的《古代中国》；还有的时候，有些书对自己来说，虽然可有可无，但若价钱不贵，就先买下来再说，比如我买到过一本 C. H. Hapgood 的《古代海盗的地图》（*Maps of the Ancient Sea Kings. Evidence of Advanced Civilization in the Ice Age*），里面涉及东西方的古代地图，觉得很有意思，就买了下来，可惜到现在还一直没有机会阅读。

记得在我买的有用的书里，还有一本荷兰文的杂志，是 1944 年的 *Jaarbericht No.9 van het vooraziatisch-egyptisch Gezelschap, Ex Oriente Lux*，因为其中有一篇德莱斯顿（Mark J. Dresden）的《于阗语研究导论》（Introduction ad linguam hvatanicam），虽然是荷兰文的，但我当时正在编于阗研究论著目录，所以绝不会放过任何信息的，而且这样早的杂志，竟然被我在 40 年后遇见，也算是因缘吧，所以当即把它买了下来。我把这条材料记录在和张广达先生合著的《于阗史丛考》后面的《于阗研究论著目录》中，并且有页码，那不是转抄来的，而是确实见到过的。遗憾的是这本杂志不知哪一次搬研究室时给弄丢了。近年来，我的研究生广中智之君随我做于阗佛教的博士论文，他发扬日本学者穷尽材料的精神，非要找到这篇文章不可，但我却怎么也找不到了。我无法向他解释中国年轻学者过去的艰辛，只能向他说声“抱歉”。

在旧书店里淘旧书，最希望的是能用较少的钱买到一些好书、有用的书。这些书后来有的是给自己用的，有的是借给朋友、学生们用的，还有的自己觉得自己没有太大的用处，就送给图书馆，希望能发挥更大的作用。在结束荷兰部分的《海外书话》之前，我在自己的书架里里外外搜寻了一遍，一些记忆中的书已经找不见了，大概已经送给更需要它们的人了。

算上在莱顿大学汉学院图书馆买到的旧书，我从荷兰带回来的旧书确实不少，有些书自己实际上没有什么用，但就是不舍得把它们再卖给旧书店，而是尽量给它们找到一个合适的归宿，毕竟它们曾在我的书架上有过一席之地。自己买旧书时，当然是希望价格越低越好，可是一旦买回来，因为是自己觉得有用才买的，所以无形中已给它们升了值，当然也就不愿意再卖给书店。特别是自己写出来的书，非常不希望被人卖到旧书店里再降价出售，虽然这对一个学者来说是不可避免的，特别是像我的《归义军史研究》那样专的书，听我的学生说也曾落得过这样的下场，好在我现在没有时间逛海淀的旧书店。但是如果我有机会再访莱顿的话，我一定还要去逛那家旧书店，再过一把淘书瘾。

（2003 年 6 月 30 日完稿，原载《中国典籍与文化》2003 年第 4 期，43—48 页。）

敦煌学学术史与方法论

主持这个讲座的敦煌资料中心给我定了一个题目叫《敦煌学学术史与方法论》，因为我经常跟他们聊到这个事情，所以他们就命题作文，给了我这么一个题目。但是知道敦煌学的学术史和方法论是怎么回事的人，都明白这个题目是很难讲的。这几天一直在条理我的思路，到底怎么样来说这个学术史和方法论?

我大体上条理了一下，但是我想有很多地方还不是很清楚，因为敦煌学是一门比较新的学科，真正的大发展是在 20 世纪 80 年代以后，现在还处在一个蓬勃发展的阶段。很多事情，特别是敦煌学史，要说长也有百年。要说短，许多方面还没有开始。比如我们敦煌卷子里面的那些小孩子，从儿童史的研究角度去看，可能还没有人去专门做过研究，就是说它还有有待开发的学术领域，但跟一个古老的学科比，如中国经学，那就没法比。所以我们现在来谈学术史可能早了一点，不过它已经有断断续续一百年的研究成果，我就这个情况，非常粗线条地给大家介绍一下。

这个系列讲座非常好，请了各行的专家，他们都会把每一类的研究史做一个交代。所以我这里不作具体的研究史，而是把敦煌学术史和研究方法，以及敦煌学术史中对我们今后的研究的一些启发，作个简单的提示。

前面几讲，我想宁可教授、郝春文教授可能已经做了交代。我就不讲得那么系统，有些方面我们可以在下面继续讨论。我今天讲的范围只涉及敦煌文献这一部分。

我想先说一说什么是敦煌学。按道理来说，敦煌学是三教九流无所不包，其中很重要一部分是考古艺术。我选了一张图片，一张我非常喜欢的敦煌绢画，给大家欣赏一下。石窟壁画原来有些部分是朱红色的，然而我们现在看到的变成了黑褐色，因为已经自然风化了。在敦煌洞窟里，要戴上一个有色的眼镜，把黑褐色变成朱红色时，才是辉煌的敦煌壁画。这个是在敦煌藏经洞的洞窟里封存了九百年，颜色完全没变的古代敦煌的绢画。如果你看原物，画在绢上比画在壁上的要精美，所以这幅非常漂亮，是真正可以代表敦煌艺术最漂亮的部分。这部分不是我今天要讲的内容，今天讲的是敦煌学里面的另一大类，就是文献类。但是这两个不能完全分得清楚，是相互补充、相互联系的，所以也会提到其他的东西。

我们现在已经形成一个很严格很常用的“敦煌学”的概念，包括我们这个讲座的名字。但实际上，在真正的学科划分里，没有一个“敦煌学”。在教育部的招生目录里找不到“敦煌学”，“敦

敦煌绢画

煌学”一直不能成为一个像物理、化学那样的真正的学科。就像西方的“汉学”一样，在中国的学科体系里是不存在的。什么是“汉学”？所有研究中国的东西都是“汉学”。所以，所有研究跟敦煌有关的东西都是“敦煌学”。最早提出“敦煌学”这个概念的，过去中国学术界一直以为是陈寅恪先生，他在1931年《敦煌劫余录序》中提到“敦煌学”是一门新的学问，呼吁大家都去“预流”，都去进行学术研究。他学通中西，觉得中西方各有贡献，可是中国真正研究这个的，能够立于世界学林的不过“三数人而已”。他说敦煌学有人说是伤心史，我们实际上不必伤心，我们的北京图书馆有很多好卷子，他举了一系列北京图书馆的好卷子。其实他举的有些东西，今天还没有人好好地去研究，要说伤心，应从这点上伤心。他当时倒觉得不必伤心，应该好好地利用北京图书馆的敦煌资料，做出优异的成绩，立于世界敦煌学的学术之林。他是从这个角度讲的“敦煌学”。但实际上，早在1925年，一个日本学者石滨纯太郎已经用过，不过他是在一个讲座的讲稿中用的，不那么流行，没有陈寅恪先生这么振臂一呼，大家可能还不会都用这个词。陈寅恪这个词，我想他是从西方的“Dunhuang Studies”来的。现在有人用“Dunhuangology”，就是加一个“学”的词尾。我让几个英国人去读这个词，他们很难发这个音，说这个词是生造的。西方学者根本不用这个词，他们的“敦煌学”对应“Dunhuang Studies”，是指对敦煌藏经洞出土文书的研究，就是研究那些文献资料。

在20世纪三四十年代，大家很难去敦煌，对敦煌很陌生。但对敦煌藏经洞发现的那些东西，已经有大量的材料发表出来，所以很清楚。五六十年代，姜亮夫先生写过关于敦煌学通论性的书和文章。他把敦煌学的内涵扩大，以敦煌莫高窟、安西榆林窟的造型艺术及藏经洞所出的写本文书两项为主，再加上长城烽燧出的简牍、高昌吐鲁番出土的文书。这个归纳虽然不全，但今天敦煌研究的核心部分，大体上就是这些敦煌吐鲁番文书、敦煌汉简，包括居延汉简的研究。在新疆地区的，不仅是吐鲁番，还包括了和田、库车文书的研究。因为敦煌本身是丝绸之路上的一个点，有关丝绸之路的研究也应列入其中。又因为敦煌莫高窟是中国第一批世界文化遗产，研究石窟，它是老大哥，因此四川、龙门、云冈石窟的研究，也都在《敦煌研究》上发表，全在敦煌研究的范围里。我们在编《敦煌学大辞典》时，上海古籍出版社主持这件事的严先生，就坚持《敦煌学大辞典》只能姓“敦”，姓“吐”的不要，姓“于阗”、姓“库车”的也不要。所以《敦煌学大辞典》是非常专一的。不过，我想这个概念也不是很准确的。这些材料本身，研究对象，在学问里没有一个内在的联系。如我们研究敦煌出土的文献材料，这些文献材料可以一直延续到明清，研究石窟也是一样。所以周一良先生认为应当把“敦煌学”放在引号里。但敦煌学一名已经约定俗成，所以在编《周一良集》时，也有一卷叫《佛教史与敦煌学》，也没在书名上打引号。

今天来看，20世纪80年代以后，敦煌学确实是一个热点。

我们在开隋唐史会议时，有些学者愤愤不平，说隋唐这么大，敦煌这么小，敦煌学会开会有时有三百人，而隋唐史学会一百人都不到，而每一年敦煌学论文发表的数量又远远超过隋唐史的。应该说，敦煌学里的隋唐部分，包括在隋唐史的研究里。在学术界里，一些学者对这两个学科发展的不平衡，有些不同看法。不过敦煌学的发展，在这二十年里有各种各样的因素。其中一个重要因素，就是有大量的敦煌材料发表。于是就逐渐有了教育部的兰州大学的敦煌学研究基地，有了一些敦煌学的刊物。而我们每年也要开一两个甚至三四个国际的敦煌学会议。所以在最近北京理工大学召开的敦煌学学术史研讨会上，日本的高田时雄先生就建议，应该成立一个国际敦煌学协调委员会，来协调到底哪一年开会，开什么会。最好开一个会，要不大家写论文来不及，就会有凑数的东西，就会有水分。

从我自己的看法来说，敦煌学确实有一些自己独特的方面，独特的研究对象。从这点上讲，它逐渐构筑了自己的学科——敦煌学。从文献的角度，敦煌这些写本材料与我们看到的一般印本书籍完全不同。现在除了敦煌之外，写本书籍流传下来的非常少。所以敦煌学跟写本、写本的处理方法是直接联系的。搞文史哲的人要对版本知识有一定的了解，要了解什么是宋本，什么是元本，什么是明本，什么是武英殿本，什么是《四库全书》本。应有一个版本知识，应有一个校勘知识。但校勘印本的古籍和校勘写本的古籍不一样，在写本时代，每一个人的就是一个版本，每个人写的都会不一样，处理的方法当然就不一样。像我们校勘，就可以出异校，如敦煌《妙法莲华经》，你要出异校得要出多少个。

另外，这些资料都出于敦煌、吐鲁番等西北的地方，所以对当地的背景就该有充分的了解，这个背景知识可不是现成有的。可我们研究隋唐史，靠《资治通鉴》、两《唐书》、《册府元龟》，隋唐历史的脉络就基本清楚了。尽管这是封建史学家给我们留下的，但经过我们的筛选，会有一条很清晰的脉络，我们研究隋唐史的任何大小问题，基本上就有一个清晰的认识。在这样的背景下做研究工作，就会很清楚。可是，敦煌学就不同了，比如在中国内地，我们有《四分律》，知道中国寺院里的一些基本规矩。如果是世俗社会，我们有《唐律疏议》，知道有官方规定的对错。在敦煌，我们能不能拿长安规定的这些东西来要求？如果按郝春文先生的研究，应该不能。因为敦煌的和尚又喝酒，又吃肉，又在家住，跟唐朝内地的戒律严格规范的和尚不一样。所以，对敦煌的时代背景、敦煌的地理资料要有一个新的认识，要重新积累。

而且敦煌出土的资料，又有直接与吐鲁番和丝绸之路有关的。新的资料又引申出来一些新的课题，这些课题可能是我们从来没有接触过的，或者我们无法接触到的。我们从整个中国文献构成的大方面来看，基本上是有名的作家的东西才留得下来。有一个叫王梵志的，写下了很多的诗，但清朝辑《全唐诗》的那些大文人，觉得这些都是属于乡村教师、下里巴人嘴里念的，一首都不收。有相当一部分人认为，王梵志实实在在有这么一个人。可我相信

"王梵志"不是一个人，可能最初是有这么一个名字，以后慢慢大家都用"王梵志"这个名字来造诗。王梵志的诗在敦煌非常流行，有三卷本的，有一卷本的，从中辑出了几百首的《王梵志诗》，现在大家都给他放在了《全唐诗补编》里。这样经过历朝封建士大夫的筛选，唐朝时期的民间文学很多已经不存在了。而敦煌却给我们提供了一个学术的立体面，既有经书，也有下层百姓用的东西，老百姓听的那些故事唱本等。这些东西给我们提出了许多新的研究课题、新的研究方向。

敦煌学就是在这样一个状况下日益壮大，逐渐形成了自己的系统和方法，有了自己的研究范围的。所以我们现在想把这样一个学问框在一个框架里是不可能的事。在这样一个情况下，应该使敦煌学步入一个良性发展的轨道。而周先生提醒我们，特别是提醒《文史知识》的年轻读者的一个重要思想，是希望大家在研究敦煌时，不要陷在敦煌学的圈子里头。如果陷在敦煌学的圈子里，你就会越做越窄，越做越没有根基。因为敦煌有很多是很小的东西，要是仅就敦煌的事情，是做不出太深刻的问题的。应该联系到西域、中国、印度，如果你在这样一个广阔的背景下研究这个问题，就有很多新的认识。如果你不知道整个的大背景，单单注意敦煌的这里的问题，是看不深，看不透的。我想首先应该把敦煌学的这种基本情况给大家交代一下，然后再进入下一个话题。

敦煌学的学术史，过去也出版过一些有关敦煌学学术史的著作，如《中国敦煌学史》、《敦煌学述论》等，但这些以敦煌学的学术史为主要目的的著作，基本限定在中国敦煌学的学术史，对中国敦煌学的研究讲得很清楚。可在我看来，敦煌学的学术史，没有“中国敦煌学”这样的概念。

首先，敦煌学从一开始就是一个国际化的，就是一个世界化的。材料是被斯坦因（Marc Aurel Stein）、伯希和（Paul Pelliot）盗走的，当然这个东西最早也就不是中国学者发表的。中国学者最早发表的东西，都是得自于伯希和的“恩赐”。是伯希和带到北京以后，中国学者才开始做起来的。这个敦煌学史怎么能从中国本身来写清呢？它是一个互动的过程，中国的敦煌学和世界的敦煌学是分不开的。只是在十年“文革”中，可以说只有世界敦煌学史而没有中国敦煌学史，因为那时中国人不做学问。所以我们说这个概念是不成立的。

二是，目前的敦煌学史，只是从已经发表的文献来研究的。说某一年陈寅恪先生写了什么文章，取得了什么看法。现在敦煌学史都是这样写，有点像政府工作报告。我们看到的《敦煌学辑刊》也好，《中国史研究动态》也好，都有一个2000年敦煌学概述，这些东西都是流水账式的，只是给大家做一个索引。每年都发表了什么文章，这篇文章有没有前人研究过，也不知道，也不去对比。实际上这些都不叫敦煌学学术史。什么叫学术史？学术史是要“辨章学术，考镜源流”。就是一个学问是怎样下来的，源在哪，流是怎么流，“评判高下，辨别优劣”。发表的这个东西，人家几十年前就做过的，你现在又写一篇，这除了评职称有用，其他什么用都没有，完全是浪费精力和时间。现在写敦煌学的学术史，主要都是按照已经发表的成果，叙述敦煌研究的历程。实际上，我们做学问的人都知道，有的人准备一个研究课题并做出了成绩，但由于种种原因，最后他没发表，实际当年他已取得了这个学术成果，但没有发表就算不存在。可是，在敦煌学的学术史里，应该把它总结出来。比如下面讲到的向达先生，到敦煌抄回来《神会语录》，做了很精细的校勘，可他没有发表。现在发表了很多其他学者的，我看以后的讲座安排有杨曾文先生讲《神会语录》，我也和邓文宽先生整理过一本。但这些东西，都远远晚于向达先生几十年，这个成绩在敦煌学的学术史里应该计在向达先生名下，而不是计在我们的名下。如果我们不去搜寻那些日记、那些书信、那些稿本和那些旧照片、档案，以及很多旧的报纸，还有一些实物材料、一些敦煌卷子后面的题跋等，如果不把这些东西全部收罗起来，不把它的源流弄清楚，我们写不出一个真正意义上的敦煌学的学术史。如胡适在英国、法国调查敦煌卷子时，英国那个看管卷子的翟林奈（Lionel Giles）对他非常好，为什么？因为翟林奈的第一篇敦煌文章刚一发表，第二年就被胡适批了一通，说他标点也不对，翻译也不对。翟林奈翻译的是敦煌卷子里的《敦煌录》，1914 年发表在《英国皇家亚洲学会会刊》上。第二年，1915 年，当时是一个革命青年的胡适，在美国留学，就给翟林奈挑了许多错。西方人很接受书评，翟林奈马上在胡适文章发表的同时，又来了一篇重译《敦煌录》。胡适去的时候，他对胡适非常好。要是不清楚这个脉络，就不知道胡适在去参加庚子赔款会议的间歇，怎能发现那么多好东西，拿出这么好的《六祖坛经》、《神会语录》。因为翟林奈把目录给他了，要不然，八千卷敦煌卷子，他上哪去找那些最有关系的禅宗史料。他一天看上一百个号，也看不过来。伦敦最前面号码的那些卷子都是十七八米的整卷子，一个上午你再小心翼翼，工作效率再高，也顶多能展开四个卷子。胡适的工作一定有人帮忙，这个帮忙的人一定就是那个看管库房的翟林奈。所以我说这个敦煌学史是世界性的。现在你要了解胡适，日记都出来了，就可以知道他当时看到这个东西一步步的过程。如果没有胡适日记的影印本，我们根本不知道他研究的过程，只知道他发表的结果。现在，敦煌学的学术史已经开始做这些方面的工作，开始搜罗、积累这方面的档案材料了。有些方面做得非常好的，像有关敦煌探险的历史，现在出了很多书。这是因为中国现在西部探险热，有很多探险家去，很需要这些过去探险的书。实际上很多有关探险的书，都是敦煌学的重要著作。如斯坦因的《西域考古记》，这么大的书都给翻译出来了，这在多少年前，是不可想象的。今年八月，理工大学召开以敦煌学学术史为题目的学术讨论会中，有的是真正的学术史论文，有的就是总结性的文章，不过这两个方面都是有用的。

下面，我就敦煌的发现、写本的流散和研究等一些影响敦煌学学术史的方面，粗线条地回顾一下敦煌学的学术史。

敦煌的历史简单地讲，最初是游牧民族月氏人游牧的地区。到汉武帝时，月氏人被匈奴人打跑了，匈奴人又被汉武帝打跑了。汉武帝时，河西走廊才开始进入中原王朝的版图。所以当我们打开《汉书·西域传》，首先就是“列四郡，据两关”。四郡就是今天的武威、张掖、酒泉、敦煌。两关就是阳关、玉门关，在敦煌西边。在汉代，敦煌是中原王朝的最西边，这是历史赋予敦煌的第一个特性。敦煌在中国历史上的第二个特性，就是丝绸之路上的最关键的一个点儿。张骞通西域以后，通过敦煌的丝绸之路干道形成，通过河西走廊西出敦煌，越过塔里木盆地，再翻过帕米尔高原西去。这是一条非常难走的路，却是最直接的捷径。所以丝绸之路不管怎样变化，它的干道必经敦煌。而敦煌又属于咽喉之地，出敦煌之后，又分成三路，南路、中路、北路。不管怎么变，都要从敦煌分开这个岔，就是卡住丝绸之路的咽喉之地。丝绸之路自汉至唐，一直到五代，都非常繁盛。不过在1036年西夏占领以后，西夏人跟宋朝人打仗，把敦煌的人都迁到河西走廊的东边，去和宋朝人作战，敦煌就衰落了。到了蒙元时期，一度有所恢复，马可·波罗来时，就是经过敦煌的。不过，蒙元时期的丝绸之路干道是北边的草原，不是这条绿洲道路。最糟糕的是明朝，虽然给北京留下了八达岭长城这个辉煌的旅游胜地，不过与汉代长城相比，明朝的长城就一点都不辉煌了。真正的汉代长城在北边很远的地方，那才是中国人民最伟大的建筑遗迹。可明朝建了一个嘉峪关，把这么美丽的敦煌扔在了关外。敦煌的汉人，就像现在英美部队在非洲抢救他们的侨民一样，被明朝的兵护送进来，守嘉峪关，然后敦煌就不要了。嘉峪关以西就成了维吾尔族放牧的地方。到了清朝末年，敦煌还是这么残破的样子。1908 年伯希和留下的照片显示，底下的洞窟大部分都被埋掉了。

在王道士来之前，这个洞窟全部被沙子埋上了，所以我说王道士是有过也有功。他的功就是把沙子一层层扒出去，露出了藏经洞。如果把塞满整个甬道的沙子扒掉，那个墙壁上的洞窟实际承重的墙皮会有反应，有人传说“轰然一声”就开了一个窟，这是有可能的，因为承重没有了。当然也有其他各种传说。敦煌学史上的第一个难题，就是它不是科学的发现，不像甲骨，甲骨最初不是科学家发现，然而是学者最初鉴定出来的。从中药铺鉴定出有字的甲骨，马上派人到河南去搜罗。甲骨、汉简、敦煌和明清档案，清末民初的四大近代学术史上的发现，三个都是学者发现的，唯独最多的敦煌资料不是学者发现的，而是一个不太通文墨的王道士发现的。这个故事我们在这里不讲，但是我们要交代一点，就是没有经过科学发现的材料，最悲惨的命运就是流散。现在有很多盗墓的东西拿到香港后，本来是一捆子的汉简，这个人买几条，那个人买几条，整个一部书就分散了。敦煌就是这样一个悲惨的命运。所以我们经常说是敦煌残经，敦煌残卷。真正发现的时候它是不是这个样子，我们搞不清楚。因为在 1900 年 6 月 22 日发现的时候，没有一个学者在那。而误传的消息则是王道士告诉敦煌县的县长，告诉敦煌县的文人，然后这些文人告诉当时已经到了河西走廊的一个大学者叫叶昌炽，说只发现了三百多卷，每个人一分就给瓜分完了。叶昌炽是当时北京派去河西走廊的一个考试官，是个金石学家，他完全有可能把这些东西拿来，但他听说只有三百多卷，已经分光了，就没有去。

同时我们也要说，被清朝的文字狱关在书斋里三百年的中国学者，完全不像西方学者伯希和、斯坦因那样感觉敏锐。三百卷也好，几百卷也好，既然有这个东西，你就应该去看个究竟，叶昌炽没有去。所以，当他后来看到罗振玉编的伯希和拿到北京的写本目录，惋惜得不得了。说我奉国家的命令出使甘肃，结果就因为划定的范围在嘉峪关以内，自己没有再走出嘉峪关一步，结果把这些东西就整个地留给了伯希和。嘉峪关对敦煌学有多么糟糕啊！

当时叶昌炽还不知道斯坦因拿走的更多。伯希和是在做完库车的考古以后，在乌鲁木齐休整时，看到了辗转送到清朝一个官员手里的卷子，立刻判定这是8世纪的写本。他本来下一个目标是去挖吐鲁番，就扔下了吐鲁番，马上奔了敦煌。西方学者的态度和动作和中国就完全不一样。而我们在伯希和带着这么好的卷子到了北京，给京师大学堂，也就是我们北京大学的先辈们看，这些人说真好真好。伯希和说那里还有，他们说我们打一个报告给清朝学府，发一个电报去弄吧。我们现在国家图书馆得到的那些东西，就是用电报弄来的，实际弄得一点也不干净。王道士也留，路上也有人截。其实还剩下很多真正的好东西。我们别的不说，就说奥登堡（Sergey Fedorovich Oldenburg），1914 年才到那里，工作了几个月，竟然拿回去一万多号的东西，你说剩下了多少？当时北京的学者都说好，可是没有一个人去。这是一段非常惨、非常伤心的敦煌学的学术史。我们一定要了解这段学术历史，才能知道卷子分散撕裂的情况。

在研究每一个写本的时候，我们最好知道每个卷子是怎样分离的。敦煌各个号码的卷子，在内容上不连续，东一个西一个。可能一个在北京，一个在巴黎。一段段残卷的情形，给我们现在的敦煌学研究者的印象就是一堆垃圾。实际上，王道士打开这个洞窟的时候，并不是这个样子。

所以第一点，我想强调的是注意敦煌藏经洞的发现和最初的流散。我们对 1907 年斯坦因来到之前的情形不清楚，任何一条关于这一时期的信息，都是极其珍贵的史料。这是叶昌炽得到的一幅画，现藏在美国的弗利尔美术馆（Freer Gallery of Art）里。敦煌的绢画现在几乎所有的都发表了，在我看过的里头，这可能是最好的前十张之一。这是一个于阗公主供养的地藏菩萨，非常细致，画在绢上的，保护之好，让人觉得是假的。所以，弗利尔美术馆一直不敢发表这个材料。我过去研究过上面的题记，因为王国维抄过这条题记，但不知道原件在哪。叶昌炽当时从敦煌得到了两张绢画，另一张是一个观音，早就被弗利尔美术馆发表了。我一直怀疑，这两个绢画，从中国买卖的情况来讲，应该是被一家买卖，应该在一个地方，至少有这种可能性。1997 年我有机会

叶昌炽所获地藏菩萨像

去美国，就向弗利尔申请，说我要找另外一张。实际他们知道那儿有，没有告诉我，就说，你来吧。我到了库房，大吃一惊，这幅画就镶在水月观音图隔壁的一个木板上。他们为什么没发表？就是有人说这个颜料太新，是假的。我把叶昌炽的日记、王国维的跋，以及一些中国学者的回忆录串起来，得知是上海中国书店的老板卖给了一个日本人，而弗利尔美术馆的档案记录是一个日本人卖给弗利尔的，中间环节全部接上了，档案递传是非常清楚的。我复印了一套给他们，他们给我一个发表权，我回来赶快就把这个材料发表了。我非常喜欢这幅画。就是说，研究一个材料的时候，你要知道这件材料的研究史和这个文本的传递史，要不然发表出来，人家说这是假的，那你发表这个东西就没有说服力了。

我讲的第二点，就是斯坦因记录的敦煌藏经洞的原状。我前面一直强调，不论在伦敦、巴黎，还是在国家图书馆，我们现在看到的卷子许多都是曾被修复过的状态。我们最重要的工作应是，第一，根据斯坦因留下的科学记录，复原敦煌藏经洞原来文献的构成状态。所以斯坦因留下的两张照片现在是非常珍贵的。其中最最珍贵的就是下面这张，这张照片表示的情形，就跟斯坦因自己的记录一样，上面是正式的图书馆的卷子，所有汉文和藏文的经卷，全都是包着包袱皮，这叫经帙。最重要的，是在这个帙子上有“摩诃般若·海”，就是《摩诃般若波罗密经》的那个“海”号的帙子。因为中国古代藏经的制度，是用《千字文》来编号，

斯坦因最初拿出来的敦煌经卷

一个号代表 10 至 12 卷。一卷是多少纸都是一样的。你们看《房山石经》，就是从卷轴本抄下来的，所以虽然上了石板，它还是一行 17 字，然后是多少纸一卷，最后写上这个卷用了多少纸。但也有些小经，不像现在这么标准的一卷。这个制度，一直到了封藏敦煌卷子的宋初时，都按《千字文》排。你一看《千字文》“海”字号，就知道这是《摩诃般若波罗密经》四十卷本的从第 11 卷到第 20 卷那一捆，是很清楚的。斯坦因不懂得这个制度，但他留下了记录。在得到王道士允许后，他把整个敦煌卷子翻了一个底朝天，整个儿翻了一遍。他统计说一共有 1050 个装汉文的包裹，每一个包裹平均包 12 个卷子，还有 80 个装藏文的包裹，说得很清楚。因为藏经洞的经卷是不完整的藏经，我们不能用《开元录》的包裹数来要求它。而敦煌当地的和尚佛学水平不高，所以把一些所谓的“疑伪经”都放在里面保存起来，每一个都包着包裹，编上号码。从翻出来的一个正规的包裹的照片，再根据斯坦因的记录，我们可以推测所有的东西实际上都是包着的。不仅这些正规的图书有包裹，其他的如贝叶装的，藏文的、梵文的、粟特文的，它没有中原的这种制度，但都是用包裹皮包好了。入藏的时候，完全不是像扔垃圾那样随便扔进去的。都是有计划包裹好了，藏进去，然后在外面封好洞，是完全有意识收藏的。不像有些人说的，是敦煌洞窟寺院没用的东西扔进去的，是一堆垃圾。如果把敦煌 17 个庙没用的东西扔到藏经洞里，根本装不下。

我还想说的是，王道士不懂学术，但粗通文墨，通的是什么呢？他看过《西游记》，还觉得书法好看。这两点真是把中国的敦煌学给糟蹋了。他懂得《西游记》，斯坦因就用《西游记》故事骗了他。另外，王道士不让斯坦因把整个卷子都拿走，要留下那些书法漂亮的。他眼中那些书法漂亮的，就是唐代那些写经生写得比较整齐的卷子。他留下的这种正规的包裹虽然都是正式的图书，却都是《大藏经》里早已有的佛经。我们国家图书馆的敦煌卷子，最多的就是佛经。交给斯坦因的都是最好的非佛教的，哪儿都找不着的世俗文书、少数民族的语言文字，还有那些漂亮的绢画。王道士是一个虔诚的道教徒，对这些佛教的画一点兴趣都没有，他留下的那些东西都是没用的东西。斯坦因也好，伯希和也好，他们之间的交易完成后，留下的一堆，是没有什么学术价值的。当然有一些是缺少头的，斯坦因、伯希和没有挑走。像摩尼教的残经，这是全世界最珍贵的，要定级为超一级品的东西，就在我们国家图书馆。但大多数好东西都给斯坦因、伯希和拿走了。因为这个卷子的头给撕掉了，就把它当佛经扔到那了，王道士不懂这个，这是劫余的。

经帙是非常讲究的，有的是用纸的，有的用草的，有的是用竹子的。有的是用锦的，这是波斯锦，镶着对马对兽的联珠纹的波斯锦，非常漂亮。上面有编号或卷名，一个轴一个缥带，抄十卷完整的经后，在外面一系就是一捆。这些帙子在伦敦、巴黎有很多。这个轴卷到最后，有个尾题，还有个寺院的藏经印，这是最标准的。我认为这是三界寺的经。里面还有绢画或刺绣，有的有两米多高，很大。

伯希和是1908年来的，他来时并不清楚斯坦因已翻腾了一遍，以为他看到的藏经洞就是原状，以为是西夏人打来了，和尚扔下东西就跑了，所以他进去的时候说这里头乱七八糟的。实际上，那是斯坦因折腾的结果，根本就不是原状。王道士跟斯坦因说好了，这件事谁也不能说出去。结果又来了一个洋人，王道士以为伯希和会碰上斯坦因，而这个伯希和却没有告诉他斯坦因拉走了这么多东西。但世界这么大，伯希和与斯坦因怎么能碰上面呢？所以在他眼里，外国人还是很守信誉的。落后的中国人到了这种地步，不知道斯坦因、伯希和都是来自哪的，以为他们都是一家人。伯希和定了一个目标，说他不能全部拿走。伯希和是懂汉文

斯坦因所获精美的绢制经帙

的，第一要拿非佛教的，第二要拿经卷尾题里有年代的，第三拿非汉语的。他这三条，把有学术价值的东西全部拿走了。原来我们研究伯希和这个人，对伯希和的评价极高。我也是这样，觉得伯希和这个人有眼力，拿去的东西都这么有价值，一直想到巴黎去抄这些东西。可我们在研究藏经洞整体情况时，才发现伯希和是藏经洞一个大罪人。他挑出来卷子里有年代的，卷子背面有非佛教内容的，或是非入藏经内容的。比如照片上他没动过的包裹，一捆捆包好着，动过的，全散了。所以我说，是伯希和把藏经洞整体构成给毁灭的。我多少年在国外，很希望把它们再构筑起来，这件事到现在是不可能的。

还有一个问题，就是西方科学的管理方式，凡是漂亮的经帙，放在英国、法国，放在俄罗斯，都算是艺术品。凡是这种经书，作为书放在图书馆里。所以到了西方，这些东西的整体分开了，分存在博物馆和图书馆里。最聪明的是斯坦因，他是世界上考古学里最运气的一个家伙，无论我们怎样批判他，但斯坦因确实记录得非常清楚。他作为考古学者，在现场必须把每一个的东西给一个号码。他把每个包裹皮编一个罗马字母的号，然后每个包裹皮里头来一个001、002、003顺序的编号。这些保留在印度事务部图书馆那些藏文卷子里，也保留在漂亮的绢画上面。唯独这些佛教的写经和这些世俗文书，太多了，当时没有时间编了，只能给一个包裹皮号，他只能这么处理，然后马上就搬走了。到了伦敦以后，有人自作聪明，把这些所有写卷给了一个S号，以纪念斯坦因，把这些卷子从S.1、S.2到S.8400编了号。哪卷是哪包的完全不清楚了。所以现在我们看S号时，你能看到几个号连着的内容差不多，就是那个卷子按顺序编时还没有被拆得太散。但大多情况，是被他打散之后重新给号的。现在我们没有办法复原斯坦因拿去的那些包裹和卷子的关系，如果我们能复原，很多东西我们就会研究出来。比如很多卷子后的世俗文书，现在看似没有关系，可是将来把这些卷子原来的号码放在一起，我们就有可能把这个关系找到。所以，我很希望把斯坦因最初编的那个包裹皮号的目录单子找到，在什么地方找，一定能找回来。这就是我特别要讲到的，斯坦因、伯希和的所谓考古，把敦煌的东西分散到了全世界，影响了各个国家的学术格局，影响了我们整体研究敦煌的卷子，影响了研究处理每一个个案卷子，影响了敦煌学的学术史。

我在《敦煌学十八讲》里还专门写过一讲，就是说西方汉学的发展，非常受敦煌卷子的左右。敦煌吐鲁番写本，包括有些范围更广的东方写本运到欧洲以后，当时的一流学者全都扑到这上面去研究，谁做出哪方面的成就，都是和那个国家拿走了什么东西有直接关联的。法国有了敦煌卷子，特别是伯希和精心挑选的敦煌卷子，法国就依靠敦煌卷子，从事汉学的某些方面研究，就有非常大的进步。如道教研究，其他地方都没法跟法国比，就是因为他们有敦煌卷子里的道教文献这个背景。而德国，因为没有敦煌卷子，就没出研究这方面的好汉学家。敦煌汉文文献主要是英、法、俄国人在做。而粟特文、于阗文的研究，为什么最大的那些大家都出在英国、法国，那是因为粟特文、于阗文的最完整的卷子都在英国和法国。

我简略地回顾一下各国研究的动态。斯坦因对敦煌学相当大的一个贡献，就是提供了非常详细的敦煌的第一份考古报告。接着就是在1919年第一次大战后，开始从事编目的翟林奈。翟林奈花了一辈子的功夫，1958年去世，他的整个生命贡献给了伦敦的敦煌汉文写本事业。不过他最要命的，就是他一直自己干，不接受中国学者的帮忙。他编的这个目录，从分类上和在写本内容比定上做了很多工作。英国敦煌学里有一个天才，就是魏礼（Arthur Waley），他编过英国博物馆藏斯坦因所得的绢画目录，也翻译过一本敦煌变文。他的工作主要在20世纪30年代到50年代，是相当了不起的工作，现在英国几乎没有真正搞敦煌汉文写本的人才。但英国很聪明，抓住了网络上的工作。在英国图书馆有一个IDP项目，中国最近也从我们国家图书馆开始搞。实际上，我们现在又落在了英国后头，是在跟着英国人搞，被统到了IDP那个网络项目下了。我们一直嚷嚷，要夺回敦煌学这个中心。我不是在批评谁，哪个国家做都是做。但是有很多人老是强调我们要爱国，要夺回敦煌学的中心，但网络怎么又给忘了，又落后了。这就说明你的头脑，你的思路，没有跟上学术的最前沿。

我们不应该把敦煌学放在爱国主义的氛围里去讨论，要真正地推进一个国际敦煌学的发展。在法国，伯希和到北京，拿了那么多敦煌卷子给中国学者看，所以法国的敦煌学界从一开始就奠定了一个方针，就是与中国学者合作。伯希和开始合作，但在合作过程中有一些摩擦，就是谁先发表什么东西，或是谁先发现的哪件东西有一些争论。如王国维就埋怨，他找伯希和要一件《切韵》的写本，三四年也不给他寄过来，可能那时伯希和也想研究那个东西；另一个原因有可能正是世界大战，王国维也不知道打得炮火连天，没法寄过来。总的来讲，从伯希和到马伯乐（H. Maspéro），一直到戴密微（P. Demiéville）先生，都是跟中国学者合作的。马伯乐是最早利用敦煌卷子做道教研究的，所以现在西方研究道教，不论在哪个国家，很多都是从法国进来的。而法国的这个源，就是从马伯乐开始的。

在法国学者里，有一个伟大的人物戴密微，非常了不起。他跟王重民先生每周定一个时间会面。王重民先生是北京图书馆派去的，跟向达一样。但他们俩的情形完全不同，向达在伦敦受到翟林奈的刁难，没看到多少东西。而王重民先生工作条件就完全不一样了，可以在书库里随便拿任何一本书。王重民先生把巴黎的东西整个过了一遍。他的着眼点是敦煌的古籍，是传统学术里的东西，不关心那些世俗的东西。他每周给戴密微汇报一次，把一些重要的东西告诉戴密微。戴密微做的最辉煌的成就，就是研究禅宗入藏问题。中原汉地最典型的佛教禅宗曾经传入到西藏，但到了后弘期，西藏的佛教为了强调西藏佛教的印度来源，把这些汉地来源的痕迹很多都抹掉了。禅法的传播，除了在某些部派里还有一些影响，大致到了后弘期佛教时已经完全没有了。当时摩诃衍从内地去西藏传法，在后来的藏族史料里，都说他跟印度和尚斗法时被打得大败，扔下一只鞋就跑了。但是在敦煌发现了一个跟摩诃衍一同进藏传法的名叫“王锡”的人，他写了一本书，是专门写摩诃衍教法的，叫作《顿悟大乘正理决》，在他的序里说是摩诃衍把印度的和尚打败了，怎么打败的都说得一清二楚。戴密微发现了以顿悟为中心的这么一组东西，把它翻成了法文，写了一本非常好的书叫《拉萨僧诤记》。这本书一出来，就成了一个奠基性的学术里程碑式的著作。而这本著作，实际上是王重民先生帮他做的。以后大陆学者出不去了，他又跟饶宗颐先生非常好。饶宗颐写的《敦煌曲》，他翻成了法文。饶宗颐写的《敦煌白话》，他也找人翻成了法语。都是非常了不起的著作。2000年法国学者出了一本杂志，纪念藏经洞一百周年的一个专号，前面的学者都是法国学者，最后一篇是我的，这表明他们的一个态度。到今天为止，法国的敦煌学界一直和中国的敦煌学者保持着一个密切的合作关系。

1909年伯希和带到北京的一批世俗文献，伯希和自己感兴趣的，大概也和当时的北京学者感兴趣的东西一致，所以他带来的很多东西，就是中国和日本敦煌学者最初的研究范围。我想对大家提一点，就是法国的敦煌研究，是一些集体研究的态势，他们非常有合作精神，这是西方近代学术界里非常好的优点。西方近代的学术是从理科来的，理科的这种协作精神在文科里很有反映。

西方有大的权威，在这个权威下可以拢住一批人，一起合作。我们中国学者的这种合作态势不太好。中国最早当然有叶昌炽等人的工作，但真正敦煌学的开端，应该是伯希和到了北京。其实伯希和的大马车是从天津出海的，经过了这么多中国的过路的检查，就这么把几大箱子的东西运走了。伯希和南下到了远东学院，在越南河内的远东学院述职，然后又带着钱到北京来买书。这时，他给中国学者看随身带来的自己研究的东西。他当时很担心，怕中国学者态度不好，但中国学者对他非常友好，他非常感激，所以又陆续拿出很多东西。中国学者当时跟日本学者关系很深，像罗振玉这些人就写信寄照片，告诉了京都大学的内藤虎次郎和狩野直喜。所以，中国的敦煌学和日本的敦煌学，由于伯希和的来北京，几乎是同时起步的。

中国敦煌学基本上是以个人为主的研究方式，最初是京师大学堂的这些人接待伯希和，抄了很多东西。因为过去敦煌卷子没有整体发表，谁能够到巴黎伦敦抄回一些，谁就做研究，所以过去是所谓“挖宝式”的研究。但个人的知识兴趣不同，如胡适，他写中国哲学史，写到禅宗那部分，觉得我们现在看到的禅宗史都是伪史，不是真的禅宗史。真的禅宗史在哪？他没法下笔。知道有问题，但不知道应该怎么做。他估计在敦煌卷子里有，以他的地位到了伦敦巴黎，人家把编的草目给了他，他一下子就把神会的一些资料找到了。

现在我们看到的文献，都是从南宗系统下来的，当然后来有很多分家的过程。唐前期开元以前，原来最盛行的北宗文献几乎没有了，可是我们在敦煌找到了，可以整个地改写早期禅宗历史了，这就是胡适的贡献。但很可惜，我们中国研究禅宗史，胡适虽然开了一个好头，却没有人继续。现在禅宗史研究，是法国学者，特别是日本学者一统天下，我们连趟儿都跟不上。当时有机会去巴黎的是刘复，他去巴黎，除了找音韵学的材料，还找民间文学和社会文书的材料，编了一本《敦煌掇琐》。他的这些书，对于中国敦煌学的走向有很大影响。但贡献最大的是王重民先生，他自己的研究范围是中国的典籍，他对中国典籍最熟悉，是没有人能超过的。在出国前他就是北京图书馆的馆员，对北京图书馆的善本非常熟。到了巴黎，又走访了欧洲的大图书馆。由于二战，他没回来，又跑到美国国会图书馆，把美国图书馆的书目整个儿编了一遍，所以王重民先生是到现在为止，过眼宋元善本书最多的人，没有人再有机会超过他了。而他又守着敦煌卷子，把敦煌卷子里的古籍基本上全部比定了一遍。所以我在伦敦做编目工作半年，有一个最大的愿望，就是能够找到一件王重民先生没有比定过的古籍，比定出来，结果没有做到。

中国敦煌学的另一个领军人物就是向达。向达在伦敦没有取得他理想的成果，转过头来抄太平天国的文献。他的一个大贡献，就是在抗日战争期间，曾经两次从重庆到敦煌考古。他在敦煌也抄当地的卷子，实际上他走出了一条我们研究敦煌学最应该走的路，就是考古与文献、艺术与文献，多学科综合处理的一个路子，这是真正意义上的考古，应该说是向达先生走出来的。

20世纪50年代，在向达、王重民先生的推动下，我们有很多辉煌的成果，可惜的是“文革”时期断了档。80年代后，我们在敦煌卷子上投入了大量的劳动。但要知道，我们投入的范围是很狭窄的，只是汉文典籍所反映的非佛教的部分。宗教部分的道教研究，我们远远赶不上日本学者。胡语的研究，甚至我们还有不懂的语言，像粟特语，是敦煌的语言，我们中国还没有一个人认识这种语言。但对于均田制，日本学者就完全不能跟我们比了。我们现在已经出了五本关于均田制的书，所以大家再不要研究均田制了。

日本学者跟中国一同起步，一直在做。日本不论有战争有失败，虽然对学术有些影响，但很少，他们的学术一直稳定地在走。日本学者有很强的经济后盾，他们去巴黎、敦煌要比中国学者方便得多。我每次去英国或法国，必定会遇到一两位日本学者在那儿看敦煌卷子。另外，他们的汉文功底比欧洲学者相对要强。有的日本学者非常熟悉佛教典籍，一下就能知道敦煌卷子里最大量的东西里的名堂是什么。他们过去研究三阶教，研究禅宗，研究密教经典，研究净土教经典，都有非常好的成果。在今年三月北京开的佛学研讨会上，一个日本学者做“地论宗”，这个资料过去没有人用，其实是很好的题目，可是中国学者没有人看到，别的国家的学者也没看到这步。因为没有这个宗教学背景，不知道问题的点在哪儿。由于中国学者这二十年对汉文写本的巨大贡献，所以现在日本的学术界已经开始转向了，有些东西他们也已经基本不再做了。2000年，他们请我去参加他们为纪念敦煌藏经洞一百周年的一个专题研讨会，会上就有意安排了中年一辈的日本敦煌学家，其中森安孝夫是做回鹘文的，吉田豊是做粟特文的，荒山正晴是做唐代吐鲁番文书的，都做得很好。他们的学术调整非常敏锐，看到的问题点非常敏锐。

以上我非常简略交代了一下各国研究情况，从藏经洞的发现、文书的分散，和所带动起来的各国敦煌学的研究特点，以及对我们今后的敦煌学研究的启发。

第三点，我想简单说一下敦煌学学术史对于具体研究的意义。学术史对敦煌学的发展是非常有意义的，因此我们要注重研究学术史。向达和夏鼐在敦煌做考古时，极其辛苦，跟现在做考古不一样。我现在正在研究向达的两次考古，正好有机会去史语所。向达先生是作为北京大学的代表，跟中央研究院、中央博物馆合作的，所以有大量的通信都留存在史语所的傅斯年档案里，所有向达在敦煌给史语所的信都给我抄来了，这些都是敦煌学史的宝贵资料。

我们做敦煌学的学术史研究，要了解到每个写本的研究发展过程，特别是一些流散的写本。对于一些大的博物馆保存的写本，我们也要知道它变动的脉络。另外，我想敦煌学学术史的一个很重要的意义，就是要了解每一个敦煌学术专题研究的过程，同时也要了解敦煌写本的发表过程。

过去，都是挖宝式的研究。比如我们知道伯希和最早拿来的一批东西中，有慧超《往五天竺国传》，像这样的文件，拿到一件，你就可以写一本书。在早年的敦煌卷子里，你当时要拿到一个完整的《王梵志诗》的写卷，就真可以写一本书了。可当时它没被发表，所以这个发展都是有顺序的。到 20 世纪 60 年代，在日本东洋文库推动下，英国图书馆把 6980 号以前的敦煌卷子全部发表了。这以后，那就可以想象，所有学者都能看到这些卷子，都可能有研究文章存在。你要研究 6980 以前的某敦煌卷子，除了要知道前面有没有人挖宝式地发表过这个东西，60 年代以后很可能会有研究文章存在。巴黎的敦煌卷子是 70 年代末发表的。最重要的是俄藏敦煌文献，是 90 年代发表的，而俄国只有那么几个人在研究。所以俄藏敦煌文献里有大量的东西，过去完全没有发表过。所以你一旦在今天出版的俄藏敦煌文献里发现了一个好东西，很可能是没有人研究过的。但你还要细心查找，不要马上上手。我们在敦煌卷子发现以前，看到的戒牒都是很晚期的，俄藏开元二十九年的一个戒牒，是长安的一个和尚给受的戒。因为那时还没有乱，所以这是一个非常珍贵的佛教历史资料。

另外，因为敦煌的学术史是跨学科的，有时卷子正面是一个佛经，背面是一个户籍，这些东西都是有关联的。我举一个敦煌禅宗的典籍，四川的一个和尚写的《历代法宝记》。这个禅宗典籍，1924 年就被学者发表在《大正藏》里了，可是这个文献，没有搞中西交通史的人去看，没有研究中外关系史的人去看。这是禅宗的文献，跟中西关系，跟中西交通有什么关系？我们知道，四川的和尚非常有意思，他们把印度的祖师爷在斗法时打败的两个印度外道婆罗门的名字，一个换成了摩尼教的祖师末曼尼，一个换成了基督教的祖师弥师诃。这是一个非常有意思的事。为什么四川的和尚不把两个婆罗门的名字直接从别的书上抄过来，而要换这两个外道的名字？为什么他们把摩尼教徒和景教徒作为自己反对的外道？这两个人也是有名有姓的，为什么就换了这两个？这里面有很多研究的历史信息，所以我写了一篇文章。

还有，要了解敦煌卷子的来历。斯坦因获得的一个写卷背面有"列国传"字样，早期的或好的照片，还可看到朱笔编号。这是跟着斯坦因来敦煌的那个蒋师爷编的一个号，但红色在缩微胶卷上不反映，看不见。所以学者们就把"列国传"当成了卷子的正式名字，其实正式的名字应该是《伍子胥变文》，不应叫"列国传"。这个"列国传"，就是当时蒋师爷粗粗看了一遍，里面都是列国打仗的事，就写了一个"列国传"。可不知道这个情形，就会认为是唐朝人写的，《英藏敦煌文献》就把它当作"列国传"，是完全错的。就是不了解这个敦煌卷子最早研究的是蒋师爷。所以敦煌学术史的研究意义非常大，你了解了学术史，就可以避免一些重复研究课题。比如均田制，我劝大家不要做了。像社邑文书，如果只做文书本身，已经有很好的整理本了，就不要做了。但如果书仪与中国的礼制结合，就是一个非常广阔的天地。敦煌的书仪有上层士大夫用的，也有民间老百姓用的。民间老百姓用的礼制和上层用的礼制之间的不同关系，就是值得深入探讨的工作。你可以开辟自己的新领域。同时要看今天的研究。了解了学术史，就可以知道谁是炒冷饭的，谁是最新的研究成果。

第四个方面，就是讲敦煌学的方法论，因为给了我一个方法论的题目。实际上这个方法论，在具体处理每个文书时都有具体的做法。如专门处理写本的一些技术手法，我在《敦煌学十八讲》交代过。其实最重要的一点，就是要注意正背面的关系。比如户籍文书，有的户籍废了，背面写了一个佛典。比如有的学者发表了伦敦 S.6981 以后的两个户籍文书残片，池田温先生把这两片户籍文书翻过来一看，是昙旷的《大乘起信论》，他把这个佛典从敦煌卷子里找出，根据佛典抄写的距离，就知道这两片文书相互之间的距离。同时他发现另外在俄罗斯的三片敦煌户籍文书的背面，也抄的是这个佛典，就把这五片东西都翻过来，根据背面的距离，就把这五片的位置复原了。而且从户籍文书里面每一户之间的行，他都可以根据别的户籍文书加以推补。在卷子正背面的关系方面，虽然你不懂佛教，也应该懂一点佛典，这样对你研究另一面是非常有用的。

有一点值得特别注意的，也是最糟糕的，就是把别的探险队从其他地方发掘到的写本塞到了敦煌特藏里，在俄藏敦煌文献里，甚至伯希和、斯坦因的文献里都有。俄国最明显，一万八千多号里面，实际很多不是敦煌的东西。比如一件契约，写着于阗文。因为于阗在唐朝是汉文与于阗文双语统治的国家，民间老百姓订立契约的时候，是用双语写的，汉文一行，于阗文一行，于阗文比较简短。这是和田出土的，不会是敦煌出土的。做敦煌研究要特别小心，不要用敦煌之外的东西讲敦煌的事情。像戴密微先生在讲敦煌陷蕃的年代的时候，就误把斯坦因特藏里的和田出土文书当作敦煌的东西了，他根据这件文书的年号，说敦煌这个时候一定还没有陷蕃。实际上那个年号的文书是和田的，于阗的陷蕃的时间就是比吐蕃占领敦煌晚，拿和田的东西来论证敦煌，那就错了，这是一个非常大的暗伤。

如过去敦煌学者认为，《景德传灯录》年代最晚，是敦煌卷子里最后的一个写本。因为《景德传灯录》是 1006 年才完稿的一部书，传到敦煌应该更晚。但我到俄罗斯拿出这个卷子来一看，一种直觉，觉得这不像敦煌的写经。我在伦敦工作时，买了马伯乐整理的斯坦因第三次探险的书，他在书中著录了一个残片，一页多少行，一行多少字，都和俄罗斯的一模一样。这个问题是我回到北京后才发现，就给英国图书馆写信，他们就给我寄了这个照片。原来斯坦因在这儿有黑城的编号。斯坦因是个考古学家，非常严谨。他这个有哈拉浩特编号的卷子跟俄罗斯的完全接着，俄罗斯的第一页掉了，就是《景德传灯录》的开头，就在斯坦因那里。这样，我们就可以说，俄罗斯那个被学界认为是年代最晚的敦煌卷子，其实不是敦煌出的，是黑城的文书。像现在《俄藏敦煌文献》中发现的印本《弘法藏》，是非常珍贵的材料，但却不是敦煌的材料。

特别有意思的是，像有的写本文献是藏传的密教文献，在敦煌里是不多见的，可是我在黑城出土的唐卡里对出来了。其中描述的这些南面、东面天王的手里拿的什么东西，面色什么样等，与这幅保存在俄罗斯冬宫的唐卡一模一样。而俄罗斯藏经里有清朝的文书，这个绝对是清朝的公文档案，不知怎么混到敦煌文书里面了。如果你拿的是这些东西，就不能讲唐朝的事。

最糟糕的是，为了追求经济利益，民国以后在市场上就有假造的敦煌卷子，非常恶劣。比如这个《大秦景教大圣通真归法赞》，题开元八年写的。造伪的人不懂唐朝的历史、景教的历史，露了一个马脚。沙州大秦寺，我们知道大秦寺这个名字是天宝四年才改的。在此之前，如果是景教寺院的话，一定叫波斯寺，不叫大秦寺，他露了马脚。但过去的学者都认为这个题记是假的，这个经可能是真的，而且还用基督教的文献反复对比。特别是日本研究景教历史的最大的学者佐伯好郎和日本东洋史的权威羽田亨，都写文章说这个是真的，没有人敢怀疑。特别是在日本的学术界，没有人怀疑。后来，我在伦敦时跟研究景教的林悟殊先生合写了一篇文章，现在日本学者也承认这件文书绝对是假的，不会是真的。它的字体是一样的，不会是两个人抄的，内容也一塌糊涂，从景教的教义里是讲不通的。在研究敦煌卷子时，最要命的就是要注意不要用伪卷来讲真事。但这个伪卷的判别是一个非常麻烦的事，涉及很多其他的问题，在这里没有时间具体来讲。

我大体上把敦煌学术史和方法论归纳了一下，跟大家汇报了。

但我想这是一个很不完善的学术史，更不是一个完善的方法论。因为处理各种不同的东西，有各种不同的方法。具体的东西，没有时间也没有必要在这里讲，可能其他先生以后会陆陆续续讲到。在这里就是一个很粗浅的探讨，请大家指正。

（2002 年 10 月 19 日讲，2003 年 6 月 7 日改订，原载国家图书馆善本特藏部敦煌吐鲁番学资料研究中心编《敦煌与丝路文化学术讲座》第 1 辑，北京图书馆出版社，2003 年 9 月，64—88 页。）

学术贵在创新，学术要守规范

我到现在已有 26 年的教龄，在学校里负责多门课程的讲授，所以本科和研究生的教学都会涉及。本科和研究生的课程在北大是分开的，本科学习注重中国通史、中外关系史，及敦煌学导论之类的。而研究生有两类课，一类是以导师讲课为主，另一类就是我们学习日本的方式开展了一些读书班，但是与日本的读书班又有所不同。我在日本时参加过各式各样的读书班，大部分都是比较慢的。因为他们阅读的是中文资料，而中文对于他们来说是外语，所以我们的读书班只是采用了类似的形式，而不是阅读外文。

我在学校里带两个方向的博士生、硕士生，分别是中外关系史和隋唐史（包括敦煌学）。北大是一个很传统的学校，同学们的学习专业基本上按断代分的，而研究方向划分又很细致——先秦、秦汉、魏晋南北朝、隋唐、宋辽金、明、清——所以不同专业的学生的研究范围比较杂，而且有的时候一个断代的学生只认自己的断代家门。我是78级上大学的，9月份入学，而77级的是2月份入学，只差了半年，所以等于是一拨。我们这拨同学有学断代史的，其实大部分人是学专门史的。

粉碎“四人帮”以后，老师们心气很高，开了很多课，我们在学习断代史的同时，一般都会有一个专门史研究范围。比如说，我最早的研究方向很偏，是新疆古代于阗的历史，也可以说跟民族史、西域史、中亚史有关。但是我用的资料是敦煌的资料，我要先弄清了归义军节度使的世系，才能够弄清楚于阗王的世系，所以实际上敦煌学是我的副产品，但是后来变成我的主业了。因为1989年以后，我的合作导师走了，我自己把于阗史放了一下，更多地做敦煌研究了。现在我从敦煌又转到中外关系，研究课题比较杂。我在学校的专业是隋唐史，在上研究生的时候，几乎可以同时看所有隋唐史的研究著作和敦煌学的研究著作。现在已经不可能了，因为现在的东西太多了，分工非常细，即使在隋唐史和中外关系史领域，也不可能全部占有。

我们的中外关系史研究范围，大致是从先秦到明清。隋唐史虽然是断代史，但却包含了一个三教九流无所不容的“敦煌学”。我的研究方向实际上很杂。后来之所以我办《唐研究》，并且能够跟艺术史、考古学、文学、佛教、语言学的同仁相识，就是因为我在做敦煌学研究的过程中，与其他专业的学者建立了非常密切的联系。我自己觉得学问没有界限，是互通的。但是每一行有自己的名堂，得立足自己的领地，把它做得非常坚实，然后又不只局限于这一领域。对我来说，中外关系史和隋唐史的学生放在一起不太好带。因为我是属于中国古代史研究中心的人员，我们这个研究中心也是教育部的一个基地，我们从来没有独立，教学上一直是跟历史系一起，属于教员系统，而不是研究人员的系统，也就是不脱离教学。在教学上跟历史系的老师一样，大部分时间都给学生上课，同时我们又在研究中心搞科研。我在带自己学生的时候，有时候比较难，我曾经向历史系提出来：最好让我一年招三个学生，以后的三年就不招了。但没有得到历史系的同意。

北大一般不让教授在两个专业上带学生，说是因为担心教师不专心。其实现在学术的增长点，大都是在跨学科的地方。例如，妇女史、医疗史、书籍史等新研究领域的出现。过去讲书籍史，都是讲版本目录或者科技史、印刷术，现在我们要从社会史角度讲书籍了，所以两个学科的名堂你都得懂。由于教学体制上的束缚，到带研究生的时候，“书籍”是“书籍”，“科技”是“科技”，从而就取消了学术交叉。我算是幸运的，能够带两个方向的研究生。

介绍这个背景实际是说，现在北大历史系中国古代史方向的学生，都听我这门“学术规范与论文写作”的课。我这个课原来叫“周末杂谈”，不是一个正式的课程。我每个星期六会跟自己带的中外关系史和隋唐史的学生有一个周末杂谈，虽然他们做中外关系史的和做隋唐史的有些完全不搭界，但我还是把他们拧在一起。搞隋唐史的知道中外关系有什么不好？做中外关系史的也应该知道一些文物制度等最基本的东西，这也没有什么不对。所谓杂谈，就是围绕着一个主题畅所欲谈，比如这次谈谈写作规范，下次谈谈怎么写书评，下次聊聊国外的杂志，先找这些，再找那些，下次再谈谈现在中国学术的状况，甚至品评一些学界的人物。我发现这个杂谈对同学还是很有用的，因为他们可以直接问，比如说想找一本古籍但没有单刻版，到哪去找。我们上大学的时候，是邓广铭先生把刘乃和先生专门从北师大请来讲一门课。刘乃和最熟悉陈垣先生的史学研究方法，所以给我们讲《通鉴胡注表微》、讲《元典章》校勘、讲年代学、讲《二十史朔闰表》等等，反正就是把陈垣先生治史的方法讲给我们。可是北大历史系在很长时间里没有这套东西了。我有一次问一个同学：没有单刻过的古籍，你去哪儿查？一个研究生竟然不知。当然我们知道是要查《中国丛书综录》。但是这三大本你怎么查？古籍有不同的名字，不同的名字在哪儿查？这一套东西，搞历史的人自己摸索也能摸索出来，但是有老师告诉你，就会很快，可以节省很多时间。历史系过去没有这个课，刘浦江老师知道我有这么一个周末杂谈，他就鼓动我在历史系给中国古代史开一个学术规范与论文写作的课。后来在研究生院的鼓动下，我写了一本教材，就是这本《学术训练与学术规范》。

其实学术规范要细致地说，可以编很厚一本书，但那个是给编辑看的，学生不宜过多看那个。你要明白一个道理：养成好习惯，不用看也知道。我讲这个课，前面一多半是学生怎么训练，就是讲你怎么找杂志，怎么找工具书，怎么找你要研究的题目谁研究过，你怎么追踪别人的研究成果。比如说有个日本学者研究过，你怎么追踪他的研究成果？他今天在东京大学，明天调到别的大学了，后天一个英国人变成美国人了，你怎么追踪他的东西？当然现在都有网络，google 一下就出来了，但不是那么一回事。google 是管用的，但是做不到所谓德国人的彻底性，你做学问就要一篇不漏。比如我在没有 google 的情况下研究于阗，贝利的三百多篇论文，我差不多都看了。他的学生恩默瑞克的所有文章，我都看过。我就是一个线索一个线索地追。最后没有办法就写信问他：我攒了这么多目录，你看看还够不够？他一看我攒了 90% 了，就都告诉我了。但是没有攒到 90% 时，我是不敢问他的。这是规范：你不能劳驾一个大教授帮你打工。现在经常有这样的学生找我：我想读您的文章，可不可以给我提供一个目录——我恕不接待！经常有同学敲我的门说：老师，某本书您可以借给我吗？我告诉他：你要的书我全有，但是我不借给你。我借给你了，你什么都没学会。你先到图书馆去找。我的一个学生找我借一本书，我说北大图书馆有。他说：没有。我说：你查的什么？他说：查的电脑目录。北大的电脑目录还没有回溯到 70 年代，当然没有。我说你去翻卡片。翻卡片时，给我打了手机过来：还没找着。我说：你查繁体字了吗？又查一遍繁体字，说：还没有。我说：你查的是书名卡片吧？你再查一下人名卡片。北大的三套卡片里，人名卡片做得最全。最后找到了。以后他所有的书都能找到。他如果不经过这四步，他永远找不到他要找的书，他做出来的学问就是半成品。所以我的课琐琐碎碎，开场白也琐琐碎碎讲了这么多。

我们做学问的人，最重要的就是要在观念上把标准树得高高的，你现在进了学术的门槛，学术这个东西其实真的不需要这么多人做。有的硕士生学完，随便找个工作就算了，但是你既然进了这个领域，就要做到最高的标准。你学会了这套找东西的方法，将来进任何一个公司都比别人会找东西；你古籍排列搞好了，将来炒股票也比别人强。天下的道理都是一致的。你沾了“学术”这两个字，就要把你自己标到最高。

我们这一行当就是要创新，学术是一种境界，最高的境界就是我们要推进学术，要创新。如果是炒冷饭，没必要。现在社会上票友多的是，网上一搜一堆，攒一本书现在很容易。现在的出版社和书店最糟糕的就是，不分学术和商品。中国的学术和商品是混在一起的。像我们小区门口都在卖书，那种书是给企业家装门面的，那不是书，是商品，卖得很贵，没人看的，是摆设。真正的书是我们要写出来对学术有推进的东西，所以学术是一个很高的境界，是很难达到的。你们在研究生这个阶段，就是要往这个境界上前进，往这个创新的道路上前进。但这是件很辛苦的事，并不那么容易，特别是做学问的人越多，这个事越辛苦。现在中国每年出那么多博士，所以学问越做越辛苦。每一个人都有创新，我们要把握这些创新，我们怎么做？我们学习的那个时代是靠查卡片，现在都是用电脑，大部分检索时间已经给你省了。人就是这样，有给你找麻烦的地方，也有给你方便的地方。像陈寅恪那样熟知史料，说“黄头军”在《新唐书》里有七条材料。这很了不起！电脑一查，就是七条！我们都佩服乾嘉诸老佩服得不得了，其实你们现在每个人都是乾嘉诸老，你们拿《四库全书》一勾，全勾出来了，大概就差一两条。但是至少你98%的材料不用费时间找了。我们那时候一天能写三千字就不得了了，就是手抄，因为第一天写三千字，第二天你胳膊肯定写不了三千字，这里有一个体力的问题。现在电脑输入很快，基本上想到哪儿，可以打到哪儿。过去我们脑子想的过去了，笔跟不上，现在写文章要快得多。但是我们不是随便乱写的，如果为了卖钱乱写，写成商品的书，那肯定无法创新。我们是在做学问，所以学问的第一点是贵在创新。

但是我们还有个麻烦事，就是学术产品跟一般的产品不一样，它就是要守规范。它有一套自己的逻辑在里边，有一套自己的规范在里面。标点符号要加在前边还是后边，注号要加在什么地方，冒号要加在什么地方，这些好像从小学就学了，但不是每个人都会使用，现在的很多杂志都不规范。中国麻烦的就是，不规范的也能印出来。这个原因就是中国缺少一本《芝加哥手册》。在美国有一本《芝加哥手册》是发给编辑和作者用的。但给作者的就很简单，编辑要按照这个来，所以他们编一本书是很长时间的，哪像中国现在出书的速度。因为中国人做事急功近利，又没有一个规范手册在那卡着大家，现在各个杂志、出版社都是各行其是，但是你要看大杂志，还是有规范的。看看我编的《唐研究》，基本上跟《历史研究》差不多，它大概多了一个“第几页”的“第”字。我花了很多时间在改来稿的规范上面，所以我对不守规范的文章深恶痛绝。我编了十五年的《唐研究》，有很强的强迫症。我看见一个标点符号如果不对，我非要改不可。我看我学生提交的作业逗号是占半字格的，我非得给它改成宋体；如果应当是英文字母而用了宋体，我非要把它改成英文的 New Time 字体。我拜托我的学生一定要规范，否则的话，我半宿半宿给他们改这些，真是浪费我的学术生命！其实我写这本《学术训练与学术规范》真是浪费我生命，这书很畅销，但是对于我来说，纯粹是重复劳动，对我本人的学术进步没有任何意义。我有这个时间去做研究，肯定会对敦煌学还有更大的推动力，还能使它更上一层楼——因为我最明白敦煌学应该做什么，不应该做什么。我现在不怎么做敦煌学，就是想给我的学生让开点路，让他们做敦煌学。如果我做敦煌学，太方便了，他们就没什么事可干了。因为我做了三十年了，我的资料又多又全，要为了赚稿费就太容易了。所以人要创新，人要给自己挑战。

现在中国没有这套规范怎么办？没规范，不是很多人也印出了书吗？我们就要改变这个。我有一堂课是这样的标题：“学术规范从我做起。”别人怎么做，你不要管，你就从你自己做起。从一开始就养成好习惯，标点符号、注释到页码。我受我老师的影响，他最开始就让我注页码，我从一开始就注页码。所以有时候还了图书馆一本书，等写文章的时候，还得排队借这本书来填上这个页码。这样好像很麻烦，但是一旦形成习惯的话，其实一点都不难，第一步就到页码，万一有编辑说这个引文对不对，拿页码来找，自己很方便；反而是如果不注页码，将来会产生很多麻烦。比如你这篇文章将来要翻成外文的话，外文杂志绝对要注页码。包括《论语》、《孝经》，其实我也主张不标页码，标页码好像显得没学问嘛。中国古代不注页码是有道理的，因为一卷没几页。可是西文书一章太长，不注页码不知道在哪页。西方人一旦规范了就是死的，第一个东西注了页码，所有的都得注页码，我们引入这套规范，那只有遵从，就算是《十三经注疏》也得注页码了。

我做年轻教师的时候，有一次一个人敲我门，一开门，是个穿了一套洋装的中国留学生。我说：你找谁？他说：我找荣新江。他叫朱青生。他对我说：中国人杂志里很少有注页码的，你注了。为了向我表示敬意，从德国买了一本德国吐鲁番探险队的展览图送给我，放下就走了。我原来不认识他，当然后来是我的北大同事了。他们在国外很重视这个，我觉得这是对的。我们整个的现代学术是工业化的结果，要严谨到每一颗螺丝钉，这个螺丝钉没拧紧，说不定飞机上天就解体了。所以它要非常非常的严格，一颗螺丝钉不仅要标准，不仅要标准到字体，还要拧紧了。现在电脑上的字体很多，但是出来的时候都要统一。

学术规范需要大家共同努力，要从我做起，逐渐地建立起中国自己的《芝加哥手册》。我推动北大出版社翻译了一本《芝加哥手册》，但是没人用。现在每个出版社都有出书指标的，一年要交给社里多少利润，一个人多少万字。编辑有时候忙不过来，所以你们自己要为自己负责，自己要为学术负责，自己要把好自己这关。

学术规范很宽泛，有具体的，也有概念的。但是其中有这么几条，我觉得大家应该共同地遵守。

第一，要遵守学术道德。我们提到学术规范，好像就是说学术打假，要找一些抄袭的事。其实我最讨厌这种事，因为我认为学术是一个单独的构成体。虽然跟报纸、书店、出版社有关联，但是我们是一个单独的圈子，自己可以自己解决问题。但是中国的媒体有好多东西不能报道，于是就只好盯着哪有个学者、学生有抄袭。尤其北京大学、清华大学，有个抄袭事件，那太好了，全部记者都上来了，炒得沸沸扬扬。但是这其实是个人行为，当然有这个学校教导不力的原因，主要责任在个人。比如《社会科学论坛》2005 年第 1 期上发表一篇文章，学术评论网站也转载了，是苗怀明告吕小蓬《古代小说公案文化研究》抄袭案，标题叫《首都师范大学博士论文抄袭案》。其实个人抄是个人的事，把“首都师范大学”写到上面就不合适了。我上本科生课时，有个韩国学生交的论文，我上网一搜就搜出他抄了一个实验中学学生的作文。我马上给成绩是零，并且给校学术纪律检查委员会写一封信：成绩不许更改。他不断发邮件，第一次说他没抄，第二次说他妈病了，又说他母亲来要亲自见我。但是家长来也没用，零分就是零分，不给学位。这是校规，我必须尊重学术，其他同学为什么那么卖力气写，你连篇作业都不好好写就混一个北大文凭？不能这样，这是公平原则。但这种事情最烦人。

其实我是很反对故意找一个人错的，而且有的人真的是误抄，我非常同情。我们学校也有教授这样，我很同情，但是也没办法。遇到这事谁也救不了谁，只能处理，没有办法。最好的办法就是自己要遵守学术道德。遵守学术道德的第一条，就是要尊重前人的劳动成果。就像同一个教室里，人家卖力气答卷，你去抄袭，那就不公平。前人有了研究成果，你不去创新，把别人的成果拿过来当然不对了。

我们上学的时候，老师里有两种类型，一种是鼓励学生多写文章；另一种是不让学生写文章。像宿白先生说：你们写什么文章？先到图书馆把半米厚的《东洋学文献类目》给我翻一遍，看看你要写的文章有没有人写过。那时候《东洋学文献类目》半米高，现在应该有一人半高了。原来是这一年编前一年的，现在杂志太多，他们都编不过来了。但是《东洋学文献类目》编得很好，不是说半米高的书让你一页一页翻，就是要你懂得怎么用，很快就会把握它。比如查研究于阗语的文章，基本上在欧美主要杂志上文章都有。但是他们在论文集上发的文章，就要想别的办法。论文集也有论文集的办法，比如有一个语言学索引，这个索引编得极好，而且每一本书的每一篇书评都编了。但是也像《东洋学文献类目》一样拖期，现在只有前几年的。并且国内有一个问题，就是这种工具书很贵，国家图书馆都不全。所以我每一次到香港中文大学，都会去图书馆，就复印这个索引。所以这些都要不断地积累。我这本书前面一大半就是告诉你怎么用工具书，然后是史料的搜集，简牍帛书的检索，敦煌吐鲁番文书的浏览，然后版本校勘的常识，考古新发现的追踪，图像材料的积累，今人论著的查阅，刊物的定期检索。前面九讲全是告诉你怎么去积累。

硕士论文篇幅小，到时候可以突击一下。我觉得硕士论文就是一个训练，真正成名之作是博士论文。有的人就这一本，有的人还可以不断地出新书。美国的学者许多人就这么一本，指着成名之作过日子。所以这本博士论文一定要写到最好，只有做研究生的时候是专心致志的，以后工作的时候没有这么多时间做一件事。很多人不看好博士的论文，但我就很看好，因为博士生才是最专注做学问的。

在研究生阶段，大量的时间就是积累学问。就像练武功，练武功的人天天就那么几个动作，不断地打沙袋，拿手插沙子，磨炼自己，你练结实以后，一拳两拳别人打不倒你。做学问也是这样，你的研究成果积累得越多，别人几拳也打不倒。国内的国外的都在你的体内，哪来的人都打不倒你。比如过去我积累一套研究论著目录，我是做卡片的，每篇文章每本书都做一个卡片。这套研究论著目录卡片，不管老的少的都有，不管中国外国的都有。开一个学术讨论会，我都事先要参加会议的人名单，一翻我的卡片，就知道与会者都是吃几碗饭的。我做的另外一套卡片是敦煌卷子研究论著的索引，比如我接到一本《敦煌研究》，一边翻开就一边做卡片。我做多了之后，就知道经常要填新卡片的是什么人。就是像李正宇和郝春文这样少数几个人。有些人我从来没用过一张新卡片给他，为什么？因为他就是炒冷饭。虽然我花很多时间做这个卡片，但是一旦用的时候，比如我用哪个卷子，我心里非常有底，一旦用这个卷子的时候，我不用再翻了，而且我很清楚这个学术史，拿出一张卡片，就把这个卷子的学术史全部写出来。现在做这样的索引似乎很困难，但是如果有人下这个功夫，因为有更先进的武器，有期刊网，有检索工具，其实还是可以做到的。

我们不能藐视前人研究成果的存在，也不能藐视海外学者的存在。我们从20世纪50年代到“文革”，一直在搞运动不搞学问，所以很多西方的学术信息就断了线。比如北大图书馆在1966—1976年的外文杂志和外文图书都不买，虽然后来补了一些，但是也没有补全。比如最重要的《伦敦大学亚非学院院刊》，我们就是缺的。1984年我在荷兰莱顿大学访学时花了两三个月的时间，把欧美的东方学刊物从第一本翻到最新的一本，遇到哪一篇、哪一段对我有用，我就拿打字机抄下来，而且都有页码。当时我的眼界还是太窄了，还有很多东西没有做卡片。以前每一届新的研究生我都带他们到国家图书馆去一趟。其实国家图书馆的外文期刊阅览室好极了，都是沙发，往那儿一坐很舒服，三年内的学术刊物全部在这个阅览室。我要求我的学生一个月去一次，他们有时候做不到。其实你去一次绝对有收获，最重要的是看书评。就是说，你要盯住一个期刊的书评，这样就把握住了西方的学术命脉。

我讲一下西方的书评制度。西方的书评不是作者要别人写的，是杂志的主编去找最权威的人来写书评。另外，你的书在杂志没被评过，就会被认为没水准，一定要到杂志去评。书评就代表这个杂志的分量，所以书评常常是很猛的。但是被评的人还是很高兴的，那些没水平的书是不会被评的。这样就建立了这样一套价值观念，这就是正循环。国内的书都是找关系写书评，那当然要夸了，夸到最后，写一句“瑕不掩瑜”之类的话。其实每个人出的书，都有问题，不会没有问题，大家要挑就使劲挑。

中国搞运动的时候，西方学者、日本学者仍然在做学问。日本学者有的根本不知道北大图书馆有多少学术杂志，他认为你们什么都有，这是办大学必须有的。可是我们真的就是没有。这样一来，你如果不引用他们的成果，他们不说你没有看到，说你抄袭。实际上我真是为中国学者捏一把汗，那真是抄袭。特别做敦煌学，过去是挖宝式的。谁都去过巴黎，就拿一篇卷子做了，可是那件文书日本人早就做过了，你没看见，就比人家晚十几年。季羡林先生曾说，在德国，如果一个数学系的学生做了一篇博士论文，八点钟答辩，如果七点半在全世界任何一个角落宣布了一个数学解读的程式跟他是一样的，那他四年的博士论文就作废了。德国人就是这样。但中国就不是这个样了，因为中国的信息没有那么发达。但是原则是这样，大家要遵守这个原则，这个原则是不能变的。中国过去没有看到那些杂志，现在你要补上，你就要比别人更辛苦地补课。过去没翻过的，现在条件好了就翻。现在网上都有了，至少网上都有这些杂志的目录，你一篇篇目录过一遍。当然目录有时候看得出来写什么，但有时候看不出来。比如《粟特语札记》，你也不知道他写了什么。但历史语言学家他们觉得，我写的东西你都应该看。这是西方的原则。伯希和没写过正式的书，都是札记和书评。但是你要不引他的书评，他就说你抄他的，所以他被称为“汉学界的警察”。他做《通报》主编，所有的书评都包了。我们要吸收 50 年代到 70 年代惨痛的教训。

同时我们现在有一个任务，就是要严防西方、日本学者抄你的。有些外国学者着急了，也变相地抄。他把文学批评的搞到思想史上抄一段下来，把中外关系史搞到印度学里抄一段。所以，虽然变成西文看着很好看，样样俱全，注释也有，但你一看这一段一段怎么读得这么熟呢？实际是抄的。我们一定要把面看得很宽。博士论文是最容易被抄的，北大的博士论文大概半年以后就在北大图书馆上网或可以借阅了，而中国的博士论文是没有被法律严格保护的。美国的密西根有一个博士复制中心，比如说某一个人的博士论文跟我的研究有关，我就去订购一本，装订好了的，这本就算出版了，这有版权保护。可是北大没对自己的研究生做版权保护。如果有一个人抄了北大学生的论文，只能自己打官司，还要交律师费，学生担负不起，抄就抄了。实际上谁把这个东西上网，谁就应该负责帮助保护版权。反正现在博士论文是保不了密的，唯独的办法就是把你的博士论文做扎实，而且一毕业就出版，赶紧发，不要等人家抄了你再打官司，那是两败俱伤，谁也得不到好处，只能给律师交钱。

要建立学术道德，特别要自律，这是我说的第二点。中国没有经过资本主义工业化阶段，没有基督教的新教精神，没有自我控制能力。中国人干事是中庸的，但是这对应于新兴的学术是不行的。《资治通鉴》说到过去的时间都是“初”、“先是”，西方没有这样的，公元几几年就是几几年。不要“初”，“初”是什么时候，是 long long ago，那是讲故事。要克服中国人的一些毛病，一定要自律，要自己守住家法，不能随便用拷贝键。用到拷贝键拷贝的东西，建议你们都用颜色涂上，久而久之，凡是涂成颜色的东西都是抄来的，然后镶到你的文本里的时候，一定要加注。别到了最后稀里糊涂的不知道从哪来的了，就变成自己的了。按道理，教材可以引别人的。但我觉得能写出处的尽量写出处，这个没有什么困难的，现在电子文本太方便了。

总的来讲，你是不能避免撞车的。特别是这么多人都在做学问，所以撞车会出现。怎么办？我的原则是，要撞就撞，那就看谁车好。你武功强，跟他一比，他就不行了，你要是被人撞散了，那你就不行了。人家举出五条史料，你就四条，你就不行了；他举五条，你举八条，你就行了，那就撞了。别在文章最后写“本文完成后，发现某某有类似论点，写文章时尚未见到”——这是不能服人的。遇见这种情况，你就痛下决心，把以前的工作废掉，等于是自己做一个训练；或者你就再加力，和他撞了。像我们做中外关系史的人，总在讨论文明的传播有几种方式，就是谁抄谁。我们这个马车是西亚来的吗？商周青铜器忽然冒出来了，我们中国人说这不是从西方传来的。可以说人在到了一定的地步，都可以想到一样的法子，你能造出人造卫星，我们也造出来了。我们没找到你的图纸，我们也没有高级的间谍，就是自己做出来的，这都是可能存在的。现在这种情况很多，你听说他做这个，他听说你做这个，大家都在做，谁也没看见谁。不能说他把你的题目弄去，你就不干了，那你可能就永远做不出学问来了。现在这么多人做，发现问题是很难的。

要记住一条，就是不能一稿两投，这是一个学术的原则。要是西文或日文本和中文本同时发是可以的，因为它是不同的阅读圈，甚至繁体字和简体字作为版权来讲可以是两个版，但是大陆和台湾现在几乎是一体的一个学术圈子，你要在这边也印，那边也印，双方都不会接受。但你要在日本用日文发表，说老实话，很多日本学者看中文还是有问题，就像一些中国学者看日文也有问题一样，这个是被允许的。特别像我们在中亚学界，我们搞于阗史其实是在西方伊朗学的圈子里，伊朗学家们懂几十门语言，就不会汉语。我们要成为一个国际的于阗、粟特学者，就要把文章译成外文发表。最近我给他们纪念文集和会议写论文，我都声明这个文章是中文在哪发过的，他们都要，因为他们看不懂中文。其实我的英文稿有时比汉文稿好，因为英文稿有对汉文稿的补正。

日本学者早就这样做了。日本有两个重要的学术杂志，一个是《亚洲研究集刊》（*Acta Asiatica*），它是日本东方学会的西文刊物，和日文刊物《东方学》对应。东洋文库有一个日文的《东洋学报》，副标题叫“东洋文库和文纪要”；另外还有一个《东洋文库欧文纪要》，专门发表英文文章。反观中国的学术界，很不健全，到现在没有一个中国传统文化、东方学之类的专业英文学术刊物。尽管我们有《中国社会科学》，但西方的那些东方学或者汉学研究所，阅览室很少摆放《中国社会科学》，当然他们有意识形态问题。里面第一篇就是马列主义研究，他们当然不愿意摆。这也是中国的核心刊物为什么进不到国际评价系统的原因。现在只有两个汉语杂志进入西方认可的核心刊物，一个是湖南外国语大学办的，这个刊物基本上是纯粹的外国文学研究。另外一个就是台湾的《汉学研究》。其他的《中国史研究》、《历史研究》，他们不会接受的，因为你都是有马列主义研究的，他不会要。这是意识形态问题，不是我们水平不高的问题。但中国高校那些当政的人又非得要那个核心刊物的统计数字，其实要那个干什么呢？并不能反映中国学者研究的国际水平。日本的学术界是最聪明的，自己办了两个西文刊物。就是前面说的两个日本的西文刊物，是由东洋文库和东方学会把日本学者里最优秀的论文组织好了，请在日本的外籍母语为英语的人来翻译，而且这些翻译往往就是做这行的。比如说唐代方面，就是请一位在日本教书的澳大利亚唐史研究者翻译的，池田温编的一期 *Acta Asiatica*，都是这位翻译的，而且翻译得非常地道。每期 *Acta Asiatica* 前边还有一篇导论，像《近十年日本的隋唐史研究》，把日本所有研究的信息，巨细无遗地都用这篇文章交代出来，然后再选四五篇最优秀的成果放在这里，全文翻译成西文。这样就给那些无法找到那么多日文刊物的西方学者提供一个进去的窗口。他们通过这个概述，能够找到相关学者任何一篇文章所在，否则的话，日本的学术刊物到处都有，真的没法找全。我教你们一个窍门，你就看这个刊物，盯住这个杂志。而且你要写英文的文章，可以拿这个对照。要不然日本新出的学者，你都不知道英文名字怎么拼的。你不能够写铃木俊时用汉语拼音 Lingmu Jun，这太不符合规范了。

我觉得日本的学术界是非常精明的，自己建立自己的西文核心刊物。季先生过去一直想办一个纯学术的西文刊物，但是一直没有办起来。今天中国也没有这样一个刊物，所以西方学者不了解中国学者有什么成果。比如研究均田制的，就不知道到底是谁行。过去德国《华裔学志》研究所所长问我，你能不能编一个中国传统研究的选目，把汉语拼音写上，汉字写上，再翻译成英文，不懂汉字的不懂拼音的，拿英文一看就会去找，去《历史研究》找，去《北大学报》找，去《敦煌研究》找。但现在中国没有这样的目录，西方学者打开中国任何一本杂志，都是汉学杂志，他看哪篇啊？有时翻着字典看了半天，结果是很糟的一篇，是一个当官的想提职搞的一篇滥竽充数的。慢慢地他就不看了，他觉得你们中国学者的文章都是这样的。的确，我们的很多刊物是好的坏的一锅煮了，中国的学术很悲惨，我们最优秀的成果和垃圾是在一个锅里，他们不知道怎么去找，就是因为中国学术没有分出层次。你们青年学子一定要写外文的东西，要追求最高的学术，不仅要用中文表达，也要用外文表达。

第三，遵守写作规范。写作规范刚才已经说了，就是尊重前人劳动成果，具体化就是要无一字无来历。你的史料，要有来历，人家的研究成果，你要有来历，谁说了这个话，都要有出处才行。现在学术杂志都被期刊网络系统搞坏了，每一个东西弄一个参考文献，把里边引的书和论文都编一个号，然后在行文里那个号后边跟一个小尾巴，page 3–5。我没有见过任何一个国际一流学术杂志是这样的，太难看了，但是它的引用率就靠这个统计，所以各个杂志蜂拥而上。这真是不科学，因为我们做学问不仅仅是引一个出处，我们还要辨析。我在某个学报发了一篇文章，编辑把我注一个出处的，都变成这样，但我大部分注，都是有解说的，比如我引一个《佛祖统纪》，我说《宋史》怎么说，《会要》怎么说，《长编》怎么说，我有好多的话。可是后边凡是带这种解释性的，编辑就没有给我改，凡是不带这种的，就提到正文里了，弄出来完全是四不像。

实际上我们推进学术的大问题有很多是在细节上的，比如我做于阗、粟特的研究，一个名词的拼法不对，我们也要订正。有很多人讲萨保、萨薄，实际高昌文书把“萨簿”都称“萨薄”，不光这个词是这样，所有的词都是这样，“主簿”都写成“主薄”，研究粟特的人不看高昌国的研究，就拿过来讲在一起了。实际上这时候应该有出处，人家吐鲁番文书研究也是学问，不能忽视其成果。很多注里我们要加话，不只是简单地引一个出处。观点到材料到细节的辨析，都要加注，要注到页码。我特别强调页码，投稿给《唐研究》的时候，不写页码，就拿回去自己加。我在 *Asia Major* 上发表过三篇文章，那个编辑我们管他叫“超级杀手”，他给你写的一条一条的修改意见非常细致。一次有一个表格无法传给我，他说：我向你发誓，这个表格一个错字都没有了。西方人要发誓的话是很大的事，在法庭上才发誓的。他们对学术规范之尊重，严格到任何一个标点符号，在一个地方用哪个英文词最适合，都要考虑，每一句话都告诉你他怎么改的。我在编《唐研究》时也这样处理，有时候很烦，但规范就是这样。

我过去在莱顿时，看到一个秘书小姐整天在打字。喝咖啡时我就和她聊天，了解到她是一位《通报》的文字编辑。我当时的老师许理和（E. Zürcher）是《通报》的主编，他雇用了一位英语为母语的人，把《通报》投稿里母语为非英语的人，比如说法国人、德国人的文章，全部改写一遍。其实我编《唐研究》，帮人顺过很多稿，我的《唐研究》坚决不让个人上网是有道理的。有的人自己的文章刚在我的《唐研究》上发表，就又把文章放在某个网上了，我知道的话会让他撤下来，并让他仔细和我们在《唐研究》

上发表的改过的那篇仔细比较下，他就知道两者不一样，他自己发的不代表《唐研究》文本。比如有位先生就把他在《唐研究》发表的文章登在了网上，文中提到承荣新江教授提示注意一篇外文论文之类的话。其实我是主编，这是我做编辑的责任，不用特意感谢。而且在发出来的文本中这些语句是没有的。大家在引用《唐研究》的时候，一定不要用某人自己发到网络上的版本，那不是《唐研究》。

我们从作者说到编辑，最后又说到了主编。我觉得我做《唐研究》这么多年，有一些甘苦，但是我也是从一个主编的角度，告诫大家应该注意什么问题。现在中国整个编辑队伍的素质在下降，另外由于商业化的冲击，编辑要完成任务，来不及认真做。这也要注意，编辑给你改了一稿，你不能就不看了，你要每稿都看，最好做到每一步都不掉以轻心。

最后，我觉得要有学术批评，学术批评在中国很难建立起来，迄今为止没有几个杂志真正做批评性的书评。因为这是得罪人的，并且中国人没有建立起西方那种书评的概念。西方是他批评我，我还高兴，我的书能够在《通报》上被人批评，是值得高兴的事，值得骄傲的。但是有的书确实一个书评就把这人给毙了。学生给老师写书评，也有写得很尖锐的。西方也有从头到尾说好话的，比如像杜希德（D. Twitchett）出的《唐代官方史学》，他的学生写书评都说好，因为真的没有人能超过他，好就是好。但是中国的书评就都是“好”，来论证它有多么“好”，这无法让人接受。

如果没有建立起这种书评制度，就会打车轮战。西方杂志有一条非常严格，就是杂志发表了自己约的批评性书评，这个杂志绝对不能再刊发反批评的文章，因为请的已经是一个专家，代表杂志发表最高的言论。作者来跟书评人讨论的话，根本不搭理。你可以到任何地方反驳，但是本杂志不可以发表反批评。即使你的反批评有道理，也不能发表。这是一个制度，这样书评才能运作下去。我为此担了很多责任，就是《唐研究》批评了人家，人家奖金也拿不到了，抓房子号也没资格了。中国是人治社会，什么都跟学术搅和在一起，真是糟糕！其实真正的好书会有人说好。

学术是一个崇高的境界，学术贵在创新。陈寅恪先生在《敦煌劫余录序》里说：一个学问要有新材料，要有新方法，要有新问题，一定要牢记这三个“新”。我们敦煌学经常有新材料，那不显本事，你还得要有新问题，不能老做均田制了，已经有六本书了，你还能做多少？你还得有新的方法处理这些材料，然后要有新的问题。不仅仅研究印刷、纸张，也要研究现代的书籍史，研究书的价格，书都是什么人读，什么书抄在一起。现在我们看到经、史、子、集，都划分得好好的，但是唐代的敦煌写本形态完全不是这样的，那是古代的书籍形态。这就是我们现代要研究的新问题。

记住两句话，学术贵在创新，学术要守规范。我想大家都能够变成一个学术的精英。谢谢大家！

（据2011年8月22日在首都师范大学举办的“全国优博导师和优博获得者的讲习班”讲演录音记录稿基础上整理而成，原载郝春文主编《学术的理性回归：方法、资料与规范》，高等教育出版社，2018年5月，54—75页。）

不负国宝，襄进学术

——陈寅恪对敦煌文献的利用与阐发

1980年上海古籍出版社出版了蒋天枢先生整理的《陈寅恪文集》，不仅有我们常见的《隋唐制度渊源略论稿》、《唐代政治史述论稿》、《元白诗笺证稿》，还有把寅恪先生散篇文章汇集在一起的《寒柳堂集》、《金明馆丛稿初编》、《金明馆丛稿二编》，以及我们过去没有见过的《柳如是别传》，这对于我们当时如饥似渴读书的中古史、敦煌学的学子来说，是多大的恩惠！当时作为一名本科二年级的学生，我也囫囵吞枣式地仔细拜读寅恪先生的每一篇文章、每一本著作，虽然有不少文字看也看不懂。

2001年北京的三联书店出版《陈寅恪集》，因为我的专业和对寅恪先生的敬仰，接受了校对《寒柳堂集》、《金明馆丛稿初编》、《金明馆丛稿二编》三部论文集的专有名词和全部史料的任务。寅恪先生撰写文章，通常是大段大段引用史料，旁及各种语言文字，核对一遍，着实不易。我尽量采用寅恪先生所用古籍的版本或中西文杂志的原刊本，保证不随便改一个字，也希望不让一个错字遗存。此前我就从邓广铭先生那里，知道蒋天枢先生整理寅恪先生文集时，是“老师的文字，一字也没有擅自改动”。小子何人，怎敢妄改？所动大概只有“僚”改回为“獠”，以及敦煌文书的编号误写等极少的地方。在核对过程中，对蒋天枢先生和上海古籍出版社的编辑益发崇敬，对《陈寅恪文集》编校水平之高由衷佩服。

如今上海古籍本《陈寅恪文集》已出版40年，复旦大学与上海古籍出版社共同举办纪念会，要我就陈寅恪与敦煌学做个发言。这方面的话题，敦煌学界有不少文章发表，我自己也在一些与敦煌学学术史相关的文章中有所讨论。这里仅从三个方面，强调寅恪先生对敦煌学的贡献，以及他对敦煌文献的利用及其方法。

一、明确提出“敦煌学”的概念

陈寅恪先生在1930年发表的《陈垣敦煌劫余录序》中，开宗明义，提出“敦煌学者，今日世界学术之新潮流也”（《中央研究院历史语言研究所集刊》第1本第2分）。在相当长的一段时间里，敦煌学界都认为“敦煌学”这个名称是寅恪先生首创的，这可以说是学界的共识，没有任何疑问。

可是到了1989年，对敦煌文书有精深研究的日本东京大学池田温教授发表一篇短文，题为《敦煌学与日本人》（《日本学》

第13号；陈汉玉译，载《国际汉学》第1辑，北京：商务印书馆，1995年），其中说到日本学者石滨纯太郎早在1925年出版的《敦煌石室的遗书》小册子中，就使用了“敦煌学”一词。池田教授也指出，大概是因为这本小册子是石滨先生在大阪怀德堂所做夏期讲演的印刷本讲义，所以流传不广。1998年方广锠发表《日本对敦煌佛教文献之研究（1909年—1954年）》一文（《敦煌学佛教学论丛》，香港：中国佛教文化出版有限公司，1998年），利用池田温教授文章的汉译本，认为石滨先生比陈寅恪更早地使用了“敦煌学”这一说法。2000年，王冀青发表《论“敦煌学”一词的词源》一文（《敦煌学辑刊》2000年第2期），推测陈寅恪可能见到过石滨氏的小册子，他只是“敦煌学”一词的引入者，不是发明人。

不过，也是在1989年，姜伯勤先生发表《唐令舞考》一文（《纪念陈寅恪教授国际学术讨论会文集》，广州：中山大学出版社，1989年，216页），曾据姜德明《书梦录》转引寅恪先生1944年所撰《大千临摹敦煌壁画之所感》中的一段文字：“寅恪昔年序陈援庵先生《敦煌劫余录》，首创‘敦煌学’之名。以为一时代文化学术之研究必有一主流，敦煌学今日文化学术研究之主流也。”（现收入《陈寅恪集·讲义及杂稿》，北京：生活·读书·新知三联书店，2002年，446页）由此可见，寅恪先生本人自认为“敦煌学”这个名字是他首创的。我相信寅恪先生是真的没有看过石滨纯太郎的讲义册子，所以他才会说这是自己的首创。

遗憾的是，否定寅恪先生提出“敦煌学”概念的人没有看到寅恪先生的这段文字，也没有看到姜伯勤先生的阐述。

今天回过头来看，石滨氏的那个小册子应当只是在一个很小的范围内流传，而寅恪先生创说“敦煌学”的文字是刊登在《历史语言研究所集刊》这样国际知名的刊物上，所有海内外文史研究者都必然知晓；而陈垣的《敦煌劫余录》是一部工具书，敦煌学等相关学科的学者都会时常翻阅。因此，从对于学科的影响和实际效果来说，寅恪先生当之无愧地是“敦煌学”这一学科概念的首创者。

二、利用敦煌文献研究宗教、历史、文学并关注民族语言文字

陈寅恪早年曾长期游学欧美，学习梵文、佛教等，旁及中亚古文字。回国后执教清华大学国学院，在20世纪20年代末、30年代初的一段时间里，他写过一系列敦煌写本的跋文，如《须达起精舍因缘曲跋》、《敦煌本维摩诘经文殊师利问疾品演义跋》、《有相夫人生天因缘曲跋》（大多数收入《金明馆丛稿二编》），主要就是从佛经翻译文学的角度，利用他所掌握的梵、藏、于阗、回鹘等文字资料，与汉文文献相发明，对中古思想、文体、史事等，多有发明，在敦煌学的领域做出了超越前人的贡献。

更能够反映寅恪先生对敦煌学的广阔视野的文字，还是他写的《陈垣敦煌劫余录序》，其中历数北京图书馆所藏敦煌“残篇

故纸”，指出其“实有系于学术之轻重者在”。其文曰：

> 摩尼教经之外，如《八婆罗夷经》所载吐蕃乞里提足赞普之诏书，《姓氏录》所载贞观时诸郡著姓等，有关于唐代史事者也。《佛说禅门经》、马鸣菩萨《圆明论》等，有关于佛教教义者也。《佛本行集经演义》、《维摩诘经菩萨品演义》、《八相成道变》、《地狱变》等，有关于小说文学史者也。《佛说孝顺子修行成佛经》、《首罗比丘见月光童子经》等，有关于佛教故事者也。《维摩诘经颂》、《唐睿宗玄宗赞文》等，有关于唐代诗歌之佚文者也。其它如《佛说诸经杂缘喻因由记》中弥勒之对音，可与中亚发见之古文互证，六朝旧译之原名，藉此推知。《破昏怠法》所引《龙树论》，不见于日本石山寺写本《龙树五明论》中，当是旧译别本之佚文。唐蕃翻经大德法成辛酉年（当是唐武宗会昌元年）出麦与人抄录经典，及周广顺八年道宗往西天取经，诸纸背题记等，皆有关于学术之考证者也。（《陈寅恪集·金明馆丛稿二编》，267 页。）

这段文字不多，但内涵丰富，我曾对此做过仔细的笺释（原载《中西学术名篇精读·陈寅恪卷》，上海：中西书局，2014 年，34—74 页），这里只能撮要提示。

宗教文献方面，摩尼教经即旧编宇56号、新编BD00256号的摩尼教残经，是敦煌发现的三种汉译摩尼教经典之一，而且是早期摩尼教的重要经典，自1911年罗振玉刊布，沙畹（E. Chavannes）、伯希和（P. Pelliot）法译并详注之后，成为迄今我们理解早期摩尼教思想的主要依据，也是学术界从吐鲁番出土的伊朗语摩尼教文献追寻早期经典的主要依据。《佛说禅门经》北图有两件写本，是不晚于730年成立的禅宗系伪经，与北宗禅关系密切，而且对四川净众宗有很大影响。《马鸣菩萨圆明论》旧编服6号，新编BD08206号，首题下有“马鸣菩萨造”的署名，其实也是禅宗北宗系的著作，讨论如来藏的思想。由上可见，寅恪先生独具慧眼，早就注意到了敦煌禅宗文献，特别是后来大量佚失的北宗禅的文献。《佛说孝顺子修行成佛经》，旧编玉64号，新编BD04264号，是十分少见的疑伪经。《首罗比丘见月光童子经》北图藏有三个写本，也是一部已佚重要的疑伪经。寅恪先生提到的这两种文献，对于研究中古社会思潮尤其重要，也是反映中国佛教思想的绝好资料。1982年，荷兰汉学家许理和（E. Zürcher）教授发表《月光童子：中古中国早期佛教中的弥塞亚主义与末世论》长文（*T'oung Pao*, LXVIII. 1-3），对《首罗比丘经》产生的年代和月光童子信仰的救世主和末世论的特性，以及对中国社会的影响，都做了透彻的解说，正好是寅恪先生眼力的最好解说。此外，他还提到《破昏怠法》（旧编字1号，新编BD08001号）所引《龙树论》，为日本石山寺写本《龙树五明论》

之外的佚文。

历史文献方面，《八婆罗夷经》旧编月 91 号、新编 BD00791 号，寅恪先生指出其所载吐蕃乞里提足赞普（Khri-gtzug-lde-brtsan，赤祖德赞，815—841 年在位）诏书的价值。所谓诏书，实系抄写在《八婆罗夷经》之后的一篇讲修行弥勒禅的文献，在传世文献和敦煌写本中都很少见，也很有研究旨趣。《姓氏录》旧编位 79 号，新编 BD08679 号，所载为贞观时诸郡著姓，历来受到学者的重视，自 1911 年缪荃孙撰《唐贞观条举氏族事件卷跋》（《辛壬稿》卷三）以来，讨论者不乏其人，迄今仍是研究唐朝氏族问题时不可或缺的材料。他还提示唐蕃翻经大德法成辛酉年（当是唐武宗会昌元年）出麦与人抄录经典（旧编露 41 号，新编 BD16079 号），以及周广顺八年道宗往西天取经的记录（旧编冬 62 号，新编 BD02062 号）等，“皆有关于学术之考证者也”。

文学、语言方面，寅恪先生关注到《佛本行集经演义》，旧编潜 80 号，新编 BD06780 号，今题“太子成道经”；《维摩诘经菩萨品演义》旧编光 94 号，新编 BD05394 号，今题“维摩诘经讲经文”；《八相成道变》，北图藏有三个残本；《地狱变》，北图有四件涉及地狱内容的变文，分属两种不同的作品，一种今称“大目乾连冥间救母变文”，另一种称“目连变文”。以上这四种写本属于讲经文或变文类作品，寅恪先生也曾撰写过罗振玉刊布的一些同类写本的跋文，从中国文学史的角度，阐述佛典体裁的长行与偈颂相间叙述，经演义而影响到章回小说和弹词等体裁的情形。敦煌文献中这类俗文学作品的价值，后经向达、孙楷第等学者的反复论证，确定了作为后代小说、戏曲之源头的讲经文和变文在中国文学史上的地位。在诗歌方面，寅恪先生提到《维摩诘经颂》，旧编羽3号，新编BD06803号，是十四首五言律诗，分咏《维摩诘经》全经各品之义。《唐睿宗玄宗赞文》，旧编日23号，新编BD00623号，也是唐代诗歌佚文。表明寅恪先生关注敦煌写卷中保存的已佚唐诗，这迄今仍然是敦煌学和唐诗学者的一项艰苦工作。此外，寅恪先生还提到《佛说诸经杂缘喻因由记》（旧编腾29号，新编BD03129号）中有“弥勒”之对音“弥顶勒迦”，可与中亚发见之古文互证。

由此可见，寅恪先生通过北图所藏一些写本的学术价值，为20世纪敦煌学研究发掘了新材料，提出了新问题。

从1927年回国任教，到1931年，可以说是寅恪先生治学的第一个阶段。他主要研究的对象，是中印关系和西北史地问题；所处理的材料，主要是敦煌新发现的内典写本和俗文学作品，以及梵文、巴利文、藏文、蒙文文献。寅恪先生往往能从大处着眼，小处着手，利用的是一些具体的材料，而关注的实际上是20世纪初国际东方学的一些大问题，其视野之广阔，当时罕有其匹。

可惜的是后来混乱的时局不利于这种纯静的书斋学术，颠沛流离的生活又让寅恪先生患上严重的眼疾，不便阅读细小文字所印西文书刊，而中文线装大字本则相对舒适。于是，寅恪先生在30年代中期转向以汉文材料为主的中古史研究，开始了他的第二阶段学术研究。

此后，寅恪先生也并没有完全放弃对敦煌写本的关注和利用。1936年他曾发表《读〈秦妇吟〉》（《清华学报》第11卷第4期）。1940年又增订为《韦庄〈秦妇吟〉校笺》（昆明自印本）。1950年又撰写《〈秦妇吟〉校笺旧稿补正》（《岭南学报》第12卷第2期）。后以《韦庄秦妇吟校笺》名，收入其《寒柳堂集》（上海古籍出版社，1980年），间有改订。可见他对这首晚唐重要的佚诗，所给予的持续关注。另外，他1952年发表的《论隋末唐初所谓"山东豪杰"》（《岭南学报》第12卷第1期），曾使用敦煌写本P.2640《常何墓碑》，来论证玄武门之变，可见他也一直没有放弃对敦煌写本的利用。

但寅恪先生说过："寅恪平生治学，不甘逐队随人，而为牛后。年来自审所知，实限于禹域以内，故谨守老氏损之又损之义，捐弃故技。凡塞表殊族之史事，不复敢上下议论于其间。"这是1942年他为朱延丰《突厥通考》作序时所讲的话。我曾说过："对于敦煌学来说，陈寅恪的退出，无疑是一件憾事；对中古史来讲，又是一个福音。"

三、为敦煌学研究指出宏观的发展方向

寅恪先生在《陈垣敦煌劫余录序》中说：

一时代之学术，必有其新材料与新问题。取用此材料，以研求问题，则为此时代学术之新潮流。治学之士，得预于此潮流者，谓之预流（借用佛教初果之名）。其未得预者，谓之未入流。此古今学术史之通义，非彼闭门造车之徒，所能同喻者也。敦煌学者，今日世界学术之新潮流也。自发现以来，二十余年间，东起日本，西迄法英，诸国学人，各就其治学范围，先后咸有所贡献。吾国学者，其撰述得列于世界敦煌学著作之林者，仅三数人而已。夫敦煌在吾国境内，所出经典，又以中文为多，吾国敦煌学著作，较之他国转独少者，固因国人治学，罕具通识。

寅恪先生指出，一个时代的学术，必然要有新材料与新问题作为支撑。取用这些新材料，来研讨探求新的问题，则是一个时代学术的新潮流。

什么是新材料和新问题？寅恪先生1926年回国之前，主要是在德国柏林大学，跟从吕德斯（H. Lüders）、缪勒（F. W. K. Müller）等人学习梵文、回鹘文等，这两位学者正是当时德国乃至欧洲研究新疆古代遗址发现的梵文、藏文、汉文、回鹘文、于阗文、粟特文、“吐火罗文”（焉耆、龟兹文）、中古波斯文、帕提亚文等新的文献材料的主要倡导人，他们利用这些新材料，也包括敦煌藏经洞新发现的各种语言的文献，改写了西域历史的许多篇章，利用中亚新发现的梵文、于阗文、吐火罗文佛典，对于佛教东渐史增补了许多内容，利用中古伊朗语、突厥回鹘语文献，对摩尼教、基督教东传的历史，谱写了许多新的篇章。寅恪先生对于这些成绩，耳熟能详，并且希望把欧美东方学界利用新材料取得的成果，运用到中国的敦煌学研究中去。正是在这样一个学术背景下，他为新兴的“敦煌学”提出很高的要求，也给“敦煌学”指明了今后发展的方向，就是利用新材料，探讨新问题，推进学术新潮流。

但寅恪先生也担心，敦煌文献发现后的二十多年当中，日本和英法诸国学者多有所贡献，而中国学者撰述能够列于世界敦煌学著作之林者，也就是说真正可以说得上是利用新材料而研究新问题的，“仅三数人而已”。其原因是“国人治学，罕具通识”。因为中国学者受到清朝三百年文字狱的束缚，眼界狭窄，关注的主要是一些传统经典的校勘问题，而对敦煌文献中新的宗教典籍和公私文书，没有特别予以关注。比如罗振玉校录了慧超《往五天竺国传》，却没有做深入的研究，而是由日本学者藤田丰八完成了《慧超传笺释》的工作（1910 年 8 月）；又如罗振玉校录了摩尼教残经，因为不具现代宗教知识，误以为是“波斯教残经”，而把这件重要典籍的通盘研究，留给了法国学者沙畹和伯希和。因此，寅恪先生说中国学者的治学，很少具有系统全面的知识，即缺少“通识”。他所谓的“通识”，指的是应当具备世界性的眼光，而不要为固定的学术观念所拘束。陈弱水在《现代中国史学史上的陈寅恪——历史解释及相关问题》一文中（《学术史与方法论的省思——中央研究院历史语言研究所七十周年研讨会论文集》，中研院史语所，2000 年），曾对所谓“通识”做过阐释。寅恪先生多次提到“通识”问题，他在撰写此序同一年发表的《敦煌本维摩诘经文殊师利问疾品演义跋》中也曾说，“然此只可为通识者道，而不能喻于拘方之士也”（《历史语言研究所集刊》第 2 本第 1 分；此据《金明馆丛稿二编》，185 页），“通识”的对立面是“拘方”。

新材料和新问题，是构筑一个时代新学术的两个重要的支柱，寅恪先生不偏不倚地同时提示了这两方面的重要性。这个提示是对 1930 年以后敦煌学研究的方向性指引，直到今天仍然具有它的生命力。遗憾的是，中国的敦煌学界却更多地走向了追求新材料的一个方面，而有些非敦煌学的学人则极力贬低新材料的价值，导致空谈问题，没有进步。

我们知道，收藏在英、法、中、俄、日等国图书馆或博物馆中的敦煌文献不是一次性地公布出来的，因此在很长一段时间里，学者们都是以“挖宝式”的方法来获取材料。在寅恪先生撰写此文之前，中国的敦煌学研究者更多地是依赖于伯希和从巴黎寄赠敦煌写本的照片，或者就是有机会去巴黎、伦敦等地去抄录回来，像董康、刘复、胡适都抄录回来一些敦煌文献，有些只是作为自己研究的素材，如胡适的《神会和尚遗集》；有些则分赠友人，如王国维利用狩野直喜的录文完成一系列跋文；更好的是出版录文合集，供大家研究，如刘复的《敦煌掇琐》等。因此，中国的敦煌学研究从一开始就在不断地追求新材料，这固然是好事，因为新材料必然带来许多新的研究成果。但这样一种追求新材料的做法如果一成不变，等到敦煌文书变成并不新奇的“旧材料”之后，这门学问就越来越没有生命力了，甚至会产生很多炒冷饭的作品。

总体上来看，此前数十年的中国敦煌学研究，的确过多地依赖新材料，在追索新材料的同时，忘记了寅恪先生告诉我们的要思考新问题。实际上，把敦煌出土的典籍文书和人文社会科学领域的问题结合起来，有许多新的问题可以提出，在史学、哲学、文学、艺术史、考古等学科方面，都可以利用敦煌资料来加以探讨，因为敦煌写本大多数是属于写本时代的书籍和未经史家润色的原始文书，有着独特的文本性格，特别是不受“后现代主义”对传统士大夫文献的解构影响，正是今天跨学科研究的新起点。就我所在的史学领域来说，比如丝绸之路城市的宗教汇聚问题，某些宗教派别如禅宗与地方社会的关系问题，女性或性别视角下的中古社会问题，写本医书和大量杂药方反映的医疗社会和医疗系统问题，本地本民族的胡语、汉语文书所见的民族或族群认同问题，敦煌写本所见的书籍样态与知识传播问题，等等等等，在新的社会史、文化史、宗教史、艺术史等学科当中，敦煌文献可以不断地推陈出新，敦煌学可以为新的跨学科研究做出更大的贡献。

只有如此，我们才能像寅恪先生所说的那样，即“内可以不负此历劫仅存之国宝，外有以襄世界之学术于将来”。“不负国宝，襄进学术”，仍然是今天我们学界同仁都应当牢记于心的两句名言，也是本人反复学习寅恪先生大著感受最深的体会。

（本文系2020年1月4日在复旦大学中文系、复旦大学古籍所、上海古籍出版社共同主办的“纪念《陈寅恪文集》出版四十周年暨纪念版发布会”上的发言稿，原载2020年1月18日《文汇学人》。）

也谈陈寅恪的“语文学”

一、《与妹书》

1923年8月出版的《学衡》第20期，刊登陈寅恪《与妹书》（节录），全文如下：

> 我前见中国报纸告白，商务印书馆重印日本刻《大藏经》出售，其预约券价约四五百元。他日恐不易得，即有，恐价亦更贵。不知何处能代我筹借一笔款，为购此书。因我现必需之书甚多，总价约万金。最要者即西藏文正续藏两部，及日本印中文正续大藏，其他零星字典及西洋类书百种而已。若不得之，则不能求学。我之久在外国，一半因外国图书馆藏有此项书籍，一归中国，非但不能再研究，并将初着手之学亦弃之矣。我现甚欲筹得一宗巨款购书，购就即归国。此款此时何能得，只可空想，

岂不可怜。我前年在美洲写一信与甘肃宁夏道尹，托其购藏文大藏一部，此信不知能达否。即能达，所费太多，渠知我穷，不付现钱，亦不肯代垫也。西藏文藏经，多龙树、马鸣著作而中国未译者。即已译者，亦可对勘异同。我今学藏文甚有兴趣，因藏文与中文，系同一系文字。如梵文之与希腊、拉丁及英、俄、德、法等之同属一系。以此之故，音韵训诂上，大有发明。因藏文数千年已用梵音字母拼写，其变迁源流，较中文为明显。如以西洋语言科学之法，为中藏文比较之学，则成效当较乾嘉诸老，更上一层。然此非我所注意也。我所注意者有二：一历史（唐史、西夏），西藏即吐蕃，藏文之关系不待言。一佛教，大乘经典，印度极少，新疆出土者亦零碎。及小乘律之类，与佛教史有关者多。中国所译，又颇难解。我偶取《金刚经》对勘一过，其注解自晋唐起至俞曲园止，其间数十百家，误解不知其数。我以为除印度、西域外国人外，中国人则晋朝唐朝和尚能通梵文，当能得正确之解，其余多是望文生义，不足道也。隋智者大师天台宗之祖师，其解“悉檀”二字，错得可笑（见《法华玄义》），好在台宗乃儒家《五经正义》二疏之体，说佛经，与禅宗之自成一派，与印度无关者相同，亦不要紧也。（禅宗自谓由迦叶传心，系据《护法因缘传》。现此书已证明为伪造。达摩之说，我甚疑之。）旧藏文既一时不能得，中国《大藏》，吾颇不欲失此机会，惟无可如何耳。又蒙古、满洲、回文书，我皆欲得。可寄此函至北京，如北京有满、蒙、回、藏文书，价廉者，请大哥、五哥代我收购，久后恐益难得矣。（收入《金明馆丛稿二编》，以下简称《二编》，上海古籍出版社，1980 年，311—312 页。）

这是陈寅恪公开发表的第一篇文字，其时他还在柏林留学。信中首先说自己在回国前，要准备藏文《大藏经》正续两部、汉文《大藏经》正续两部、西文书约百种以及其他零星字典，最后还有满、蒙、回、藏文所写的书，统统都要，归国后没有这些资料，则无从治学。其次说自己正在学习藏文，希望用西洋语言学之方法，来做汉藏文比较研究，这样则可以超过乾嘉诸老。最后说自己所关注的主要问题，一是历史，后注“唐史、西夏”，这里的“西夏”应当是“西藏”之误排，因为后面即说“西藏即吐蕃，藏文之关系不待言”，而此后他也没有研究西夏历史；另一是佛教，大乘经典和小乘律学最有价值，但他“以为除印度、西域外国人外，中国人则晋朝唐朝和尚能通梵文，当能得正确之解，其余多是望文生义，不足道也”，并举《金刚经》注解及天台、禅宗学说中之问题，点到为止。

二、新来的东方语言学者

当时的国内学人，还没有见到陈寅恪的真面目，读到这篇文字，一定颇为震惊。此君不仅可以读梵、藏、满、蒙、回等各种文字材料，而且敢说除了晋唐和尚（意思就是鸠摩罗什、玄奘、义净等师）外，中国人对佛教文献的理解，多是望文生义，毫不足道。口气之大，振聋发聩。我每次读《与妹书》，都想看看寅恪先生到底有多大的本事，让当时的学人如此刮目相看。这篇文章发表在《学衡》杂志上，主要负责编务的东南大学教授吴宓，就是陈寅恪哈佛大学时代的好友，大概也只有吴宓，才能够拿到这样一封家信来发表，其标明“节录”，也就是选择的只是有关学术的部分。不过这篇文章并非当时《学衡》所刊文章的重要篇章，我们看《吴宓自编年谱：1894—1925》（三联书店，1995 年）完全没有提到此文，即可明了。但正是这唯一的一篇文章，后来成为吴宓向清华大学校长举荐陈寅恪的利器，让这位饱学而无文凭的海外学子，步入清华学堂，与声名赫赫的梁启超、王国维辈，并列为四大导师。

1926 年 7 月，陈寅恪到清华报到，任国学研究院导师，开始他的讲学研究生涯。9 月 6 日，王国维给罗振玉去信，说道：“顷陈散原之幼子名寅恪者已至学校，此人学东方言语学，言欧洲学问界情形甚详，言论（伦）敦有汉文摩尼教赞颂一卷，已印行，此卷甚有关系。”（王庆祥、萧文立校注《罗振玉王国维往来书信》，东方出版社，2000 年，658 页）可见，就连博学如王静安先生，都从新来的陈寅恪那里听闻许多欧洲学界的详细情况，而且还有他所关心的摩尼教文献，此即斯坦因所获《下部赞》（S.2659），其时全文实际尚未发表（1934 年出版的日本《大正新修大藏经》卷 54 方载全文），但有一些赞文，如第 1—82 行《赞夷数文》、176—183 行《初声赞文》、360—363 行《赞日光后结愿偈》、387—400 行《莫日听者忏悔愿偈》，已由德国学者瓦尔德施密特（E. Waldschmidt, 1897–1985）和楞茨（W. Lentz）合作发表在《夷数在摩尼教中的地位》（“Die Stellung Jesu im Manichaismus”, *Abhandlungen der (Königlich-) Preussischen Akademie der Wissenschaften, Philosophisch-Historische Klasse*, Berlin, 1926, pp.1–131）这篇长文中。王国维听闻这些，必然觉得这位“后生可畏”。

在王国维眼中，陈寅恪是学东方语言学的。陈寅恪说自己要“以西洋语言科学之法，为中藏文比较之学”，其方法也就是欧洲当时东方学中最有成就的“语文学”（Philology）。什么是语文学，北京大学段晴教授在《德国的印度学之初与季羡林先生的学术底蕴》一文中对此有所阐述，文载《敦煌吐鲁番研究》第 12 卷（季羡林先生纪念专号），上海古籍出版社 2011 年版；近年来，清华大学沈卫荣教授极力倡导语文学方法，还出版了专著《回归语文学》（上海古籍出版社，2019 年），让我们对于欧洲语文学的来龙去脉和学术方法，有了透彻的了解。至于陈寅恪先生早年的语文学研究，也有不少学者谈过，最近沈教授也有论说。但都是泛泛而谈，没有深入。

1926年9月清华开学，陈寅恪开始上课，讲授“西人之东方学之目录学”，涉及范围包括“摩尼教经典与回纥文译本之研究”，“佛教经典各种文字译本之比较研究（梵文、巴利文、藏文、回纥文及中央亚细亚文诸文字译文比较研究）”等，这些显然是寅恪先生语文学的实践场所。但授课不同于研究，只是讲解，因为听众没有基础，有些不会深入。下面我们还是根据陈寅恪自己的著述，来看看他的“语文学”研究成果。

三、陈寅恪的“语文学”

1927—1930年间，陈寅恪发表了一系列有关各种文本的比较研究的文章，有些文章中对证佛教名相的梵汉诸语词对译的情况，这些读者比较容易看懂。而他文章提到的西方学者的研究成果，因为引用方式不太规范统一，有时只提书名，有时只用中文表述，读者不一定都知其所云，如果不知道其所引文献的学术价值，也就无法理解寅恪先生的贡献。笔者曾系统收集西人有关中亚写本研究之目录，并几度开设“西域胡语与西域文明”的课程，对于寅恪先生所引文献，略知一二，以下略作发覆。（按，寅恪先生文中书名号多无标点，今补。）

《〈大乘稻芊经随听疏〉跋》（原载清华学校研究院《国学

论丛》第1卷第2号，1927年9月刊），文中提到敦煌写本中之法成，“其译著之书，今所知者……藏文则有西藏文正藏中之《善恶因果经》、义净《金光明最胜王经》重译本及关于观世音菩萨神咒三种等（详见 Journal Asiatique Serie 11, Tome 4，《史林》第八卷第一号、《支那学》第三卷第五号、伯希和及日本羽田享石滨纯太郎诸君考证文中）”（《二编》254页，“享”系“亨”之讹）。此处提到的法国《亚洲学报》所刊伯希和（P. Pelliot）文，应当是《〈甘珠尔〉目录札记》（“Notes à propos d'un catalogue du Kanjur”, *Journal Asiatique*, IV, 1914, pp.111–150）。伯希和是法国中亚研究的名家，与中国学者交往颇多，也是陈寅恪的朋友，在此不必详述。而日本羽田亨、石滨纯太郎，也都不是等闲之辈，在日本胡语研究方面有开拓之功。

《〈童受喻鬘论〉梵文残本跋》（1927年11月刊《中山大学语言历史研究所周刊》第1卷第3期；又载同年12月《清华学报》第4卷第2期）：

> 昔年德意志人于龟兹之西，得贝叶梵文佛教经典甚多，柏林大学路得施教授 Prof. Henrich Lüders 检之，见其中有《大庄严论》残本。寅恪尝游普鲁士，从教授治东方古文字学，故亦夙闻其事。至今岁始得尽读其印行之本（*Bruchstücke der Kalpanāmanditikā*, herausgegeben Von Henrich Lüders, Leipzig, 1926）。教授学术有盛名于世，

而此校本尤其最精之作，凡能读其书者皆自知之，不待为之赞扬。兹仅就梵文原本考证论主之名字，及此论之原称，并与中文原译校核，略举一二例，以见鸠摩罗什传译之艺术，或可为治古代佛教翻译史者之一助。(《二编》207 页）

文中提到的路得施教授，现在一般更通用的译法是吕德斯（1869—1943），他是当时德国东方学界的领袖人物，也是“中亚与远东历史、考古、语言、民俗考察国际协会”德国分会的负责人之一，在他的推动下，德国柏林民俗学博物馆组成“德国吐鲁番探险队”，由格伦威德尔（Albert Grünwedel, 1856–1935）和勒柯克（Albert von Le Coq, 1860–1930）率领，在 1902—1903、1904—1905、1906—1907、1913—1914 年四次到新疆考古，在吐鲁番、焉耆、库车等地获得大量文物和文献材料。吕德斯很快就投入新获西域文献的整理研究工作，1911 年就出版《佛教戏剧残页》（*Bruchstücke buddhistischer Dramen*, Berlin 1911）和《马鸣的剧本〈舍利弗章〉》（“Das Sāriputraprakaraṇa, ein Drama des Aśvaghoṣa”, *Sitzungsberichte der Preussischen Akademie der Wissenschaften*, 1911, pp.388–411。以下刊名简称 *SPAW*）。寅恪先生提到的《大庄严论》刊本，也是他整理龟兹出土梵文写本的成果之一。而鸠摩罗什正是与写本大概同时代的龟兹僧人，十六国后秦时到长安译经传法，寅恪先生取这两者来对比，自然有其深意所在。吕德斯不愧大家，他除了有关梵文、佉卢文等个案研究外，还在1922年和1930年分别撰写了《西域的历史与地理》（“Zur Geschichte und Geographie Ostturkestans”, *SPAW*, phil.-hist. kl. 1922, pp.243–261）及《再论西域的历史与地理》（“Weitere Beiträge zur Geschichte und Geographie von Ostturkestan”, *SPAW*, phil.-hist. kl. 1930, pp.7–64），利用零碎的出土文献，构筑比较宏观的新疆古代历史叙述。他的主要论文结集为《印度语文学论集》（*Philologica Indica*, Göttingen 1940）。我想陈寅恪受吕德斯的影响最大，他的语文学应当主要就是来自吕德斯的印度语文学研究。

《〈忏悔灭罪金光明经冥报传〉跋》（1928年6月发表于《北平图书馆月刊》第1卷第2期），其中说道：

> 近年俄罗斯人C. E. Malov君肃州得一《金光明经》之突厥系文本，（俄国科学院《佛教丛书》第十七种一千九百十三年出版）张居道入冥及安固县丞妻二事均译载卷首，其体制与敦煌写经之冠以《灭罪传》者适相符合。予又见德意志人近年于土鲁番所获之吐蕃文断简，其中有类似《灭罪冥报传》之残本。（见A. H. Francke, *Sitzungsberichte der Preussischen Akademie der Wissenschaften*, Mai, 1924）内容述及《金刚经》，殆冠于《金刚经》之首者，惜太残阙，无由确证。（《二编》256页）

寅恪先生所说俄国科学院的《佛教丛书》，即沙皇俄国

出版的 *Bibliotheca Buddhica* 丛书，其第 17 种为拉德洛夫（W. Radloff）和马洛夫（S. E. Malov）合作刊本的《回鹘文译本〈金光明经〉》（*Suvarṇaprabhāsa. (Sutra zolotogo bleska). Tekst uigurskoi redaktsii*, St. Petersburg 1913）。正如寅恪先生所言，此书 1913 年始刊，实则到 1917 年出版完毕。回鹘文之外，寅恪先生又提到德国探险队在吐鲁番的收获，即藏文本类似《金光明经冥报传》的残本。这里他只提示弗兰克（A. H. Francke）的名字和文章发表的杂志名，即《普鲁士王家科学院学术会议报告集》(简称 *SPAW*)，未及篇名，实即《吐鲁番发现的藏文写本》(“Tibetische Handschriftenfunde aus Turfan”, *SPAW*, 1924, III, pp.5–20）。这里所刊藏文“故事”残片，即寅恪先生比定之《冥报传》。弗兰克是摩拉维亚教派的传教士，长期在西藏传教，并研究藏学，斯坦因（A. Stein）和德国探险队所获古藏文文书，最早都是交给他来解读。他的主要论著是《印度西藏古史考》（*Antiquities of Indian Tibet,* Calcutta 1926），陈寅恪曾从他学习藏文，所以对他的研究也是熟悉掌握。

跋文又说：

> 《金光明经》诸本，予所知者，梵文本之外，（梵文本已刊者有 Sarat Chandra 本及 A. F. Rudolf. Hoerle, *Manuscript Remains of Buddhist Literature found in Eastern Turkestan* 所载之本，余详见《宗教研究》第五卷第三号

泉芳璟君《读梵文金光明经》论文）其余他种文字译本，尚存于今日者，中文则有……西藏文则有三本，（见《支那学》第四卷第四号樱部文镜《蒙文金光明经断篇考补笺》）其一为法成重译之中文义净本。蒙古文及Kalmuk文（予曾钞一本）均有译本。满文大藏经译自中文当有《金光明经》，但予未得见。突厥系文则有德意志土鲁番考察团所获之残本（F. W. K. Müller, *Uigurica*, 1908）及俄国科学院《佛教丛书》本。（见前）东伊兰文亦有残阙之本，（见P. Pelliot, *Etudes Linguistiques sur les Documents de la Mission Pelliot*, 1913 及 E. Leumann, *Abhandlun gen für die Kunde des Morgenlandes* XV, 2, 1920）据此诸种文字译本之数，即知此经于佛教大乘经典中流通为独广，以其义主忏悔，最易动人故也。（《二编》257页，排版之Hoernle名及刊物名Abhandlungen，稍有讹误。）

这里寅恪先生罗列了《金光明经》各种语言的文本，除了传世的文本外，也有当时属于西域新发现的文本，如梵文残本有寅恪先生提到的霍恩雷（A. F. R. Hoernle）在*Manuscript Remains of Buddhist Literature found in Eastern Turkestan*中的刊本，此书为1916年牛津出版，今译为《新疆出土佛教文献丛残》；突厥文寅恪先生举出1908年缪勒（F. W. K. Müller）所刊德国吐鲁番考察所得残本，此即《回鹘语文献汇编》第1卷第2部分（Uigurica. I-2.

“Die Reste des buddhistischen *Goldglanz-Sūtra*”, *APAW*, 1908）。最后，伯希和刊布的东伊朗语文本当然不会为寅恪先生错过，这里只提到 *Etudes Linguistiques sur les Documents de la Mission Pelliot*（《伯希和考察队文献丛刊的语言学研究》）的书名，其实其篇名为《一件东伊朗语书写的〈金光明经〉残卷》（Un fragmemt du Suvarṇaprabhāsasūtra en iranien oriental），发表于《巴黎语言学会论集》（*Mémoires de la Société de Linguistique de Paris*）第 18 卷，1913 年，89—125 页。洛伊曼（E. Leumann）的书，寅恪先生给出的是丛刊名 *Abhandlungen für die Kunde des Morgenlandes*，实际上我们一般引用该书的本名《佛教文献：北雅利安语与德语翻译》（*Buddhistische Literatur, Nordarisch und Deutsch*），莱比锡，1920 年出版。这里引用的各种译本的刊布者，伯希和之外，霍恩雷、缪勒、洛伊曼分别在梵语、突厥回鹘语、于阗语（即所谓北雅利安语）方面，都是一时代的学术权威。由此可见，寅恪先生对当时已经发表的中亚各种语言文字的《金光明经》可谓收罗备至，也能掌握当时最重要的研究成果，这对其研究各种译本的关系，准备了素材和讨论的对象。

《敦煌本〈十诵比丘尼波罗提木叉〉跋》（1929 年 5 月发表于《北平北海图书馆月刊》第 2 卷第 5 期）。文中有云：

> 日本西本龙山君影印敦煌本《十诵比丘尼波罗提木叉》并附以解说，广征详证，至为精审。盖毗奈耶比较

学之佳著也。往岁德意志林冶君 Ernst Waldschmidt 校译说一切有部梵文《比丘尼波罗提木叉》残本 Bruchstücke des，予适游柏林，偶与之讨论。（《二编》258 页）

这里寅恪先生据日本西本龙山刊敦煌本《十诵比丘尼波罗提木叉》联系到德国所刊梵文本。所谓“林冶”应当是 Waldschmidt 的意译，他是陈寅恪的同学，很可能是寅恪先生给他起的这个名字，音、义都很恰当，姓的选择也很地道，可惜没有通行起来，后来跟从他读书的季羡林先生，称他为“瓦尔德施米特”（《留德十年》，东方出版社，1992 年，40 页）或“瓦尔德施密特”（《季羡林学术论著自选集》，北京师范学院出版社，1991 年，648 页），现在通用后者。瓦氏是一个全才，上世纪 20 年代初接手德国吐鲁番探险队资料后，才华得到了全方位展现：与探险队员勒柯克合作研究西域佛教美术，完成七卷本《中亚古代晚期的佛教文物》（*Die buddhistische Spätantike in Mittelasien, I-VII*），1922—1933 年在柏林陆续出版，其中包括对龟兹壁画的考释和排年；另外，1925 年还独自撰写出版了《犍陀罗、库车、吐鲁番：中古早期中亚艺术导论》（*Gandhara, Kutscha, Turfan. Eine Einführung in die frühmittelalterliche Kunst Zentralasiens*. Leipzig: Klinkhardt & Biermann, 1925）；又与伊朗语专家楞茨合作研究摩尼教文献，除了 1926 年发表的前述《夷数在摩尼教中的地位》外，还在 1933 年发表《汉语和伊朗语文献中的摩尼教教义》（“Manichäische

Dogmatik aus chinesischen und iranischen Texten", *SPAW*, 1933, pp.480–607），又是大开本一百多页的长文。不过，大概从1926年开始，他的主业逐渐集中在中亚出土的梵文写本，寅恪先生这里所示的他所校译说一切有部梵文《比丘尼波罗提木叉》残本，原文抄录不全，应当是 *Bruchstücke des Bhikṣuṇī-Prātimokṣa in den verschiedenen Schulen*（Leipzig: Deutsche Morgenländ. Gesellschaft 1926）。此时正好是寅恪先生游学柏林之际，并且与瓦氏有所交流，那么瓦氏把学术方向集中到梵文写本，正是寅恪兴趣所在，这中间有无关联，不得而知。此后瓦氏成为德国吐鲁番探险队所获梵文写本整理的中坚力量和领导者，他本人发表了大量解读文本的论著，内容涉及大乘经典、小乘律文、阿含经典等，并组织团队编撰《吐鲁番发现的梵文写本丛刊》（*Sanskrithandschriften aus den Turfanfunden*），按编号顺序系统编目、转写、刊布梵文写本，从1965年到1980年，他本人主编完成四卷。此后，他的弟子迄今仍然在继续工作，最近出版了第12卷。

这些大概就是陈寅恪先生回国后最早从事研究的论著中与"西人之东方学"有关的部分，虽然不是全部，但主要的都在，其他自可举一反三。由此看来，寅恪先生的确如《与妹书》所写的那样，收集了大量西方学者研究东方文献的著作，其实从今天保存在北京大学外国语学院（原东语系）的陈寅恪藏书中也可以看出，有全套巴利文藏经，还有大部头的拉德洛夫《蒙古碑铭集》，以及大量有关梵文、藏文、突厥文的研究著作，可谓收罗宏富，准备充足。但寅恪先生的兴趣，显然不像西方学者那样，以解读新出土文献为目的；也不像与他在当时有密切学术交往的钢和泰（A. von Staël-Holstein）那样，去做梵藏汉文本佛典的对勘；而是利用不同语言的文献，来解释汉译佛典的名相定义和选择去取。与其说寅恪先生做的是“语文学”研究，不如说做的是“文献学”的研究。关于此点，可参看陈怀宇《在西方发现陈寅恪》（北京师范大学出版社，2013 年）第七章的相关讨论。

但佛教文献学的根基，在佛典的语文学，正是因为寅恪先生在留学期间打下了深厚的语文学基础，这有几十本季羡林先生介绍过的“学习笔记本”来证明（见《纪念陈寅恪教授国际学术讨论会文集》，中山大学出版社，1989 年），他才能在解说汉译佛典时触类旁通，超越乾嘉诸老，“得正确之解”。遗憾的是，清华国学院聚集的精英学子和他校旁听的高才生，都说寅恪先生的课听不懂，也没有一个人真正跟随他去做欧洲正统的语文学。随着 20 世纪 30 年代中期寅恪先生的学术转向以汉文材料为主的中古史，他的以“西人之东方学”支撑的语文学也好，还是佛教文献学也好，都没有人继续下来，直到在海外学习梵文的周一良和兼学梵文与吐火罗文的季羡林回国，才使得这一摇摇欲坠的学术薪火，得以传承。

（2020 年 3 月 15 日完稿，原载《上海书评》2020 年 3 月 18 日。）

困学苦读记

——读《郑天挺西南联大日记》与《傅斯年遗札》

引　子

聪明的读者一看，就知道我这个题目袭用自马克垚先生的大著《困学苦思集》，的确如此。马先生一向是乐天派，但从这个书名可以看出，马先生对待学问，是处于逆境而后生的那种，这是他那个年代做世界历史研究的真实写照。这部《苦思集》小16开，525页，都40余万言，收入马先生有关西欧封建社会、古代社会比较研究、世界史体系探索三个方面的代表作，列为“北京社科名家文库”，可谓名实相副。该书2016年9月由首都师范大学出版社出版，10月即蒙先生惠赐一部，其中有些文章，如曾收入所编《中西封建社会比较研究》（学林出版社1997年版）的篇章，曾经拜读。但大多数有关世界历史的文章，还得慢慢领会。

在“新冠肺炎”疫情肆虐之际，我也响应钟南山医生的呼吁，不出门，窝在房间里读书。可是，这时节，读什么书呢？

按照做学问的理路，本来应当读的一些书在研究室里，像有关丝绸之路、敦煌吐鲁番文书的，都不在手边，也不敢到学校去拿。1 月 23 日就曾上演惊险一刻：中午从蓝旗营骑车进北大东门，保安刚刚接到命令，给每个入校的人测量体温。据说我是第一个被检查者，我下自行车积极配合，支持学校工作。结果一测头部，38.8 ℃！立刻被五个保安围住，到一边用体温计检查，五分钟之后，结果出来：36.2 ℃，不知是因为骑车头上发热，还是温度计的问题，差点被移送发热门诊。虚惊一场，吸取教训，还是找找手边可以拿得到的书来读吧。

一、西南联大的教授是在博戏，还是读书

在这个阴沉苦难的冬日里读书，还是要找点轻松的读物，我想日记、书信之类的，多学人掌故，看起来不累，又于学术史或有收获，所以是首选的读物。最先想到的是北大前辈郑毅生的《郑天挺西南联大日记》（中华书局 2018 年版），看看日本侵华的灾难日子里，流离到西南地区的北大学人，是如何度过那段艰难岁月的。当我读到 1938 年 2 月 9 日的《日记》："自国难日急，学者好读遗民诗文，余则主读中兴名臣集，以为遗民诗文固可以激励正气，而中兴名臣之所作，于激励正气外，兼可以振发信心。当千钧一发之际，不有匡济之术，乌可以复兴哉？"能感受到毅

生先生的正气所在。现在的疫情期间也是同样，网络上充斥着许多悲哀的声音，而我更希望读的是那些“振发信心”的文字。

《日记》内容颇杂，有事必记，读者阅读，兴趣点也不一样，有人留意到其中有关打扑克，搓麻将，猜诗谜，玩博戏的记录，似乎表明西南联大的教授们，在流离失所中，仍能泰然自若。然而事实上，作为一个学人，郑天挺先生的学行，主要还是读书和教书，而当时学者们集中居住，便于相互切磋学问，这些在《日记》中比比皆是。《日记》1938 年 6 月 8 日记：“上午读《唐书》。下午授课一小时，述唐代对外族用兵之先后及唐代外族势力之消长。”此时正是同在昆明的陈寅恪思考《唐代政治史述论稿》之时，其下篇为《外族盛衰之连环性及外患与内政之关系》（上海古籍出版社 1982 年版）。两者之相互切磋及影响，可见一斑。此时郑天挺关注西南民族史地，写成《发羌释》一文，后更名“发羌之地望与对音”，送陈寅恪求正，“寅恪又为订正梵文对音及佛经名称多处”，又记“陈寅恪送还文稿，为正对音一二事，并云敦煌写本字书以特番对 Bod”（《日记》1938 年 6 月 30 日，7 月 6 日），可见学术交流之深入。寅恪先生此处提到的敦煌写本，实即 P.2762（P.t.1263）背藏汉对照词表，“特番”原作“特蕃”。郑天挺文最后发表在 1939 年出版的《历史语言研究所集刊》第 8 本第 1 分，后收入作者《探微集》（中华书局 1980 年版）。

1939 年以后，郑天挺先生又开始讲授明清史，《日记》中有大量阅读明清史料的记录，实即读书札记。如 7 月 25 日记其读江标《咸同以来中俄交涉记》，有三页之多，还特别提到滕固从江小鹣处携来之本的佳处，是书眉所引《西域释地》、《新疆识略》、《北江集》及沈子培之考证。其读书之广，非我能力可以俱述，只略提一二。如 1940 年 7 月 8 日始，“读《崇正集》，觉明（向达）自法国移录者也”；13 日，“读《熙朝崇正集》向觉明抄本”；8 月 31 日，“读觉明自巴黎所抄《熙朝定案》”，前后亦有考证文字。1941 年 1 月 11 日，“读觉明抄本天主教文件，大都录自巴黎图书馆及罗马教廷图书馆者，讫夜半读竟，并摘要录之”。《崇正集》是明万历、崇祯年间有关天主教、钦天监的奏疏和碑文，《定案》则是清康熙朝的同类文献，原藏巴黎法国国立图书馆和梵蒂冈教廷图书馆，是国内难得见到的书籍，今有韩琦先生整理本：《熙朝崇正集·熙朝定案（外三种）》（中华书局 2016 年版），可以参看。可见，虽然困难时期书籍有缺，但郑天挺先生仍然不停地阅读，想办法找书来读。

二、为学术前途苦思冥想

不过，郑天挺不是一个普通的读书人，也不是一位普通的教师。1933 年他就担任北京大学秘书长，并在中文系任教。1937 年七七事变后南下，经长沙到昆明，在西南联大历史系讲授隋唐五代史。1939 年北大恢复文科研究所，任副主任。1940 年 2 月开始，任西南联大总务长，直到 1945 年 8 月复员回到北平，仍任北京大学秘书长。翻看《日记》，越到后面，事务性的记录越多，学术性的内容越少。此书虽然有助于了解北大学人如何艰难度过抗战的苦难日子，但学术本身越来越淡，往后阅读，也不免有点失望。

我平日关注敦煌学史事文字，本来觉得毅生先生与向达先生同在北大文科研究所，一段时间里朝夕相处，有关记录或许较多，但《日记》上下两册翻检一过，没有太多有关向达的学术性材料，多为事务性的记录。其中有关敦煌学的最重要文字，还是郑天挺先生自己在《向达先生纪念论文集序》中引过的那段文字，即1943年1月17日《日记》："锡予（汤用彤）来，示以觉明（向达）敦煌来书，随与之长谈〔北大〕文科研究所发展事。余意，语言调查可在云南，若历史考证，此后唯敦煌一路。其中未广布、未研究之文献甚多。且其地为国际学术界所注意，关涉甚多，影响甚大。此后北大文研（文科研究所）之发展，舍此莫由。今觉明开拓于前，吾辈正宜追踪迈进。"（载《向达先生纪念论文集》，新疆人民出版社1986年版，与中华本差一字。）此后1943年10月11日《日记》有："作书致觉明，劝其仍赴西北考察，并表示所得古物北大不争取，但保留研究权。"这是关于向达第二次参加中央研究院、中央博物馆筹备处、北京大学文科研究所合作组成的"西北科学考察团"之前的信，这话背后蕴藏着一些北大与合作方的关系问题，可惜止此一条，没有更多的信息。

三、《傅斯年遗札》的遗憾

与郑天挺同样在大后方忙碌的人，还有傅斯年。傅斯年出身北大，后留学英、德，回国后任教于广州中山大学。1928 年中央研究院历史语言研究所在广州成立，出任所长。翌年史语所迁往北平，傅斯年又兼任北京大学教授。后（1934 年 10 月）史语所迁往南京，1936 年春也随之移居南京。1937 年七七事变爆发，随史语所迁往长沙，1938 年转到昆明，继续主持史语所所务。1939 年北大恢复文科研究所，兼任所长，与郑天挺等朝夕相处。1940 年冬随史语所迁至四川南溪李庄，一度兼任中研院总干事。1945 年 8 月抗战胜利后，史语所返回南京，傅斯年一度代理北大校长，直到 1946 年 9 月胡适从美国回来接任。这位脚踩中研院和北大两只船的人，无疑是民国学术界一颗耀眼的明星。

那么，傅斯年在抗日战争期间的情形如何，就是我在看了《郑天挺西南联大日记》之后非常想知道的。傅斯年没有日记出版，王汎森写过他的传记——《傅斯年：中国近代历史与政治中的个体生命》（生活·读书·新知三联书店 2012 年版），但对于这段时间的记录比较简略。2002 年 9 月，我受邀在台湾史语所讲学，为了调查向达参加“西北史地考察团”和“西北科学考察团”的事迹，花了足有十天的时间，抄录下来史语所所藏向达致傅斯年的所有信件，当时也曾找寻傅斯年致向达的信件，但从电脑给的索引上看，傅斯年的信件数量巨大，无从下手，只好作罢。2010

年3月，我编辑出版了《向达先生敦煌遗墨》（中华书局），收录了所有能够见到的向达在敦煌考察期间所写的书信，但向达与傅斯年之间的联系，有去无回，许多事情还不是很清楚。

到了2011年10月，史语所出版了王汎森、潘光哲、吴政上三位先生合编的《傅斯年遗札》，上中下三卷，总计1908页，作为民国学术史料，可谓宏富。如果加上吾友欧阳哲生教授所编《傅斯年文集》第7卷《书信》（中华书局2017年版），目前能够看到的傅氏信札，大概就是这些了。翻检抗战八年期间傅斯年的书信，有关论学的相对较少，主要都是处理各种事务，收信人上至蒋委员长，下至找工作的年轻人，各色各样，但主要还是在学术的圈子里，其中与史语所和北大相关的信函最多。

《遗札》和《文集》几乎囊括了现藏史语所、南京中国第二历史档案馆和中国社会科学院近代史研究所所藏以及零散发表的傅斯年信札，但让人有些失望的是，傅斯年没有给西北考察中的向达写很多信，只有《遗札》所收1944年7月11日的一封电报，12日的一封书信的抄件而已，难道是所有寄出去的信都没有留底，这不符合傅斯年处理公文的习惯。

傅斯年虽然没有给向达写多少信，但有关三方合作的“西北史地考察团”和“西北科学考察团”，《遗札》中保留了一些珍贵的材料，如1942年4月15日傅斯年、李济致叶企孙、辛树帜信，有“西北史地考察团谈话会纪录”；1943年1月15日致朱家骅信，附有“根据向觉明先生西北初步调查报告草拟本院西北工作站计划”；9 月 1 日致蒋委员长信，汇报史语所包括西北史地考察团等项事务进展；等等，不一一列举，将来有空，当专门讨论。

四、傅斯年炮轰的，都是些什么人

不过通过《遗札》，我们还是可以对某些事情有比较全面的了解，如关于张大千毁坏敦煌壁画一事，早在向达告状之前，1941 年 12 月傅斯年、李济就给刚刚从西北考察回来的国民政府监察院长于右任写信，据四川省立博物馆馆长冯汉骥与华西大学博物馆馆长郑德坤两位的来信所指出的：“张先生欲遍摹各朝代人之手迹，故先绘最上一层，绘后将其剥去，然后又绘再下一层，渐绘渐剥，冀得各代之画法”，傅、李二位提议：“甚望其立即停止进行，俟研究妥善保存上层办法，有剥下后不致毁伤之把握时，方可以逐层为之”，“敬祈卓裁，能即电张大千先生，停止逐层剥取之计”（第二卷 1190—1192 页）。此信石沉大海，在此后长达近一年的时间里，傅斯年没有得到任何回音。直到 1942 年 12 月 5 日，在接到向达有关张大千破坏壁画的来信及所附《论敦煌千佛洞的管理研究以及其他连带的几个问题》一文后，傅斯年再次联合李济，给于右任院长写信，举出张大千命人“破三日之功，剥去外层”的实据，建议于院长“电张先生，于其剥离壁画，任意勾勒……加以劝止”，写得十分客气，并附上冯汉骥、郑德坤的来函和向达的文章。据《遗札》，冯、郑二位来函的油印本存史语所，档号 III：808，我第一次见到，十分珍贵。而向达文章，“傅斯年档案”中未见，实则当年的油印本现存南京中国第二历史档案馆，欧阳哲生录入《傅斯年全集》第 6 卷（湖南教育出版社 2003 年版）。

其实在当时的学人眼中，于右任和张大千是一伙的。1943 年 1 月 19 日汤用彤致在美国的胡适信中就说：“近来国人颇言开发西北，敦煌艺术遂常为名流所注意，然其所成立机关之一，以于髯（于右任）为护持，张大千为主干，西北古迹之能否长存，恐为一疑问。”（《胡适来往书信选》中，中华书局 1979 年版）其背后的潜台词，也是西北古迹遭到人为破坏。所以这次傅斯年果断行动，在给于右任写信的同一日（1942 年 12 月 5 日），又写了一封致新闻界及艺术界的公函，把油印的向达上引文分寄出去，希望“贵报分日节出篇幅，为揭载全文”。结果就是我们看到的重庆《大公报》1942 年 12 月 27、28、30 日连载的文章。傅斯年将作者化名方回，并加了按语。有关张大千与向达的学案，详见拙文《惊沙撼大漠——向达的敦煌考察及其学术意义》（《敦煌吐鲁番研究》第 7 卷，中华书局 2004 年版，收入拙著《辨伪与存真——敦煌学论集》，上海古籍出版社 2010 年版），油印本与《大公报》刊本合校而成的向达文，也收入拙编《向达先生敦煌遗墨》，《遗札》即据此过录，此不赘述。

五、期盼观展

《傅斯年遗札》中，还有一批有关中瑞西北科学考察团所获居延汉简出版的信札，如其 1940 年 8 月 25 日致西北科学考察团理事信所附致袁复礼函，火气很旺，但属于一家之言。傅斯年有超强的史语所本位意识，这必然有得有失。有关居延汉简出版问题，牵扯更广，颇值得玩味。致袁复礼信中有言："兄能将兄之材料一百三十五箱早日出版，岂不大妙？"（1111 页）其讥讽之意，毫无掩饰。这里所说的 135 箱材料，斗转星移，现在大部分由袁复礼家属捐献新疆师范大学黄文弼中心，其中一些精彩图片，由朱玉麒教授选编，正在北京大学人文社会科学研究院主办的"袁复礼旧藏西北科考团摄影 · 新疆"专题展中亮相，我期待着疫情早点过去，到静园的二院去看那些珍贵的图片。

（2020 年 3 月 12 日完稿，原载《上海书评》2020 年 3 月 13 日。）

敦煌吐鲁番研究的典范

——季羡林《吐火罗文弥勒会见记译释》读后

1999 年秋天，照例去北京国际展览中心看每年一度的国际图书展览，逛了一上午国内部分的书展，看到的都是一套套的重印书，感到人困体乏而又一无所获。转到国际展台的德国部分，眼前忽然一亮，一本朴素大方的英文书映入眼帘，书的封面上“吐火罗语”、“弥勒会见记”、“季羡林”这几个熟悉的名词马上吸引住我，翻开精装的封面，内封上写着书名、作者、出版社、出版年代如下（图）：

> *Fragments of the Tocharian A Maitreyasamiti-Nāṭaka of the Xinjiang Museum, China.* Transliterated, translated and annotated by Ji Xianlin, in collaboration with Werner Winter and Georges-Jean Pinault, Mouton de Gruyter, Berlin and New York, 1998.

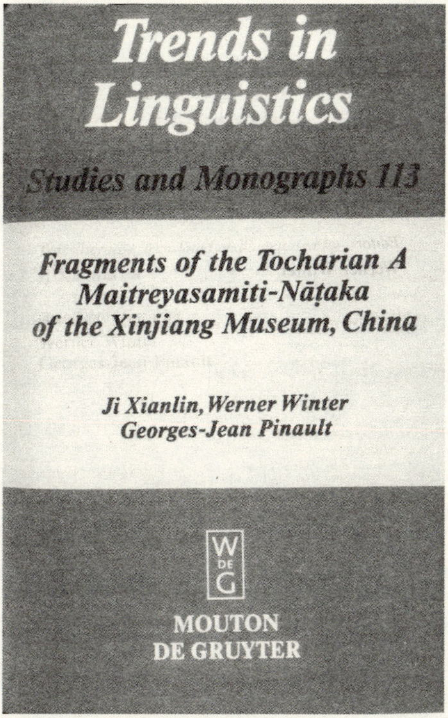

Fragments of the Tocharian A Maitreyasamiti-Nāṭaka of the Xinjiang Museum, China

这就是我一直盼望见到的季先生著《新疆博物馆藏甲种吐火罗语弥勒会见记残卷》的英文本，由季羡林先生转写、翻译和注释，得到德、法两国吐火罗语学者 W. Winter 和 G.-J. Pinault 的协助，由总部分别设在柏林和纽约的跨国出版公司 Mouton de Gruyter 于 1998 年出版，列入 Winter 教授主编的《语言学的趋向丛书》

（*Trends in Linguistics*），作为其中《研究与专著》（*Studies and Monographs*）系列的第 113 种出版。

现藏新疆博物馆的这批吐火罗语《弥勒会见记》残卷，是 1974 年冬在焉耆七个星（锡克沁）千佛洞北大寺前的一个灰坑内发现的，共 44 叶，双面书写婆罗谜文。20 世纪 80 年代初，新疆博物馆把这批写本的照片送给季先生，请季先生解读。季先生很快辨认出这是用甲种吐火罗语（Tocharian A）所写的《弥勒会见记》剧本。从此，季先生开始解读这部“天书”。

说这部吐火罗语的著作为“天书”，一点也不过分。熟悉语言学的人都知道，20 世纪初以来在新疆发现几种灭绝千年以上的古文字材料，其中尤以吐火罗语最难解读，因为吐火罗语属于印欧语系的西支，而发现的地点却在印欧语系各种语言分布区域的最东端，其中不少词汇早已变形或消失，给解读带来极大困难。而熟悉新疆出土各种民族语言资料情况的人知道，相对于同时出土的死语言——于阗语和粟特语的材料来说，吐火罗语的资料要少得多，而且大多数是从新疆各地的寺庙和洞窟废墟中挖掘出来的，往往残缺不全，不像敦煌藏经洞出土的一些于阗语和粟特语写卷，长逾千行，而且完整无缺。季先生解读的这部“天书”，也同样是残缺的，每叶的左边都有约三分之一的部分被火烧毁，给解读造成更多的困难。

说这部吐火罗语的著作为“天书”的另一层意思，是因为它的价值连城，极富研究旨趣。首先，从语言学的角度来说，因为过去发现的吐火罗语材料较少，虽然经过近百年的研究，还有许多问题没有解决，通过这部残卷的解读，可以增加辨识的吐火罗语词汇，可以积累吐火罗语的语法形式，可以弄清一些吐火罗语名词和动词的变化形式，进而可以讨论和检验前人关于印欧语系诸语言的关系问题，这一问题还牵扯到新疆发现的吐火罗语材料引发的一个更大的学术争论问题，即印欧人的起源问题。其次，从历史的角度来看，我们过去对操吐火罗语的龟兹文化的认识，主要是通过汉文史料和僧人传记，而吐火罗语《弥勒会见记》却提供了比较完整的龟兹古代佛教著作的典范，使我们可以透过它来了解龟兹佛教的渊源、小乘佛教在龟兹的流行、龟兹译经的水平等问题。最后，因为吐火罗语《弥勒会见记》是一部剧本，而新疆吐鲁番和哈密出土过从吐火罗语译出的回鹘文本《弥勒会见记》，这就给我们认识西域戏剧的形式、内容和传播途径，提供了绝好的材料。

季先生当然十分清楚这部吐火罗语文献的价值，所以，在接到这批资料时，虽然已经年逾古稀，却毅然决定利用早年在德国学习的吐火罗语知识，来解读这部“天书”。

20 世纪 80 年代，季先生曾经在北大主持过一个“西域文化读书班”[①]，我也曾忝陪末席，受益良多。由此，与季先生往来较多，所以在季先生解读这个残卷的文字和研究相关内容时，时而让我

① 参看拙文《季羡林先生主持的“西域文化读书班”侧记》，《人格的魅力——名人学者谈季羡林》，延边大学出版社，1996年，241—245页。

查找一些西域语言文字资料，特别是于阗语资料。季先生的关于这部吐火罗语文献的研究成果，对于我们理解西域文化很有帮助；他对古代西域弥勒信仰的考察，以及他翻译的与吐火罗语《弥勒会见记》内容相关的于阗语文献，对于我研究于阗的历史与文化，更是具有直接的指导意义。因此，我一直关注和收集季先生有关这个残卷的研究成果。

在这本英文书出版前后，我所知道的季先生前期研究成果发表在以下书刊中，现依出版年代顺序列之于后①：

《民族研究》1982 年第 4 期，6—19 页。

《文物》1983 年第 1 期，42—44 页。

《敦煌吐鲁番文献研究论集》第 2 辑，北京大学出版社，1983 年，43—70 页。

《敦煌吐鲁番文献研究论集》第 3 辑，北京大学出版社，1986 年，1—7 页。

Tocharian and Indo-European Studies, I, Reykjavik 1987, pp.70–76.

---

① 我之所以不厌其烦地罗列这些前期研究成果，是因为本书第17页“焉耆写本残卷的前期刊布”只列出8篇，尚不足以代表季先生工作的全部。我曾在《公元十世纪沙州归义军与西州回鹘的文化交往》（载《第二届敦煌学国际研讨会论文集》，台北，1991年）一文598页注[78]中列举了11篇，以后在把这篇文章转成英文“The Relationship of Dunhuang with the Uighur Kingdom in Turfan in the Tenth Century”，交法国突厥学家哈密顿祝寿文集（*De Dunhuang a Istanbul, Hommage a James Russel Hamilton. Silk Road Studies* V, ed. by Louis Bazin et Peter Zieme, Brepols 2001）发表时，又增补了若干，以便让西文读者全面了解季先生的工作。

Studia Indogermanica et Slavica. Festgabe für Werner Thomas zum 65. Geburistag, München 1988, pp.141–151.

《敦煌语言文学研究》,北京大学出版社,1988年,23—39页。

《中国历史博物馆馆刊》第13—14期,1989年,250—259页。

《中国文化》创刊号，1989年，36—43页。

《西北民族研究》1989年第2期，4—15页。

《纪念陈寅恪先生诞辰百年学术论文集》，北京大学出版社，1989年，71—74页。

《知の邂逅：佛教と科学——塚本启祥教授还历记念论文集》，东京：佼成出版社，1993年，93—99页。

《中亚学刊》第4辑，北京大学出版社，1995年，1—4页。

《敦煌吐鲁番研究》第1卷，北京大学出版社，1996年，3—8页。

《出土文献研究》第3辑，北京：中华书局，1998年，212—216页。

《中亚学刊》第5辑，乌鲁木齐：新疆人民出版社，2000年，4—8页。

季先生前期发表吐火罗语《弥勒会见记》的成果，主要是用中文写成。后来考虑到吐火罗语研究这门学科的国际性，加上Winter教授的鼓动，最终决定用国际学术界最通行的语言——英语来发表全部转写、翻译和注释，这就是我们现在看到的这本英文新书。

这本书主要由四部分组成。

一、《导言》，介绍残卷的发现经过、外观，提示 E. Sieg 与 W. Siegling 在《吐火罗语残卷》（*Tocharische Sprachreste*）中发表过的《弥勒会见记》残卷、回鹘文残卷和翻译，以及汉、藏、于阗、粟特、巴利、梵文中的内容相近的文本，概述第一、二、三、五幕的内容，最后是一些技术性的说明。

二、《残卷的转写、翻译和注释》，这是对 44 叶，88 面残卷文字的全面整理，由于编者的精心安排，书中的转写和翻译都是页面相对排印的，十分便于读者对照，而注释则附在每一面翻译的后面。

三、《索引》，包括焉耆残卷中出现的所有词形和它们出现的叶、行数索引，根据词根分类列出的所有动词词形及含义索引，其他所有非动词词汇的释义索引。

四、《图版》，用铜版纸印制的残卷全部 88 面图版。

可见，这是国际学术界典型的古文书整理考释之作。《导言》提示基本情况和前人研究成果，以及残卷内容；转写、翻译、注释构成全书的主体；词汇索引是古代语言研究的著作必不可少的，特别是像吐火罗语这种没有真正的词典的研究领域，更是如此；图版可供其他学者核对本书的转写。

现在，这部英文大著已经收入江西教育出版社出版的《季羡林文集》第 11 卷，题作《吐火罗文弥勒会见记译释》。书前有汉文部分，只有《导言》，没有转写、翻译和注释，但《导言》中关于本书性质说明，对 Maitreyasamiti 与 Maitreyavadanavyakarana 两者区别的辨析，叙述巴利、梵、于阗、粟特、回鹘文中的弥勒资料，以及讨论弥勒信仰在印度的萌芽和在新疆的传播，都比英文本要详细得多，如讨论于阗文资料时，根据 R. E. Emmerick 教授的英文译本，把于阗文《赞巴斯塔书》（*The Book of Zambasta*）第 22 章，即于阗文本《弥勒授记经》全部翻译成汉语，还加了一些 Emmerick 原书所没有的注释，对中文读者十分方便。我想，如果季先生把全部吐火罗语《弥勒会见记》都译成汉文，集中出版，对于国内研究西域历史、语言、宗教、戏剧的学者，都是十分有益处的。

读完季先生的这部大著，掩卷沉思，不由得浮想联翩。

自从 1983 年开始，季先生就担任中国敦煌吐鲁番学会会长一职，除了在组织上和指导思想上推动敦煌学的健康发展之外，季先生还身体力行，以吐火罗语《弥勒会见记》的研究，开拓了敦煌学研究的新领域。

所谓“敦煌学”，原本主要是研究藏经洞出土的写本文献，以后逐渐扩大到石窟、壁画、汉简乃至周边地域出土的古代文献和遗存的古代文物，新疆吐鲁番、和田、库车等地出土的文献，理所当然地成为敦煌学研究的对象。从 80 年代初以来，国内学人把敦煌学看作是“吾国学术之伤心史”，奋起直追，希望在敦煌学领域里打个翻身仗。现在看来，中国学者在主要利用汉文史料从事研究的北朝隋唐五代文学、历史、经济、法制以及敦煌本地历史地理等方面，取得了辉煌的成就，不必再“伤心”了。但让人忧心的是，敦煌学的范围极其广泛，我们在佛教、道教、摩尼教方面，在于阗语、粟特语、藏语文献方面，都和国际学术水准相距甚远，而国内庞大的敦煌学研究队伍中，仍然有许多人固守那些汉文世俗文书，炒冷饭，使得国内的敦煌学研究，正在日益走进困境。

在1988年北京召开的敦煌学研讨会上，季先生提出了一个响亮的口号：“敦煌在中国，敦煌学在世界！”这种看法获得国内敦煌学人的认同，但要真正去体认这句话的丰富内涵，不妨读一读季先生这部英文著作。季先生以古稀之年，克服重重语言障碍，用国际通行的英文，解读“天书”般的吐火罗语文献，在向来被认为是研究西域古代语言文字中心的德国出版这本专著，把中国的敦煌学研究成果，推向了世界。

我总是觉得，在季先生身上，我们可以看到欧洲学术传统和中国人文精神的完美结合。他以中国人文精神，感化我们奋发向上；他用欧洲学术传统，教导我们精湛谨严。

（2001年3月22日完稿，原载乐黛云编《季羡林与二十世纪中国学术：纪念季羡林教授九十寿辰》，北京大学出版社，2001年，42—46页。）

饶宗颐教授与丝绸之路研究

饶宗颐教授学贯中西，在传统的中西交通史研究上，贡献是多方面的，他的研究范围涉及汉唐间中国与西亚关系史、中国与中亚关系史、中国与南亚关系史等多个方面。目前学界和社会上都在讨论丝绸之路，饶宗颐先生的相关研究，可以说是对丝绸之路多方面的贡献，这里谨从这一角度出发，来归纳总结饶先生的学术成就，特别是提示他对于早期丝路交通、海上丝绸之路、丝路上的文化交流三方面的突出贡献。笔者也希望在系统学习饶先生有关丝路论文的基础上，对他的研究方法加以分析和理解，以推动今后的丝绸之路史研究。

一、丝绸之路的早期交通

饶宗颐先生通古文字，又非常关注考古资料，所以他一直关心上古时期的中西交往，并能够在前人讨论的《山海经》、《穆天子传》之外，利用新出资料，为丝绸之路的早期交通情形，提供新的证据。

饶先生曾经在《巫的新认识》一文中，指出陕西扶风周原出土蚌雕白种人像上，刻有“十”（巫）的记号，与西亚五千年前Halaf女神肩上的“巫”字符号完全相同，透露出两者之间联系的存在[①]。在《上古塞种史若干问题》一文中，饶先生更从高加索地区塞种与西域于阗、楼兰塞人的关联，申论先秦时期泛称西北塞种诸戎的“胡”字，可能取自在西亚美索不达米亚建立米丹尼（Mitanni）王国的胡瑞安人（Hurrian），他们在埃及文献中被称作“Hrw（Hur）”，此或为汉语“混夷”、“吾离”、“胡”和藏语“Hor”的远源。胡瑞安人以马政见长，而胡人与马关系密切，于阗有马钱（汉佉二体钱），铭文出自波斯传统模式[②]。

饶先生《塞种与Soma（须摩）——不死药的来源探索》一文，从湖北王家台出土秦简所记殷易《归藏》中的“恒我（娥）窃毋死之〔药，奔〕月”，联系到古波斯铭文提到的“Saka Hauma-vargà”，即“崇拜Hauma的塞种”，其活动区域在西北地区，正是中国典籍所记西王母所居之地，而波斯《火教经》（《阿维

---

① 文载郑志明编《宗教与文化》，台北：台湾学生书局，1990年，1—5页。梅维恒（Victor H. Mair）译文题为"Questions on the Origins of Writing Raised by the Silk Road"，载所编*Sino-Platonic Papers*, No. 26, Philadelphia: Department of Oriental Studies, University of Pennsylvania, 1991, pp.1–9。

② 此系为张广达、荣新江《于阗史丛考》所撰《序》，载同书，上海：上海书店出版社，1993年，1—13页；又载《中国文化》第8期，1993年，165—170页。

斯塔》）之“Hauma”即梵文《吠陀》之“Soma”，均指可以使人长生不老的一种植物汁剂。这种“不死之药”影响到齐、蜀地区，并为秦汉方士所追求，秦皇东游海上，汉武郊拜泰一，都受其影响。加之齐景公墓殉葬马阵与高加索塞种（又称塞西亚，今译斯基泰）葬俗相同。因此，结论认为“自大流士以来，华与胡两种文化，接触自不寻常，未可等闲视之”[①]。饶先生这里的Hauma，即《阿维斯塔》里的Haoma，现在一般译作“豪麻”；而《吠陀》里的Soma，现在一般译作“苏摩”；两者是印度、伊朗宗教中最重要的植物，与其原始宗教密切相关[②]。饶先生把它们和中国先秦时期的神话和祭祀联系起来，可谓极有见地。

饶先生有感于考古专家在讨论中国境内出土银器时，对汉文史料的考索仍有疏略，因此撰写《由出土银器论中国与波斯、大秦早期之交通》一文。他首先对先秦汉地与波斯之关系做了几点推测，指出1979年山东临淄富把村西汉齐王墓出土瓣形银碗，其上所刻“三十三年”当为始皇三十三年（前215—前214），由此判定其为此前传入山东之外国制品。然后据《淮南子·人间训》所记始皇三十三年秦人利越之犀角、象齿、翡翠、珠玑，发

① 原载刘东主编《中国学术》第12辑，北京：商务印书馆，2002年，1—10页；收入《饶宗颐二十世纪学术文集》卷七《中外关系史》，台北：新文丰出版公司，2003年，152—161页。

② 参看Jan E. M. Houben, "The Soma-Haoma problem: Introductory overview and observations on the discussion", *Electronic Journal of Vedic Studies,* vol. 9, 2003；陈昊汉译：霍本《苏摩–豪麻问题——有关这个讨论的导言性概说和评论》，朱玉麒主编《西域文史》第1辑，北京：科学出版社，2006年，267—293页。

五十万人戍五岭，取南越地，置桂林、南海、象郡，说明其辖境已达《汉书·地理志》所记大秦入贡的日南障塞。又引尹湾汉简所记“象林候长”一名，说明西汉日南郡的象林已设候长。另外，关于化人（幻人）来华的年代，一般认为始于西汉武帝元封六年（前105），但历来被看作伪书的《列子》卷三《周穆王》篇说：“周穆王时，西极之国有化人来。”证之以王家台出土秦简《归藏》所记“昔者穆天子卜出师而枚占”，说明穆王西征之事绝非无稽之谈，所以《列子》所记穆王时化人来华是有根据的，他说：“西域丝路之交通，更早可推前至周穆王时代。”饶先生利用新出简牍文献，与传世典籍相互印证，推测先秦时代，不论海路还是陆路，丝路交通都早已存在。其次，作者梳理了汉魏两晋南北朝时期文献记录的中国与波斯、大秦的交往，提示了《太平御览》卷七七一《舟部》引《吴河水注》引康泰《扶南传》、《吴外国传》及孙吴任苍梧、交趾二郡太守的殷巨所撰《奇布赋》、《鲸鱼灯赋》等一般为人忽略的文献。再次，作者据马王堆帛书地图等所记“封中”和《史记·南越传》引《广州记》所记“封溪”地望，考证文献所记和考古所见外国贡品象牙、犀牛从岭南到中原的道路。最后，根据出土印信和文献记载，指出交州所辖最南一郡的日南设有障塞，为进出海外的关口，还论及东晋南朝时期青州在海外交往中的重要性[①]。饶先生熟谙先秦典籍和出土文献，

① 原载饶宗颐主编《华学》第5辑，广州：中山大学出版社，2001年，1—13页；收入《饶宗颐二十世纪学术文集》卷七《中外关系史》，167—192页。此文还曾以法文发

所以可以旁征博引，补正考古器物之不足，使先秦秦汉以降的海上丝路，跃然纸上。

关于张骞在大夏（巴克特里亚）见蜀邛竹杖引发的西南丝绸之路议题，学者有很多讨论，是否存在这条道路，如何走向，一直争论不休。饶先生《蜀布与 Cīnapaṭṭa——论早期中、印、缅之交通》，先是澄清魏晋的“盘越”、“僄越”即唐朝之骠国，也即缅甸之古名。再论印度古文献中的“脂那”（Cīna）来源于“秦”，最早见于公元前 4 世纪末成书的《国事论》（Arthaśastra）。秦惠王时（前 316）蜀已归秦，所以蜀产之“蜀布”，也可以看作是秦布。继而他讨论了“蜀布”的种类，以及张骞所见蜀细布当是缯。最后利用文献和考古资料互证，强调“蜀之商贾，足迹远至缅甸，遂及中亚；印度东部为必经之地，事至明显”①。此文给西南丝绸之路说提供了强有力的支持。饶先生文章发表后，大陆地区的考古发现日新月异。1986 年，由四川大学博物馆馆长、考古学家童恩正教授领衔，进行“古代南方丝绸之路综合考察”，取得了不少成果，也提出新的问题。童恩正的弟子、现任四川大学博物馆馆长霍巍教授，发表《认同与歧议：汉晋时期“西南丝

表："Les relations entre la Chine et le monde iranien dans l'Antiquité: historiquement revisitées à la lumière des découvertes archéologiques du dernier quart de siècle", (co-authored with Léon Vandermeersch), *Bulletin de l'École française d'Extrême-Orient*, v93, 2006, pp.207–245。

① 原载《历史语言研究所集刊》第45本第4分，1974年，561—584页；收入饶宗颐《选堂集林·史林》上，香港：中华书局，1982年，360—397页；《饶宗颐二十世纪学术文集》卷七《中外关系史》，255—289页。

绸之路”的考古学研究述评》、《“西南夷”与南方丝绸之路》、《四川东汉大型石兽与南方丝绸之路》等文章，代表了今天学界对西南丝绸之路的看法，也提供了许多可供思考的材料，值得参考[①]。

二、南海丝绸之路

在南海丝绸之路方面，饶先生《〈太清金液神丹经〉（卷下）与南海地理》一文是篇力作，其主要研究对象《太清金液神丹经》保存在《道藏》中，因此其中的南海地理材料过去并不太受学界重视。事实上，该经是葛洪大约在公元330年前后再次到广州时，抄撮各种典籍的相关内容而成的，其主要取材对象是万震的《南州异物志》和康泰的《吴时外国传》。因为这两部书都没有完整地保存下来，所以《神丹经》所抄内容尽管大多数相同，但也有不少珍贵的佚文，还有可资校正的专有名词。另外，上述两书的若干条目散在不同书中，而《神丹经》是大体上按照南海航行路线记录，从交趾到大秦（罗马帝国）、安息（波斯帕提亚帝国），可以知道前后经纬和相对位置。《神丹经》的赞文部分，罗列各种香药的产地，也是早期香药史的重要文献。饶先生对比传世典籍，对于《神丹经》所记南海到大秦各国的文本，做了详细的对勘，并结合前人的研究，考辨各国地望。最后揭示有关香药资料的价

① 以上诸文均收入霍巍《西南考古与中华文明》，成都：巴蜀书社，2011年，265—325页。

值，以补前人讨论香药著作之不足[①]。此文以《太清金液神丹经》为基本史料，对魏晋时期海上丝绸之路做了详细的解说，并提示了海上丝路上香药贸易的重要性，是后来研究海上丝路必不可少的参考论著之一。

关于香药问题，饶先生还单独撰有一篇《论古代香药之路——郁与古熏香器》的短文，从郁金香的传入与郁方或郁林郡有关，推测郁金香早就经西南丝路，由印度传入中国，因此古代丝绸之路也可称之为“香药之路”[②]。

海上丝绸之路不仅仅是香药之路，也和陆路一样是“丝绸”之路，为此，饶先生在《蜀布与Cīnapaṭṭa——论早期中、印、缅之交通》后附《海道之丝路与昆仑舶》一文加以申论。他举出费琅（G. Ferrand）《昆仑及南海古代航行考》所遗漏的《南齐书·荀伯玉传》所记“又度丝锦与昆仑舶营货，辄使令防送过南州津”一事，说明当时已有海上昆仑舶，以丝锦为主要经营商品，皇室亲信参与这种海上贸易。这一情形，和531年罗马帝国使人往印度贸丝，正相吻合[③]。

饶先生长年在香港从事研究，对于南洋史地烂熟于心。他的

---

① 原载《中国文化研究所学报》第3卷第1期，香港：香港中文大学中国文化研究所，1970年，31—76页；收入《选堂集林·史林》中，510—586页；《饶宗颐二十世纪学术文集》卷七《中外关系史》，5—78页。

② 原载北京图书馆敦煌吐鲁番资料中心编《敦煌吐鲁番学研究论集》，北京：书目文献出版社，1996年，373—377页；收入《饶宗颐二十世纪学术文集》卷七《中外关系史》，137—146页。

③ 《饶宗颐二十世纪学术文集》卷七《中外关系史》，147—151页。

《宋帝播迁七洲洋地望考实兼论其与占城交通路线》一文，厘清史籍混乱的记载，举出五条证据，论证七洲洋在琼州文昌县，也即今海南岛以南的西沙群岛，由此寻海路可达占城①。

早在1961年，饶先生用英文撰写了《永乐大典中之南海地名》（Some Place-names in the South Seas in the *Yung-lo Ta-tien*）一文，考证《永乐大典》广字号所收《南海志》中的南海地名。此志即元大德八年陈大震所辑《南海志》，今有残本存中国国家图书馆。饶先生把这些地名与《诸蕃志》、《岛夷志略》、《马可·波罗游记》、《伊本·白图泰游记》加以对比，来讨论其年代先后、拼写异同等问题②。

至于海上丝绸之路上航行的船只，历来是研究海上丝路的重要话题，饶先生《说鵃及海船的相关问题》一文，在日本学者松元信广《船名及其传说》、《古代之船》、《论舶》、《论舢板名义》等文基础上，运用自己的语文学的功力，对中古古籍中的一些船舶的名称做了辨析，并与印度及太平洋语系的名称做了对比。作者对考古资料非常熟悉，文章也把有关船舶的新的考古发掘资料汇于一编③。这些极其零散的文献和考古材料，对于我们研究航

---

① 原为在香港西区扶轮社讲演稿，1962年；收入《选堂集林·史林》中，814—833页；《饶宗颐二十世纪学术文集》卷七《中外关系史》，79—98页。

② 原载*Proceeding of the Symposium on Historical Archaeological & Linguistic Studies on Southern China, S. E. Asia & the Hong Kong (HKU Golden Jubliee Congress)*, Hong Kong: University of Hong Kong, 1966, pp.191–197；收入《选堂集林·史林》下，1498—1512页；《饶宗颐二十世纪学术文集》卷七《中外关系史》，99—114页。

③ 原载《中央研究院民族学研究所集刊》第33期，1972年，1—15页；收入《选堂集

行在海上丝路的船舶，都提供了便捷路径和多学科的线索。

与海上丝路有关的文章，还有《三教论及其海外移植》[1]、《柘林在海外交通史上之地位》[2]、《从浮滨遗物论其周遭史地与南海国的问题》[3]等。

饶先生是很早就开始讨论海上丝绸之路的学者，因为身居香港，又经常到东南亚、印度等地旅行、考察，所以对于海上丝绸的交通路线、物品交流、船舶航行等等，都有论说，是海上丝路研究的开拓者之一。“文革”以后，内地特别是改革开放以后，学者可以出国访学，到南洋、西海实地考察，加上沿海陆地及海洋考古成果累累，目前海上丝绸之路研究已经蔚为大观。

三、丝绸之路上的文化交流

饶先生学贯中西，特别对于印度、伊朗文化都有深入研究。我在香港访学时，饶先生曾在家中出示他阅读的印度《吠陀》古典，他也曾翻译《近东开辟史诗》，在此基础上，与中国古典相对照，触类旁通，发明甚夥，不论是物质文化交往，还是精神文化交流

林·史林》中，943—964页；《饶宗颐二十世纪学术文集》卷七《中外关系史》，115—136页。

① 《选堂集林·史林》下，1207—1248页。

② 原载吴志良主编《东西方文化交流》，澳门：澳门基金会，1994年，22—26页。

③ 原载香港博物馆编《岭南古越族文化论文集》，香港：香港市政局，1993年，80—83页。

方面，饶先生都有贡献。

在中印文化交往方面，除上述《蜀布与Cīnapaṭṭa——论早期中、印、缅之交通》外，饶先生有多篇文章涉及这一领域，这里略举几篇。《安荼论（Aṇḍa）与吴晋间之宇宙观》一文，探讨了魏晋时期中国浑天学说与印度婆罗门金卵理论的关系[①]。《论释氏之昆仑说》一文，系剖析汉译佛典中有关佛教地理问题，纠正古人臆说[②]。《达嚫国考》一文，在法显《佛国记》之外，补充了汉籍中有关此地的文献资料，其中包括敦煌写本S.2113《瑞像记》中的材料[③]。作者虽然不是专门探讨敦煌瑞像记，但却是较早使用这类资料的学者，为后来敦煌瑞像记、瑞像图的研究，提示了方向。讨论经过海上丝绸之路而传播佛教问题的文章，则有《读罗香林先生新著〈唐代广州光孝寺与中印交通之关系〉——兼论交广道佛教之传播问题》[④]。

饶先生还陆续写有一组讨论印度文字音韵对中国语言文字影响的文章，只列篇名如下：《尼卢致论（Nirukta）与刘熙的〈释名〉》[⑤]、《印度波你尼仙之围陀三声论略——四声外来说评议》[⑥]、

---

① 原载《庆祝李济先生七十岁论文集·清华学报专号》，台北：清华学报社，1965年，53—63页；收入《选堂集林·史林》上，311—328页。

② 原载《大陆杂志》第46卷第4期，1973年，1—4页；收入《选堂集林·史林》上，446—458页。

③ 原附载于所撰《金赵城藏本法显传题记》后，文载《历史语言研究所集刊》第45本第3分，419—436页；收入《选堂集林·史林》中，459—468页。

④ 原载《大陆杂志》第21卷第7期，1960年，1—4页。

⑤ 原载《中国语言学报》第2期，北京：商务印书馆，1985年，49—54页。

⑥ 原载《中国语文研究》第9期，香港：香港中文大学中国文化研究所吴多泰中国语

《论悉昙入华之年代与河西法朗之“肆昙”说》、《梵语 Ṛ、Ṝ、Ḷ、Ḹ 四流音及其对汉文学之影响》[①]、《鸠摩罗什〈通韵〉笺》[②]、《北方泽州慧远之〈悉昙章〉》、《〈文心雕龙·声律篇〉与鸠摩罗什〈通韵〉》[③]、《〈文心〉与〈阿毗昙心〉》[④]、《唐以前十四音遗说考》[⑤]、《慧琳论北凉昙无谶用龟兹语说十四音》、《马鸣〈佛所行赞〉与韩愈〈南山诗〉》[⑥]、《从“睒变”论变文与图绘之关系》[⑦]、《〈禅门悉昙章〉作者辩》、《吽字说》[⑧]、《南戏戏神咒“啰哩嗹”之谜》[⑨]。这些文章后来合编为《中印文化关系史论集·语文篇——悉昙学绪论》一书出版[⑩]。

文研究中心，1987年，1—7页。

① 原以英文"The Four Liquid Vowels Ṛ, Ṝ, Ḷ, Ḹ of Sanskrit and their Influence on Chinese Literature (Note on Kumārajiva's 通韵，Tun-huang Manuscript Stein 1344)"，载*The Adyar Library Bulletin*, vols. 31–32, 1968, pp.580–592；许章真译载《国外学者看中国文学》，台北：中央文物供应社，1982年，179—193页。英文收入《选堂集林·史林》下，1445—1467页。

② 原载《敦煌语言文学论文集》，杭州：浙江古籍出版社，1988年，13—31页。

③ 原载《中华文史论丛》1985年第3辑，215—236页。

④ 原载《中国文艺思想史论丛》（三），北京：北京大学出版社，1988年，101—106页；又《暨南大学学报》第38卷，1989年，19—21页。

⑤ 原载《中华文史论丛》1987年第1辑，179—191页。

⑥ 原载《中国文学报》第19号，京都：京都大学文学部中国文学会，1963年；收入作者《梵学集》，上海古籍出版社，1993年，313—317页。

⑦ 原载《池田末利博士古稀纪念东洋学论集》，广岛：池田末利博士古稀纪念事业会，1980年，627—640页。

⑧ 原载《明报月刊》第19卷第3期，1984年，33—35页。

⑨ 原载陈历明、林淳钧编《明本潮州戏文论文集》，香港：艺苑出版社，2001年，341—350页。

⑩ 香港：三联书店，1990年。

至于伊朗文化的东渐中国的问题，饶先生也有不少论述散在各种文章当中，比较集中的研究，可举《穆护歌考——兼论火祆教、摩尼教入华之早期史料及其对文学、音乐、绘画之影响》一文。饶先生在文章中首先指出“穆护”即火祆教僧人，名称来自波斯文的 Mogu 或 Magi。《晋书》卷一〇八《载记》所记慕容廆曾祖莫护跋一名中的“莫护”，应当就是来自穆护，因而可以推测慕容氏之先可能来自波斯。他进而讨论了祆教在中国的早期传播情形，举《晋书》卷八六《张寔传》所记“京兆人刘弘者，挟左道，客居天梯第五山，然灯悬镜于山穴中为光明，以惑百姓，受道者千人，寔左右皆事之”，以为晋时民间信仰已有火祆教成分掺入。此外，他在文中首次揭示吐鲁番安乐城发现的《金光明经》题记：“庚午岁八月十三日，于高昌城东胡天南太后祠下，为索将军佛子妻息合家写此金《光明》一部。”并对比同时出土的东晋写本《吴书·孙权传》，指出“庚午岁”为430年，“胡天”指胡天神，即祆教祠宇。确定了“穆护”的含义，从而可以判定唐宋时期流行的《穆护歌》或《牧护歌》，实际是祆教赛神曲。文章最后还附录《火祆祠见于史籍之地理分布记略》，涉及相当广泛[①]。

① 原载《大公报在港复刊卅周年纪念文集》下卷，香港：大公报，1978年，733—771页；收入《选堂集林·史林》中，472—509页；又载作者《文辙》下，台北：台湾学生书局，1991年，467—470页；又载《饶宗颐史学论文集》，上海：上海古籍出版社，1993年，404—441页。

饶先生通词曲之学，著有《词籍考》[①]、《敦煌曲》[②]、《敦煌曲续论》[③]等书，因此于《穆护歌》的来龙去脉随手拈来。与词曲家相比，饶先生又通西亚波斯的伊朗之学，可以找出纯粹汉文词曲中“穆护”的最终来源，并由这样一个词曲，追索出一篇祆教传播中国的庞大叙事。笔者也曾就祆教早期入华史有所讨论，举粟特语古信札等材料，以支持饶先生大作关于祆教早期流行于西北地区的观点[④]；同时，对于有争议的《金光明经》题记“庚午岁”的年代问题，也专文讨论，支持饶先生430年说[⑤]。现在，饶先生的观点为大多数学者所遵从。

再举一例，即饶先生《论七曜与十一曜——记敦煌开宝七年（974）康遵批命课》一文。饶先生慧眼独具，从敦煌写本中找到宋开宝七年《康遵批命课》的文本（P.4071），其中引用了一些都利术士李弥乾传自西天竺的《都利聿斯经》的佚文，十分珍贵。他检出明初宋濂所著《禄命辨》对于十一曜的说法，认为“都利”

① 《词籍考》，香港大学出版社，1963年。新编《词集考》，1992年由中华书局出版。

② *Airs de Touen-houang (Touen-houang k'iu), textes à chanter des VIIIe-Xe siècles. Manuscrits reproduits en facsimile avec une Introduction en chinois par Jao Tsong-yi, adaptée en français avec la traduction de quelques textes d'Airs*, par Paul Demiéville, Paris 1971.

③ 台北：新文丰出版公司，1996年。

④ 荣新江《祆教初传中国年代考》，原载《国学研究》第3卷，北京：北京大学出版社，1995年，335—353页；收入拙著《中古中国与外来文明》，北京：生活·读书·新知三联书店，2001年，277—300页。

⑤ 荣新江《吐鲁番出土〈金光明经〉写本题记与祆教初传高昌问题》，朱玉麒主编《西域文史》第2辑，北京：科学出版社，2007年，1—13页；收入拙著《丝绸之路与东西文化交流》，北京：北京大学出版社，2015年，297—312页。

即《汉书·陈汤传》的都赖水，今塔拉斯河（Talas），其地在康居故地，而康遵其人正是出自撒玛尔罕的康国粟特人，因此认为《都利聿斯经》出自西域粟特。因为《都利聿斯经》是“推十一曜行历，知人命贵贱”，所以饶先生进而讨论了中文文献中“七曜”所指的不同含义，和“十一曜”的内涵，以补前人讨论中国天文学或摩尼教流行中国问题之未备[①]。饶先生发掘出来的《康遵批命课》所引《都利聿斯经》是一部重要的文献，姜伯勤教授撰《敦煌与波斯》一文，将其与中古波斯巴列维语所写《班达希申》（Bundahishn）中关于世界星占的说法加以对比，颇多相近之处，因此认为《都利聿斯经》是波斯占星术，经西印度、中亚粟特地区，而传到敦煌、灵州等地[②]。另外，矢野道雄教授在《关于唐代的托勒密著作》一文中，认为“都利聿斯”实即“托勒密”（巴列维文 PTLMYWŠ 或 PTLMYWS）的音译[③]。笔者在研究入仕唐朝的波斯天文学家李素时，在饶先生等人研究的基础上，认为从西天竺来的李弥乾就是在波斯人李素执掌唐朝司天台时，把波斯传承的托勒密天文学著作《都利聿斯经》带到长安，由璩公译出，

---

① 原文载M. Soymié, éd., *Contributions aux études sur Touen-houang*, Genève: Droz, 1979, pp.77–85；收入《选堂集林·史林》中，771—793页。

② 《敦煌研究》1990年第3期，3—15页；同作者《敦煌吐鲁番文书与丝绸之路》，北京：文物出版社，1994年，59—63页。

③ Michio Yano, "A Note on Ptolemy in China", *Documents et Archives provenant de l'Asie Centrale. Actes du Colloque Franco-Japonais Kyoto 4–8 octobre 1988*, ed. Akira Haneda, Kyoto, 1990, pp.217–220.

对中国天文历法之学产生一定的影响[①]。

饶先生学通中外，尤其有着深厚的语文学功底；又抱有一颗年轻人的心，兴趣广泛，对于考古新发现，尤为关注；在读书破万卷的同时，勤于旅行，考察古迹，观摩收藏。因此，饶先生在有关丝绸之路的许多方面都有所贡献，而在饶先生看来，不论中外，学问是相通的。笔者虽然自 1992 年以来即追随饶先生问学，然面对广厦，只恨才疏学浅，不能窥其堂奥。今仅就以上三个方面，略述饶先生对丝绸之路研究的贡献，以求教于方家。

（2015 年 10 月 30 日初稿，2016 年 4 月 30 日修订，原载郑炜明主编《饶宗颐教授百岁华诞国际学术研讨会论文选集》，紫荆出版社，2016 年 6 月，43—48 页。）

① 荣新江《一个入仕唐朝的波斯景教家族》，叶奕良主编《伊朗学在中国论文集》第2集，北京：北京大学出版社，1998年，82—90页；收入《中古中国与外来文明》，238—257页。

姜伯勤先生对丝绸之路研究的贡献

引子：自20世纪90年代以来，姜伯勤先生对步入学界不久的笔者，颇为关照，引领提携，不一而足。而他对敦煌吐鲁番文书、丝绸之路等方面的研究，也对笔者有很多启发和指导，其著作之外，常有机会在北京、广州、香港见面，言谈话语之间，受益匪浅。今奉其八十华诞，谨撰此文，表彰其学术贡献之外，兼祝身体健康，吉祥如意。

一、敦煌吐鲁番文书与丝绸之路研究

姜伯勤先生是“文革”一结束就崭露头角的学者，那时在我们眼里还是很年轻的学者。他曾对我说过自己跟随岑仲勉先生治学时，曾对突厥史料下过苦功。我们从他1987年出版的《唐五代敦煌寺户制度》中不难看出，他对敦煌文书也下过功夫，包括各种书刊中披露的官私文书、寺院账簿等，都一一辑录，分类编排，纳入他以某种经济理论架构的历史脉络中去叙述，让纷纭复杂的敦煌残片，有条理地阐述出唐五代敦煌寺院经济的历史场景[①]。

从1978年开始，姜先生有缘参加唐长孺先生在北京国家文物局主持的“吐鲁番文书整理小组”，在马雍先生的建议下，开始关注敦煌、吐鲁番文书中的丝绸之路史料，而他参与整理的1959—1973年间吐鲁番出土的文书中，正好有数量较多的相关资料。姜先生在“吐鲁番文书整理小组”所积累的材料，后来陆续撰写成一系列文章，最后辑成《敦煌吐鲁番文书与丝绸之路》一书，1994年2月由北京文物出版社出版。

这本小32开、不到300页的“小书”，现在如果放在书店里，一定很不起眼，但其每个章节，却都是内涵丰富，整体覆盖面很广博的“大著”。现参考其他论著，对其成就略加表彰。

第一章《拜占廷通往敦煌吐鲁番之路》，首先把吐鲁番文书中的“金钱”记录，与丝路沿线出土的拜占廷金币结合起来，证明金币曾在西北地区流行；进而从高加索地区（古代阿兰）出土的汉文文书，讨论8—9世纪间从中国，经西突厥、粟特，越阿拉尔海、里海北岸，过伏尔加河，至北高加索的阿兰、可萨突厥，再越黑海，到君士坦丁堡的道路；又根据敦煌发现的慧超《往五天竺国传》，指出唐宋时期有一条从中国经吐火罗（阿富汗）、

① 姜伯勤《唐五代敦煌寺户制度》，北京：中华书局，1987年初版；北京：中国人民大学出版社，2011年增订版。

波斯、小拂临（叙利亚）到大拂临（拜占廷）的道路；最后讨论敦煌吐鲁番保存的有关拜占廷“胡锦”的记载和实物。过去有关中国与拜占廷关系的研究基本停留在传世史料层面，姜先生此章发掘出更多的东西方出土文书中的有关记载，把问题深入一步。

第二章《波斯通往敦煌吐鲁番的“白银之路”》，首先利用大量的吐鲁番文书所记“银钱”交易的材料，证明高昌王国到唐西州时期西北地区波斯萨珊银币的流通，而吐鲁番地区长期保持银钱本位制，是为了适应国家的丝路贸易。这项研究把过去主要是从钱币学角度对萨珊银币的讨论推进了一大步。此文还进一步分析了吐鲁番文书中有关唐高宗时期的“波斯道”行军问题，以及敦煌文书所记10世纪归义军官府招待的“波斯僧”为景教教士。更为重要的是，他发现敦煌写本P.4071《康遵批命课》所引《聿斯经》或《都利聿斯经》与中古波斯文《班达希申》中的星占书相通，从而揭示出波斯占星文化对中国的影响①，较饶宗颐先生的研究更进一步②。后来我在研究执掌长安天文星占的波斯人李素时，更加确证姜先生的看法之正确③。最后，姜先生用大量篇幅讨论吐鲁番文书中的“波斯锦”与吐鲁番出土的萨珊联珠纹织锦之间的关系，并旁及敦煌石窟联珠纹边饰的流行，以及联珠纹

---

① 此节曾以《敦煌与波斯》为题，发表于《敦煌研究》1990年第3期，3—15页。

② 参看饶宗颐《论七曜与十一曜》，收入《选堂集林·史林》，香港：中华书局，1982年，771—793页。

③ 参看荣新江《一个入仕唐朝的波斯景教家族》，叶奕良主编《伊朗学在中国论文集》第2集，北京：北京大学出版社，1998年，82—90页。

纹样的宗教内涵。对此，他还撰写有更深入的讨论文章，即《莫高窟隋说法图中龙王与象王的图像学研究——兼论有联珠纹边饰的一组说法图中晚期犍陀罗派及粟特画派的影响》[①]。这一研究开启了在讨论联珠纹织锦时，不可忽视吐鲁番文书中所记的“波斯锦”问题。

第三章《敦煌吐鲁番与丝绸之路上的突厥人》，证明了他对突厥史料的熟悉，故此可以把麹氏高昌王国文书中另一译名系统的突厥部族、官称、人物与传世史料对勘，从而指出不同时期不同突厥汗国对高昌王国的控制情形。此外，他还把隋唐之际铁勒控制高昌及其在丝路上扮演的角色通过吐鲁番文书揭示出来，也讨论到唐开元年间突骑施与唐之间金帛马驼的贸易往来，并利用敦煌文书及其他材料，指出突骑施的衰落，使得唐朝“天可汗”失去西方的屏障，大食人乘机占领中亚地区，从而改变了丝路贸易形势。姜先生讨论任何问题，都可以从具体的文书着手，最后落实到当时丝绸之路的宏伟叙事当中，有关突厥、铁勒的讨论，就是如此。

第四章《敦煌吐鲁番通往印度的香药之路与法宝之路》，根据敦煌吐鲁番文书，讨论佛教寺院中天竺香药的使用，以及敦煌吐鲁番市场上的印度香料；又据慧超《往五天竺国传》，指出大食占领中亚后，汉地僧侣仍由陆上丝路往返于印度；他还据刘铭

① 季羡林等主编《敦煌吐鲁番研究》第1卷，北京：北京大学出版社，1996年，139—159页。

恕辑录的敦煌材料指出，五代宋初经过敦煌前往印度求法巡礼的僧人仍不绝于途。虽然姜先生一向不批评别人，但这里有关中印交往的论断，对于前人有关中唐以后陆上丝路断绝的说法给予了有力的批判。我也曾更广泛地收集相关材料，撰写《敦煌文献所见晚唐五代宋初中印文化交往》一文，得出相同的结论。姜先生这一章的主要部分，原题“敦煌吐鲁番与香药之路”，与拙文都是奉献给《季羡林教授八十华诞纪念论文集》的[①]，可以说不谋而合。

第五章《敦煌吐鲁番与丝绸之路上的粟特人》无疑是姜先生用力最深的部分，他区分出敦煌吐鲁番文书所见的著籍粟特人与不著籍粟特商人，特别具体分析了吐鲁番文书中所见麹氏高昌王国和唐西州时期两类粟特人的不同身份和地位，以及粟特商人在中转贸易中所起的重要作用。由此进一步讨论了敦煌吐鲁番地区以及一直到粟特本土和阿兰地区流通的银币和“胡锦”与粟特人的关系，指出丝路上流行着属于东伊朗的粟特锦[②]。最后，探讨了粟特聚落的“萨宝”体制，以及粟特胡人信奉的袄神进入敦煌吐鲁番地区的情形，他还极有见地的辨识出敦煌 P.4518（24）纸画上的神像是粟特神祇，功能是用于赛袄。这篇文章曾经分作三

① 李铮、蒋忠新主编，段晴、钱文忠编《季羡林教授八十华诞纪念论文集》，南昌：江西人民出版社，1991年。姜文载837—848页，拙文载955—968页。

② 有关这一问题的更详细考察，见姜伯勤《敦煌文书所见胡锦番锦毛锦考》，敦煌研究院编《敦煌学国际研讨会文集》（石窟考古篇），沈阳：辽宁美术出版社，1995年，279—290页。

部分，由池田温教授翻译成日文，发表在《东西交涉》上，姜先生对粟特商人研究的一个重要贡献，就是他揭示了粟特人是中古时期“东西方贸易的担当者”①。

本章涉及的相关问题，姜先生后来有的又写有专论，如萨宝制度问题，有《萨宝府制度源流论略——汉文粟特人墓志考释之一》②；与粟特图像对比研究，则有《敦煌壁画与粟特壁画的比较研究》③；对于敦煌祆教神祇的考订，则有《敦煌白画中的粟特神祇》④；而对于高昌、敦煌的祆寺和祆神，也有专论发表⑤。

姜伯勤有关丝绸之路上伊朗民族的研究，还有《广州与海上丝绸之路上的伊兰人：论遂溪的考古新发现》一文⑥，利用广东遂溪发现的南朝时期（420—589）金银器和波斯萨珊银币窖藏，论证了包括粟特人在内的伊兰人经海上丝绸之路而来岭南的事

① 姜伯勤撰，池田温译《敦煌・吐魯番とシルクロード上のソグド人》（1）（2）（3），《东西交涉》第5卷第1号，1986年，30—39页；第2号，1986年，26—36页；第3号，1986年，28—33页。

② 饶宗颐主编《华学》第3辑，北京：紫禁城出版社，1998年，290—308页。

③ 敦煌研究院编《1987年敦煌石窟研究国际讨论会文集》（石窟艺术编），沈阳：辽宁美术出版社，1990年，150—169页。

④ 中国敦煌吐鲁番学会编《敦煌吐鲁番学研究论文集》，上海：汉语大词典出版社，1991年，269—309页；收入氏著《敦煌艺术宗教与礼乐文明》，北京：中国社会科学出版社，1996年，179—192页；又另一著作《中国祆教艺术史研究》，北京：生活・读书・新知三联书店，2004年，237—248页。

⑤ 姜伯勤《论高昌胡天与敦煌祆寺》，《世界宗教研究》1993年第1期，1—18页；收入氏著《敦煌艺术宗教与礼乐文明》，477—508页。

⑥ 广东省社会科学院编《广州与海上丝绸之路》，广州：广东省社会科学院，1991年，21—33页。

实。后来其中一件银碗上原来笼统定为伊兰文的题记，由吉田豊指出是粟特文，意为“（此碗属于）石国（即塔什干）的[ ]*sp*（人名残），（重）42斯塔特（staters）”[①]，更加证明了姜先生的论断。

俄文是姜伯勤先生那个时代的学者所必学的外文，但与苏联断绝关系以后，许多人把俄文也丢掉了。但姜先生在对丝绸之路的研究中，充分利用了俄文资料中苏联学者有关中亚地区考古、历史、宗教研究的成果。“文革”后中国敦煌学刚刚起步，他就撰写过《沙皇俄国对敦煌及新疆文书的劫夺》一文[②]，标题不免还带有时代的特征，但从中不难看出他利用孟列夫（L. N. Men'sikov）所编目录中有限的材料，捕捉其中重要的学术信息。在进入粟特问题的研究时，他也专门撰写了《俄国粟特研究对汉学的意义》一文[③]，提示前苏联及俄罗斯学者对粟特研究的贡献。

二、入华祆教艺术研究

在上述姜伯勤先生关于丝绸之路的研究中，就有大量关于艺术图像的探讨，如波斯、粟特锦纹样的考察，敦煌与粟特壁画的

① Y. Yoshida, "Additional Notes on Sims-Williams' article on the Sogdian Merchants in China and India", *Cina e Iran da Alessandro Magno alla Dinastia Tang*, ed. A. Cadonna e L. Lanciotti, Firenze 1996, pp.73–75.

② 《中山大学学报》1980年第3期，33—44页。

③ 北京大学中国传统文化研究中心编《文化的馈赠——[1998]汉学研究国际会议论文集·史学卷》，北京：北京大学出版社，2000年，201—208页。

对比研究，祆神图像的比定等等。由此步入对中国祆教美术的全面探讨，是顺理成章的学术发展取向。而姜先生的这一学术转向，正好得到了连续而来的考古新发现的助力，证明了他的远见卓识。

1995 年，法国举办盛大的“佛陀之地西域——丝绸之路艺术一百年”展览，其图录收录了姜伯勤先生考证出来的 P.4518（24）祆神纸本画像，葛勒耐（F. Grenet）与张广达先生合撰的解说词，指出其中之一是娜娜女神[①]。姜伯勤先生在此基础上又撰写了《敦煌白画中的粟特神祇图像的再考察》，进一步申论自己的观点，确定其中之一是娜娜女神[②]。

对祆教图像的探索，驱使着姜伯勤先生于 1997 年 7 月带着他的学生万毅前往山西介休考察，因为据说介休城关大街东端还存在着一座祆神楼。这一考察结果，就是 1999 年用中文撰写的《山西介休祆神楼古建筑装饰的图像学考察》[③]和用日文发表的《介休祆神楼与宋元明时代山西的祆教》[④]，揭示了后代已经演变成

---

① Jacques Giès & Monique Cohen, *Sérinde, Terre de Bouddha : Dix siècles d'art sur la route de la Soire*, Paris: Éditions de la Réunion des musées nationaux, 1995, pp.293–294. 详细讨论，参看F. Grenet and Zhang Guangda, “The last refuge of the Sogdian religion: Dunhuang in the ninth and tenth centuries", *Bulletin of the Asia Institute* 10 (Studies in Honor of Vladimir Livshits), 1998, pp.175–186。

② 中山大学艺术史研究中心编《艺术史研究》第2辑，广州：中山大学出版社，2000年，263—291页；收入氏著《中国祆教艺术史研究》，249—270页。

③ 《文物》1999年第1期，56—66页；收入氏著《中国祆教艺术史研究》，285—294页。

④ 姜伯勤撰，池田温译《介休の祆神楼と宋元明代山西の祆教》，《东洋学报》第80卷第4号，1999年，1—28页；收入《中国祆教艺术史研究》，271—284页。

“三义庙”的建筑，在宋代时曾经是祆神楼，其楼上的雕刻和寺院保存的石碑，结合宋人的有关祭拜记录，可以肯定这座楼与祆教有关。同行的万毅，后来也撰写了《西域祆教三联神崇拜与山西介休祆神楼》[①]，进一步申论姜先生的观点。根据同一年在山西太原发现的《虞弘墓志》所记“大象末，左丞相府，迁领并、代、介三州乡团，检校萨保府”，说明介州（今介休）曾经有胡人聚落，立有萨保府，也间接证明了姜先生考证的结果[②]。

然而，对于研究入华粟特人祆教美术最重要的材料，还是出土的石棺床画像石[③]，其中最早进入学者眼帘的是20世纪20年代在安阳发现而被倒卖到欧美的一套石棺床，后分藏在巴黎吉美博物馆、科隆东亚美术馆、波士顿艺术博物馆、华盛顿弗利尔美术馆。对此，姜伯勤先生早就有所观察，并经过细心的收集和研究，特别是在1997年底前往日本滋贺Miho美术馆观察另外一套粟特石棺床后，受到启发，于1999年发表《安阳北齐石棺床画像石的图像考察与入华粟特人的祆教美术》[④]，重构了石棺床上画像

① 载荣新江、李孝聪编《中外关系史：新史料与新问题》，北京：科学出版社，2004年，259—269页。

② 参看荣新江《北朝隋唐粟特人之迁徙及其聚落补考》，原载《欧亚学刊》第6辑，北京：中华书局，2007年；此据荣新江《中古中国与粟特文明》，北京：生活·读书·新知三联书店，2014年，37—38页。

③ 按，以下讨论的胡人首领墓葬的葬具形制不一，有的是围屏石榻，有的是石棺床，还有的是石椁，学界对此尚无统一名称，本文姑且笼统称之为“石棺床”，或视具体情况，称“围屏石榻”或“石椁”。

④ 中山大学艺术史研究中心编《艺术史研究》第1辑，广州：中山大学出版社，1999年，151—186页；收入氏著《中国祆教艺术史研究》，33—62页。

石的位置，并对其中的出行图和宴饮图做了详细的阐释。安阳石棺床图像经斯卡格里亚（G. Scaglia）考证确定为粟特系统后①，长期没有太多进步，只有马尔沙克（B. I. Marshak）对其出行图的解说有所贡献②。姜先生的文章，据中国石棺床围屏的排列，对这些已经分散的画像石做了推补复原，又对火坛祭司、葡萄园赛祆、植物祭祀等具体图像，以及整个石棺床画像石的"图像程序"与入华粟特人葬式风俗的变迁，都做了仔细研究，贡献颇多。正因为如此，当时在北京创办西文刊物《中国考古艺术摘要》的陶步思（Bruce Doar）让我帮忙编一期祆教研究专号时，我极力推荐姜先生这篇长文，这就是该刊第4卷第1期上的英文文章《入华粟特人的祆教美术》③。

与此同时，姜先生又对亲自考察过原物的Miho美术馆藏石棺床画像石做了分析研究，特别是其上的四臂娜娜女神像、伊兰人与突厥人会盟图、丧仪图、墓主宴乐图，指出汉式双阙的意义，撰成《图像证史：入华粟特人祆教艺术与中华礼制艺术的互动——Miho博物馆所藏北朝画像石研究》一文，结论是入华粟特人的祆教艺术风格，系由安息、波斯、粟特的祆教图像和中国汉画像

① G. Scaglia, "Central Asians on a Northern Ch'i Gate Shrine", *Artibus Asiae*, XXI, 1958, pp.9–28.

② B. I. Marshak, "Le programme iconographique des peintures de la 'Salle des ambassadeurs' à Afrasiab (Samarkand)", *Arts Asiatiques*, XLIX, 1994, pp.1–20.

③ Jiang Boqin, "The Zoroastrian Art of the Sogdians in China", *China Archaeology and Art Digest*, 4.1: Zoroastrianism in China, December 2000, pp.35–71.

石两个传统结合而成的[①]。

正是在姜先生开始系统讨论粟特石棺床图像的时候，1999 年 7 月山西太原发现了虞弘墓，墓主人是出身鱼国的胡人首领，后来入仕北周，任检校并、代、介三州萨保府的官员。姜先生随即前往太原考察，在翌年 7 月巫鸿教授在北京大学主持的“汉唐之间文化艺术的互动与交融”国际学术研讨会上，提交了《隋检校萨宝虞弘墓石椁画像石图像程序试探》一文[②]，对比中亚资料，讨论石椁底座上的对鸟火坛图像以及石椁四周图像的程序问题。随后在 2000 年和 2002 年先后两次往太原考察虞弘石椁图像，又撰写了《隋检校萨宝府虞弘墓祆教画像石图像的再探讨》[③]，继续讨论上述主题外，还认为石椁内正中位置墓主夫妇对饮的两侧，分别站立的男女四天神，是祆教的“四永生者”神像。

幸运的是，2000 年 5 月，陕西西安又发现了粟特首领、同州萨保安伽的墓葬，其中的围屏石榻上描绘了墓主生前宴饮、狩猎、乐舞、出行等场景，墓门上方，则有祆教祭司图像。2001 年末，在成都开完唐研究基金会的年会后，我曾陪姜先生专程到西安，在陕西考古研究所参观了安伽墓的围屏石榻。随后，他就发表了

---

① 中山大学艺术史研究中心编《艺术史研究》第3辑，广州：中山大学出版社，2001年，241—259页；收入氏著《中国祆教艺术史研究》，77—94页。

② 收入巫鸿主编《汉唐之间文化艺术的互动与交融》，北京：文物出版社，2001年，29—50页；又载氏著《中国祆教艺术史研究》，121—138页。

③ 中山大学艺术史研究中心编《艺术史研究》第4辑，广州：中山大学出版社，2002年，183—198页；收入氏著《中国祆教艺术史研究》，139—154页。

《西安北周萨宝安伽墓图像研究——北周安伽墓画像石图像所见伊兰文化、突厥文化及其与中原文化的互动与交融》一文[①]，他特别注意到突厥人与伊兰人会盟的图像，论证人头鹰身神与祆教赫瓦雷纳神的关系，强调安伽墓的祆教色彩，以及入华粟特人采用“石坟”葬式的观点。

与此同时，姜先生也把注意力放到洛阳发现的唐朝安菩墓的三彩骆驼图像上，力图指出其与祆教的关系，此即《唐安菩墓所出三彩骆驼所见“盛于皮袋”的祆神——兼论六胡州突厥人与粟特人之祆神崇拜》一文[②]。另外，他还应邀撰写过《祆教画像石——中国艺术史上的波斯风》[③]、《中国艺术上的波斯风》[④]等较为通俗一些的文章，都是在强调这些画像石的祆教色彩和波斯伊朗风格。

作为对粟特系统石棺床的整体研究，姜伯勤在2003年又发表了《天水隋石屏风墓胡人“酒如绳”祆祭画像石图像研究》[⑤]、《青州傅家北齐画像石祆教图像的象征意义》[⑥]两篇文章，前者是对

① 饶宗颐主编《华学》第5辑，广州：中山大学出版社，2001年，14—37页；收入氏著《中国祆教艺术史研究》，95—120页。

② 荣新江主编《唐研究》第7卷，北京：北京大学出版社，2001年，55—70页；收入氏著《中国祆教艺术史研究》，225—236页。

③ 《文物天地》2002年第1期，34—37页。

④ 许虹、范大鹏主编《最新中国考古大发现——中国最近20年32次考古新发现》，济南：山东画报出版社，2002年，139—144页。

⑤ 《敦煌研究》2003年第1期，13—21页；收入氏著《中国祆教艺术史研究》，155—170页。

⑥ 中山大学艺术史研究中心编《艺术史研究》第5辑，广州：中山大学出版社，2003

1982年甘肃天水发现的隋画像石上日月祭拜、密特拉神接引等图像的解说，特别是参照《敦煌廿咏·安城祆咏》，指出其中粟特人以酒祭祀雨神的祆祭场景；后者是对1971年山东青州发现的北齐画像石上的森莫夫（Sēnmurv）、赫瓦雷纳（Hvarenah）鸟的象征意义的解说，特别指出其中的“象戏图”实为祆教万灵节场景，最后申论北齐的胡化问题。同年又发表《中国祆教画像石所见胡乐图像》一文[①]，利用当时已经发现的安阳、虞弘、安伽等图像材料，指出其上的乐舞图实为祆教节日或祭祀的组合图像，在音乐史研究上富有重要意义。

姜伯勤先生对这一系列中国出土粟特系石棺床或石椁的研究到2004年似乎已经画上一个句号，因此他发表了《中国祆教画像石的“语境”》[②]，对此系列研究加以总结，从萨宝的胡臣身份体制，指出中国祆教画像石是汉地陵寝艺术与粟特祆教艺术的结合。

然而，就在姜先生把他这一系列论文结集为《中国祆教艺术史研究》一书于2004年4月由北京三联书店出版之际，2003年6—8月西安发现的粟特凉州萨保史君墓的材料又渐次发表出来。

年，169—188页；收入氏著《中国祆教艺术史研究》，63—76页。

① 郑培凯主编《九州学林》第1卷第2期，上海：复旦大学出版社，2004年，116—141页；收入氏著《中国祆教艺术史研究》，299—314页。

② 荣新江、李孝聪编《中外关系史：新史料与新问题》，233—238页；收入氏著《中国祆教艺术史研究》，25—32页。

对此，姜先生很快发表《北周粟特人史君石堂图像考察》[①]，对此新发现的图像做了通盘解说。与此同时，在《入华粟特人萨宝府身份体制与画像石纪念性艺术》一文中[②]，再次阐述自己对入华粟特首领墓志的性质，做了总结性的说明。

对于20世纪90年代末从偏重敦煌吐鲁番文书研究转向偏重入华粟特人图像研究的姜伯勤先生来说，虞弘、安伽、史君墓石棺床或石椁画像石的发现，以及Miho、青州等石棺床图像的发表，无疑提供了非常好的机遇。而姜先生此前对粟特、敦煌壁画图像和吐鲁番出土文物图像资料的熟悉，为这一研究奠定了基础。他在短短的几年内，系统研究了现存所有的粟特系统的石棺床或石椁图像，这些文章构成《中国祆教艺术史研究》的上编，其总结性的标题是“萨宝体制下中国祆教画像石的西胡风格及其中国化”。与此同时，他把丝绸之路上出土、保存的其他相关材料也都做了梳理，除上面提到的介休祆神楼、安菩墓三彩骆驼俑、敦煌祆神纸画外，他还讨论过新疆出土的纳骨瓮、于阗木板画、敦煌壁画中的密特拉神及畏兽等等，这些文章汇合为《中国祆教艺术史研究》的下编，题为“丝绸之路上祆教艺术与新疆及河西等地区艺术的互动”。

由此可见，姜伯勤先生的这项研究，首先是通过一系列粟特

① 中山大学艺术史研究中心编《艺术史研究》第7辑，广州：中山大学出版社，2005年，281—298页。

② 荣新江、华澜、张志清主编《粟特人在中国——历史、考古、语言的新探索》，北京：中华书局，2005年，43—48页。

首领墓葬中的画像石材料，揭示了中国曾经存在的“祆教艺术”，这一鲜明的定性，是姜先生的最大贡献。其次是他把这些入华粟特首领的墓葬，放到相应的“语境”下考察，指出他们是作为萨宝、胡臣身份体制下的人物，所以是粟特祆教艺术与中国汉地陵寝艺术的结合产物。再次就是他把丝绸之路沿线所见各种祆教遗迹，特别是图像材料一一考辨、梳理，旁及音乐、舞蹈、建筑等方面，全面展现祆教艺术的流传及其与中国各地艺术的互动。最后，他对中国祆教艺术的类型学和风格史做出分析，并把祆教艺术纳入中国礼制艺术当中，来强调中国祆教艺术在整个中国艺术史上的意义，这就是《中国祆教艺术史研究》最后一章的主旨。

三、其他贡献（附记三本大著的感谢词）

姜伯勤先生是才华横溢的学者，他除了隋唐史、敦煌吐鲁番文书研究之外，旁及佛教、道教等许多方面，笔者学力所限，无法一一表彰。他有关丝绸之路研究的一些篇章，还收录在《敦煌艺术宗教与礼乐文明》（中国社会科学出版社 1996 年版）一书中，如《论吔密石窟寺与西域佛教美术中的乌浒河流派》、《莫高窟隋说法图中龙王与象王的图像学研究》、《敦煌壁画与粟特壁画的比较研究》、《敦煌悉磨遮为苏摩遮乐舞考》等，可以和上述两书的部分章节相呼应。此外，他有关大汕禅师的研究，也涉及澳门、南海航行、唐船贸易等问题[①]。

我因为对敦煌吐鲁番文书、丝绸之路、粟特、祆教抱有同样的兴趣，因此与姜伯勤先生交往颇多，时常有机会向他讨教。

1988年北京敦煌吐鲁番学会举办国际研讨会，我第一次正式参加学术会议，所以提交了《归义军节度使称号研究》，受到姜先生的表扬。他曾说，这篇文章是他案头常用的“工具”。1992年去香港路经中山大学，姜先生邀我做个讲座，我讲西域探险，因为那时我刚刚参加瑞典斯文·赫定基金会穿越塔里木盆地的考察，所以有很多亲身感受。姜先生听了颇为激动，甚至哽咽说不出话来，就用粉笔在黑板上写：我们要学习荣先生这种探险精神。大概这段时间与姜先生的学术交流多一些，所以他在1994年出版《敦煌吐鲁番文书与丝绸之路》的《缘起》中写道：“在本稿付印过程中，荣新江先生的指教帮我避免了若干疏误……再一次感谢他们的好意。”我已经忘记指出的是什么问题了。

1994、1995年前后，正好是罗杰伟在北京创办唐研究基金会，成立了学术委员会，姜先生和我都在其中。此后每年的年末，罗杰伟从美国来中国，我们也同时召开基金会学术委员会，地点每次不一，但都是与唐朝有关的古都或胜迹。这样我向姜先生问学的机会更多了，相互之间有不少学术交流。当时的基金会学术委员会的工作，主要是评审每年资助的学者专著，其中姜先生的《敦

① 姜伯勤《石濂大汕与澳门禅史——清初岭南禅学史研究初编》，上海：学林出版社，1999年。

煌艺术宗教与礼乐文明》也入选其中，这无疑是呈现他在敦煌学许多方面的重要著作。作为审稿人之一，我一方面全力支持这部书纳入基金会丛书出版，同时也要对基金会负责，认真审定，所以也坦诚地对书稿中的个别篇章提出一些疑问和建议。姜先生虚怀若谷，不以小子狂妄为意，而是按我的建议，做了彻底的修改，这就是 1996 年该书出版时跋语中所说："荣新江先生多年来一直帮助我熟悉国际敦煌研究的最新成果，并通读了本书手稿，提出一些宝贵意见，促使我对三篇文章作了通盘改写。"充分表现了一个学术大家的谨严和谦虚。

1990 年以后，我把比较多的精力放在入华粟特人的迁徙和聚落的研究上，姜先生有关敦煌吐鲁番文书所记粟特人的研究，是我时常翻阅的案头之书，给我很多启发和教益。他精通俄语，对前苏联中亚（包括粟特地区）的考古发现颇有研究，但地处南方，对西文论著中有关粟特、祆教的研究成果，则很难获得。那时他是全国政协委员，记得每年三月初他来京参加政协会议，下飞机后第一件事，是到我这里来"收集"资料。我因为时常有出国机会，粟特、祆教也是我收集的对象，所以姜先生一到，我就把一年来收集的相关论著，特别是一些有关粟特艺术史方面的西文文章，展示给姜先生，得到他的首肯后，就把这些材料给他复印。这就是 2004 年姜先生在《中国祆教艺术史研究》跋文中所说："多年以来，我在收集祆教美术参考文献方面，还得到荣新江先生无私的援助，我从荣先生处复印了大量参考论文，谨致谢忱。"

很幸运地在姜先生有关丝绸之路的三本专著中都感谢了我的帮助，其实他给我的教导，他给我的启发，他给我的帮助要多得多。我从敦煌吐鲁番文书研究转入中外关系史研究，在某种程度上也是受到姜伯勤先生的影响，而在我的研究过程中，又常常得到他的具体指导和帮助。不论在北京，还是在香港；不论在高昌，还是在敦煌，他的谆谆教诲，永志不忘。

（2018 年 7 月 7 日完稿于海德堡，7 月 17 日定稿于北京，原载向群、万毅编《姜伯勤教授八秩华诞颂寿史学论文集》，广东人民出版社，2019 年 1 月，2—11 页。）

把握新材料与学界动态

柏林通讯录

——与徐文堪先生有关中亚研究的论学书札

编者按：1996年6至8月期间，北京大学荣新江教授在德国进行访问研究，对德国四次吐鲁番探险队所获汉文文书做了比较彻底的调查，并详细了解了德国和欧洲各国中亚研究的现状，得到许多最新学术信息。现将荣先生给编者的信择要发表，以飨读者。其中有些情况，在世界上尚属首次公布。

一

文堪先生：

我应德国柏林自由大学东亚所 von Mende 教授邀请，自5月31日起来柏林做三个月的访问研究。住处在 Thielallee 19 的自由大学 Guest House，与东亚所只有一站的距离，和收藏吐鲁番文物资料的印度艺术博物馆（Museum für Indisch Kunst Berlin，简称 MIK）同在 Dahlem 区，步行只要五分钟。因时近期末，讲课的任务不重，所以此行的主要目的，是想彻底调查一番德国四次吐鲁番探险队所获汉文资料的情况。1985 年我曾短暂来柏林调查此项资料，但当时东西德分裂，时间又短，所见资料十分有限。

刚来这里，人生地不熟，这一段时间就近首先考察印度艺术博物馆。该馆原是柏林民俗学博物馆的一部分，50 年代独立出来，同属于德国国家博物馆的一部分。一楼展厅中，德国吐鲁番探险队的西域收集品几占全部展览面积的一半，陈列品主要是图木舒克、库车、焉耆、吐鲁番地区佛教寺院遗址出土的壁画、彩塑、木雕等，也有摩尼教和景教寺院的壁画和带有细密画的图书，都是精品。从 80 年代初开始，该馆的一大批精美藏品，曾先后运到美国纽约大都会博物馆、日本东京国立博物馆、韩国中央博物馆、法国集美博物馆等处展出，都出版了精美的图录，广为学界所知，唯独没有运回过中国展览，而且也没听说国内有什么单位曾与之联络过，不免遗憾。

虽然美、日、韩、法都出版了图录，但是每走进展厅，都有新鲜的感觉。这里的展品，有些已经固定，所以没有运到国外展出。最值得称道的是，除小件雕刻、绢纸画、写本外，这里的陈列品都按原来的形式不加封闭地展出，即壁画在墙上，窟顶壁画也还原成窟顶状，大的塑像立在你面前，原本是柏孜克里克 37 窟的绘画地板，也没有遮拦地镶在地上，保安全靠警报系统和看守人员。这种陈列方式便于观察和研究，在一幅大的壁画面前，恍如站在克孜尔或库木吐拉的某个石窟里一样。

MIK 主要收藏文物资料，但也藏有不少写刻本文献材料。展品中只是举例式地摆放了梵文、吐火罗文、粟特文、中古波斯文、如尼突厥文、帕提亚文、回鹘文、汉文、藏文、西夏文、八思巴文、叙利亚文写本或刻本各一两件，其实已足见德藏吐鲁番收集品中文献资料之丰富了。

展品的说明文字很简单，详细情况著录在该馆 1986 年出版的展览图录上，即 *Museum für Indische Kunst Berlin*, Nos. 377–566，数年前已由杨富学和赵崇民译出，发表在《吐鲁番学研究专辑》，因系内部发行，流传不广。该馆还出版了一本专门介绍西域美术品的图录，名曰 *Die Seidenstrasse. Malereien und Plastiken aus buddhistischen Höhlentempeln*，其中有不少精美的图版。

目前的馆长是 Marianne Yaldiz 教授，她在阿富汗做过多年的考古工作，对印度和中亚的佛教考古十分熟悉，负责全馆的工作。另外有两位专门从事中亚资料整理。一位 Lore Sander 博士，她从 1987 年开始到博物馆工作，负责写本编目，近刊论文有（1）“Tocharische Dokumente im Museum für Indische Kunst, Berlin”，载 *Tocharisch. Akten der Fachtagung der Indogermanischen Gesellschaft Berlin, September 1990* (Reykjavik 1994)。（2）“Der Stifter Dhanyasena, ein ungewohnlicher Blockdruck aus dem

Museum für Indische Kunst, Berlin”, 载 *Memoriae Munusculum. Gedenkband für Annemarie von Gabain* (Wiesbaden 1994)。（3）“Eine Prophezeiung des Vorzeitbuddha Sikhin. Beobachtungen zu einer Wandmalerei des Museums für Indische Kunst, Berlin”, 载 *Unersuchungen zur buddhistischen Literatur. Zweite Folge, Gustav Roth zum 80. Geburtstag gewidmt*（Göttingen 印刷中）。另一位是 Chhaya Bhattacharya-Haesner 博士，她原是印度国立博物馆中亚古物部的成员，后在柏林自由大学从学于 H. Härtel 教授（前任馆长），获得博士学位，论文题目是“Art of Central Asia with Special Reference to Wooden objects from the Northern Silk Route”，研究对象即印度艺术博物馆藏木器，其论文 1977 年在德里出版。现在她作为 Central Asia Project 的参加者而加盟该馆，负责丝麻织物的编目工作，这些材料多为高昌出土的西州回鹘遗物，与敦煌绢幡绘画颇有关联。我在此还遇上一位美国印地安那大学的博士生，叫 Zsuzsanna Gulácsi，是匈牙利人，她在印地安那的硕士论文是“Local Material Culture in Uyghur Manichaean Miniatures”。她的导师是 Larry V. Clark 教授，通回鹘文，也在柏林，见过一面，他说正在与 Peter Zieme 合作释读回鹘文摩尼教文献，拟编成一部合集。Zsuzsanna 在此已工作五个月，她想编制该馆所藏摩尼教绘画品目录，据她讲，这类绘画资料大约有七八十件。

我最感兴趣的是汉文文献，展品中只陈列了一件神玺三年（399）写的《正法华经》光世音普门品，包括这件在内的十二件写刻本精品，曾在1991年送到日本展出，出版有《吐鲁番古写本展》的图录，除此之外，我对这里所藏汉文写本一无所知。馆长 Marianne Yaldiz 教授十分友好，允许我进入库房工作，得以遍览该馆收藏的所有汉文资料。这里的写本集中放在两个柜子中，每一柜子分成大小不同的若干格子，分类存放各种语言的写刻本残片，残片都由两片玻璃夹在中间，颇便阅览。总的来讲，这些残片大多数是因为另一面有绘画品，才存放在这里，但也有两面都是文字的。两面的文种不一定相同，所以汉文材料并不都放在标明为汉文的格子中。新见的资料以佛典为主，比较重要的有隋仁寿二年（602）写《金刚般若论》卷中（编号 MIK III 114），有尾题；又有一残片存字六行（MIK III 100），我比定出是唐开元间金刚智译《佛说七俱胝佛母准提大明陀罗尼经》（后来在国家图书馆，我又比定出同一写本的两残片，编号为 Ch.3647v 和 Ch.3191），过去刊布的吐鲁番写本似还未曾见过；还有册子本《佛说斋经》、《佛说天请问经》、《长爪梵志请问经》、《佛说斋法清净经》等（MIK III 98）；我已草成《柏林印度艺术博物馆藏吐鲁番汉文佛典札记》一文，投给《华学》第2期。

佛典之外，有一件道经（MIK III 484），回京后，持此残卷请教正在专攻《灵宝经》的刘屹学兄，他比定出是《太上灵宝度人上品妙经》，相同的文字见大渊忍尔《敦煌道经图录篇》68页下栏，楷书经写，背缝有朱印，文曰“凉州都督府之印”，显然是唐朝官颁定本。此印也见于敦煌写本《唐律》和《东宫诸府职员令》，都是官颁之书。又有星占书两残片，其上有图，较大的一片（MIK III 6338）除二十八宿外，还绘有十二宫，已由艾伯华（W. Eberhard）发表在 *Türkische Turfan-Texte* 第 VII 卷的附录中，夏鼐先生《考古学和科技史》曾转载其图（图版拾叁，参看 46—47 页）。较小的一片（MIK III 4938）只存二十八宿的角、亢、氐、房，但形制与前者相同，推测所残部分也有十二宫图。有天册万岁二年壹月四日关文一件（MIK III 172），用武周新字，惜只残尾部二行。

二

文堪先生：

先后两信收悉，迟复为歉。

所询之书，*Tocharisch: Akten der Fachtagung der Indogermanischen Gesellschaft, Berlin 1990* (Tocharian and Indo-European Studies. Supplementary Series, Vol. 4) 一种，已于 1994 年出版。Thomas V. Gamkrelidze and Vjaceslav V. Ivanov, *Indo-European and the Indo-Europeans. A reconstruction and historical analysis of a proto-language and proto-culture* 一书是柏林 Walter de Gruyter 出版社出版，来信所示的第 1 卷是 The Text，1994 年出版；第 2 卷为 The Bibliography and Indexes，也已于 1995 年出版；两卷相加，定价总共 550 马克，个人购买，似有困难。第三种 George

Erdosy 刊 *The Indo-Aryans of Ancient South Asia. Language. Material Culture and Ethnicity*，也是 1995 年出版，价 248 马克。以上三种书，国立图书馆都还没有编目上架，所要复印的篇目，尚请等待。发表您大作的 *The Journal of Indo-European Studies*, 23.3-4 (1995)，几乎就是新疆古尸和吐火罗问题的专号，想已见到。近刊还有 Asko Parpola and P. Koskikallio ed., *South Asian Archaeology 1993. Proceedings of the Twelfth International Conference of the European Association of South Asian Archaeologists held in Helsinki University, 5-9 July, 1993* (Helsinki 1994)，也有关于中亚的印度亚利安人和伊朗人的讨论，全书 887 页，也很贵。所见最新的吐火罗语研究著作是：Olav Hackstein, *Untersuchungen zu den sigmatischen Präsensstammbildungen des Tocharischen* (Göttingen 1995)，而于历史研究有参考价值的是 G.-J. Pinault 的新论文“Une nouvelle inscription Koutchéenne de Qumtura”，载 *Bulletin d'Études indiennes*, 11-12, 1993-94 (Paris 1995)。

相对来讲，在整个欧美中亚研究中，汉文资料是比较被忽视的，好像沙畹时代已经把工作做完了一样，现在还经常引用上个世纪的成果。但也有例外，Walter Posch, *Baktrien zwischen Griechen und Kushan. Untersuchungen zu kulturellen und historischen Problemen einer Übergangsphase. Mit einem textkritischen Exkurs zum Shiji 123* (Wiesbaden 1995)，似可注意，但我还没见到原书。

西方研究中亚的书籍层出不穷，而且一般来讲学术书都很贵，光靠我们个人的力量是无法收集齐备的。如果北京图书馆、北京大学图书馆、社科院、上海图书馆还不分工购买这些书的话，中国的中亚研究的总体水平还会落后下去。

新资料的发现或公布是促成中亚或西域研究热的原因之一。德国海德堡大学 K. Jettmar 教授为首在中巴友好公路巴基斯坦一侧考察所获的资料，仍在公布中。您信中所示 *Antiquities of Northern Pakistan: reports and studies*, vol.3 (Mainz 1994)， 是 G. Fussman 和 K. Jettmar 合编的，偏重考古艺术。前不久 Fussman 教授来印度艺术博物馆讲演，即介绍其中的佛塔资料，放了许多幻灯片，很有意思。整理研究这批资料的成果还有：Stepharie Zingel-Avé Lallemant and Wolfgang-Peter Zingel ed., *Neuere deutsche Beiträge zu Geschichte und Kultur Pakistans / Contemporary German Contributions to the History and Culture of Pakistan* (Bonn 1993); Martin Bemmann and Ditte König, *Die Felsbildstation Oshibat* (Maniz 1994)。

另一批新材料是随着苏联解体后公布出来的，各独联体国家的学者，大量用英、法、德文发表文章，也使得有些原用俄文发表的材料更易为学界所知。最近一期 *Bulletin of the Asia Institute, new series*, 8 (1994)，即前苏联中亚考古学研究专号（The Archaeology and Art of Central Asia: Studies from the Former Soviet Union），附有详细的研究文献目录。个人也有不少成果发表，如 Grigori L. Semenov, *Studien zur sogdischen Kultur an der*

Seidenstrasse (Wiesbaden 1996)。圣彼得堡藏的中亚写本文献，更是各国研究者关注的焦点，从去年开始，在芬兰赫尔辛基 Dekadi Publishing Ltd Oy 的支持下，俄国科学院东方学研究所圣彼得堡分所创办了一个新刊物，就叫《东方写本》（*Manuscripta Orientalia*），年刊一卷，约三期，第 1 卷约 220 页，在赫尔辛基印刷，全用图版纸，所刊写本极清晰。前两卷上发表的文章，涉及梵本《金光明经》、《迦叶品经》、《法华经》、藏文写本和契约、敦煌类书、西夏文文书等等， 都是新资料。每卷大约 132 美元，图书馆不订，私人是很难按期买的。

近年来，欧美伊朗学研究发展很快，虽然总体上讲还赶不上印度学和突厥学，但因为原苏联中亚各国的独立和开放，促进了这些伊朗系文化领域出土资料的公布，加之德国的统一， 原东德藏伊朗语文献全部公开，而东欧的学者也可以自由利用西欧的藏品和旧照片资料，都大大促进了伊朗学的研究，特别是现伊朗范围以外的伊朗文化研究成果更为突出，中古伊朗语资料的刊布和摩尼教的研究是其核心。因此，比较印度学、汉学、突厥学，伊朗学显得更富新意。规模比《伊斯兰百科全书》还大的《伊朗学百科全书》（*Encyclopaedia Iranica*）进展很快，已出版到第 7 卷第 6 册。此书涉及面极广，而且均请当代对所撰条目学有专攻的学者撰写，所以颇有权威性，而且每条附有详细的参考文献目录，便于学人继续探讨。

近刊收载有关中亚史或吐鲁番出土中古伊朗语文献研究的

论集不少，其中尤以关于摩尼教的研究为热门。如（1）Bert G. Fragner et al., eds., *Proceedings of the Second European Conference of Iranian Studies* (Roma 1995)；（2）*Au Carrefour des religions. Mélanges offerts à Philippe Gignoux* (*Res Orientales*, vol. III, 1995)，其中 Nicholas Sims-Williams 发表了德藏吐鲁番粟特语写本《景教三威蒙度赞》；（3）P. Vavrousek ed., *Iranian and Indo-European Studies. Memorial Volume of Otokar Klíma* (Prag 1994)；（4）Christoph Elsas et al., eds., *Tradition und Translation. Zum Problem der interkulturellen Übersetzbarkeit religiöser Phänomene. Festschrift für Carsten Colpe zum 65. Geburtstag* (Berlin 1994)；（5）Holger Preissler and Hubert Seiwert eds., *Gnosisforschung und Religionsgeschichte. Festschrift für Kurt Rudolph zum 65. Geburtstag* (Marburg 1994)；（6）Alois van Tongerloo ed., *The Manichaean NOYΣ. Proceedings of the International Symposium Organized in Louvain from 31 July to 3 August 1991* (Lovanii 1995)，此书可见西方研究摩尼教之深入；（7）Alfredo Cadonna and Lionello Lanciotti eds., *Cina e Iran: da Alessandro Magno alla Dinastia Tang* (Firenze 1996)，书名虽名为《中国与伊朗论文集》，但所收论文都是关于中亚的粟特人、于阗人以及吐鲁番中古伊朗语摩尼教文献，也说明西方的中伊关系史研究，更主要的是包含古代西域在内的广义的伊朗学研究，而并不见得指在今天伊朗范围的古代波斯。有关摩尼教的新书，是 Hans-Joachim Klimkeit, *Manichäische Kunst an der Seidenstrasse*: *Alte und neue Funde* (Opladen 1996)。

于阗语文献研究也有进步。圣彼得堡所藏于阗语文献，已由 R. E. Emmerick 和 M. I. Vorob'eva-Desjatovskaja 合作刊布：*Saka Documents VII: the St. Petersburg collection* (London 1994)；Saka Documents Text Volume III: the St. Petersburg collection (London 1995)。恩默瑞克教授培养的弟子开始活跃。G. Canevascini 出版了 *The Khotanese Saṅghāṭasūtra. A critical edition* (Wiesbaden: Dr. Ludvig Reichert Verlag 1993)，所用资料有俄国圣彼得堡藏卷和德国慕尼黑人种学博物馆所藏 A. H. Francke Collection。后一组材料我一直没有机会看过，不知这批来自和田的于阗文和梵文写本为主收集品中有无汉文材料，正好 Lore Sander 告我哥廷根的 Klaus Wille 博士正在那里研究梵文写本，因托他打听，据说只有几个碎块，不能成文。顺告近刊 Heinz Bechert ed., *Sanskrithandschriften aus den Turfanfunden*, Teil 7. Die Katalognummern 1600–1799 (Stuttgart 1995)，就是他持笔完成的。

西方的突厥学研究仍是强项。关于德藏吐鲁番突厥文献，除上举 Peter Zieme 刊布了《金光明经》外，Dieter Maue 整理刊布了用婆罗谜文和藏文拼写的回鹘语文书：*Altürkische Handschriften*, Teil 1. Dokumente in Brāhmī und Tibetischer Schrife (Stuttgart 1996)。另外，Lious Bazin 出版了个人论文集 *Les Turcs des Mots, des Hommes* (Budapest 1994)。*Rocznik Orientalistyczny*, XLIX.2 (1995) 是 *A Volume of Studies dedicated to Professor Edward*

Tryjarski on his Seventieth Birthday，有其 1951—1995 年著作目录。其他新刊论文集有：B. Kellner-Heinkele ed., *Altaica Berolinensia. The concept of sovereignty in the Altaic world* (Wiesbaden 1993); B. Kellner-Heinkele and Marek Stachowski eds., *Laut-und Wortgeschichte der Türsprachen. Beiträge des Internationalen Symposiums Berlin, 7.-10. Juli 1992* (Wiesbaden 1995); Marcel Erdal and Semih Tezcan eds., *Beläk Bitig. Sprachstudien für Gerhard Doerfer zum 75. Geburtstag* (Wiesbaden 1995); Á. Berta et al. eds., *Symbolae Turcologicae. Studies in Honour of Lars Johanson on his Sixtieth Birthday 8 Marc 1996* (Stockholm 1996); G. Stary ed., *Proceedings of the 38th Permanent International Altaistic Conference, Kavasaki, Japan: August 7-12, 1995* (Wiesbaden 1996)。在国内所知有限，已经出版了五年的 *Varia Eurasiatica. Festschrift für Professor András Róna-Tas* (Szeged 1991)，这次才在波恩大学的中亚所见到，其中刊布了已故 G. Uray 教授的遗稿“The Location of Khar-can and Len-cu of the Old Tibetan Sources”。还有 Alexander Leonhard Mayer 和 Klaus Röhrborn 合编的 *Xuanzangs Leben und Werk* 已经出版了五册（Wiesbaden 1991–1995），季先生想让我们重整《大唐西域记》，这些书不备齐，是无法动手的。

三

文堪先生：

柏林所藏吐鲁番文献类材料，原来主要收藏在东德科学院历史与考古中央研究所。两德统一后，全部归德国国家图书馆所有。由于东德科学院的解散，原来负责汉文写本整理工作的梯娄（Thomas Thilo）博士转到柏林自由大学，专心于唐长安城的研究。而负责整理研究伊朗文和突厥文材料的Werner Sundermann教授、Peter Zieme教授，则转为Berlin-Brandenburgischen Akademie der Wissenschaften下属的“吐鲁番研究组”（Turfanforschung），仍在原东德科学院的大楼内工作。他们的两位助手Simone-Christiane Raschmann博士、Christiane Reck博士，作为Akademie der Wissenschaften zu Göttingen 的 *Katalogisierung der Orientalischen Handschriften in Deutschland* 成员，也在这个组中，负责编目工作。目前，所有只有汉字的材料已经从原东德科学院转到国家图书馆，而带有突厥文或伊朗文字的材料，则由于工作的关系仍然暂存在Turfanforschung中。

这个“吐鲁番研究组”人员不多，倒十分活跃，可以说是世界上研究吐鲁番的中心之一。他们继续编辑 *Berliner Turfantexte* 丛刊，最新的一种是P. Zieme, *Altun Yaruq Sudur. Vorworte und das erste buch* (*Berliner Turfantexte* 18, Turnhout 1996)，刊布回鹘文《金光明经》；又以单篇文章的方式，刊布德藏吐鲁番中古伊朗语和突厥语文献，还编辑专题论文集和主持一些国际学术讨论会。Sundermann 送我一本他和 R. E. Emmerick、I. Warnke、P. Zieme 合编的《吐鲁番、于阗、敦煌论文集》（*Turfan, Khotan und Dunhuang*），是 1994 年该组主持召开的“葛玛丽与吐鲁番研究”学术讨论会的论文集，收 33 篇文章，颇能反映目前以德国学者为中心的中亚写本研究现状和趋向。Ch. Reck 和 P. Zieme 合编 *Iran und Turfan. Beiträge Berliner Wissenschaftler, Werner Sundermann zum 60. Geburtstag gewidmet* (Wiesbaden 1995) 纪念的是宗德曼教授六十生日，反映的是德国吐鲁番的研究重点和实力。Raschmann 个人还出版了 *Baumwolle im türkischen Zentralasien Philologische und wirtschaftshistorische Untersuchungen anhand der vorislamischen uigurischen Texte* (Wiesbaden 1995) 一书。明年，该组还将主持召开国际摩尼教学术会议，他们很希望中国学者参加。

由于这里保存着大批伊朗语和突厥语写本，所以也吸引了全世界的相关学者不断来访，仅我在此工作的这段时间，就先后有美国印地安那大学的回鹘文专家 Larry V. Clark、日本京都大学的西夏文专家西田龙雄、神户外国语大学的回鹘佛典专家庄垣内正弘、意大利都灵的摩尼教专家 Emico Morano、匈牙利突厥学家 Georg Hazai、汉堡大学的 R. E. Emmerick 和我的老师张广达先生。这些来往的学者往往坐下来就谈学问，虽然来去匆匆，但都交流了学术。

来这里的中国人很少，坐下来工作的更少，他们也就很少有机会与中国学者交谈。这次我来，他们对我十分好，不仅通检了吐鲁番汉文文献的全部缩微胶卷，还看了所要看的原卷材料。汉字资料主要在回鹘文写本的背面，一般编作 Ch/U 的号码，从 Ch/U.6001–7570 都是一面汉文另一面是回鹘文的材料，以下则是纯回鹘文写本，用 U. 编号，其他粟特、帕提亚、中古波斯、叙利亚文写本，只有个别文书有汉文。这部分汉文写本，大多数是佛典，有意思的文献有《尔雅》（Ch/U.6779v，U.564b+a+Ch/U.7111+U.564c 等）和玄应《一切经音义》（Ch/U.6788+7447，Ch/U.6782d，Ch/U.7449+6784+7279，Ch/U.7448）。后者现存七个残片，都是一个写本的不同部分，相当于《妙法莲华经音义》的卷一、三、四、八，有的可以直接缀合。这一比定结果，对背面回鹘文献的整理很有帮助。

我离京前，曾经为这次调查做了一些准备。我发现周祖谟先生《唐五代韵书辑存》所用王重民和向达先生二战前从德国摄回的照片，还完好地保存在北京图书馆敦煌吐鲁番学资料中心，除韵书外，还有其他一些材料。这些旧照片只有考古学编号，长时间没人注意。这次我来德国，查出了大部分照片的新编号，重新确认了这些照片的价值。有些照片所摄的残卷，现已不知所在；还有三张照片所示的卷子，比原件多少不等地长出了一截，上述 Ch/U.6782d《一切经音义》写本仅残存六行文字的上半，但照片不仅有其下半，还有前后 48 行文字，现已残失。王重民和向达先生都是北京图书馆派遣前往法国和英国调查敦煌写卷的，只短期走访过柏林民族学博物馆，就留给我们这么可贵的材料，真让后人感激不尽。令尊大人三十年代正在北图善本部，不知有无更多的材料保存在北图或其他学人手中。

四

文堪先生：

（前略）

德国国家图书馆是收藏吐鲁番文献资料最丰富的机构，1985年我曾短暂走访该馆，只看了不到一百件的写经残卷，都是二战中埋藏在 Mainz 的东西。二战后归东德的藏卷最多，总数在一万号以上。两德统一后，凡文献类材料一律归德国国家图书馆收藏，因此馆藏量遽增，而且方便了研究者。

东方部的头儿还是十一年前的 H.-O. Feistel 博士，对我一如既往，所有材料全部公开。原东德的藏卷，仍依 Ch 编号顺序收藏。大体上来说，Ch.1–3937 号，是汉文残片，都用两片厚玻璃夹在中间，个别的号码有 a, b, c... 分号，所以总数要较 3937 为多。以后是空缺，从 Ch.5501–5556 是较长的卷子，与英法所藏敦煌卷子一样，卷号后用纸包存。这些材料都是德国四次吐鲁番探险队得自寺院遗址废墟中，与敦煌藏经洞文献有所不同，即大多磨损严重，而且残缺不完。内容主要是佛典，但也有四部书和官私文书，有些就写在佛典的背面。对于一个短期来访者来说，是很难从这数千残片中找到于自己的研究有用的材料的，多亏原东德科学院的 Thomas Thilo 博士（他现在研究唐长安）的帮助，提供给我一份非佛教残卷的编号清单。但还不全，后来我又通检了 Turfanforschung 所藏的缩微胶卷，找出所有非佛教的汉文材料。

因为残片主要来自佛寺的藏书室，与近年国内刊布的来自墓葬的《吐鲁番出土文书》有所不同， 即使是非佛教文献，主要内容也多为典籍。残片多无首尾，比定十分困难，而且，白天的主要时间都用来抄残片文字，晚上又没那么多书可查，目前所知，还很有限。已经对证出的古籍写本有：六朝写本《诗经·小雅》鱼藻之什第七（Ch.2254）；唐抄本《毛诗·小雅》采薇至出车（Ch.121）；《尚书·虞书·大禹谟》（Ch.3698）；《春秋经传集解》昭公二十二年写本两件（Ch.1044，Ch.2432），背同为占卜书，知原为同一写本；又同书昭公三十一年至三十二年写本一片（Ch.1298）；《礼记·坊记》（Ch.2068），“民”字缺笔；《切韵》或《切韵》系的韵书残片较多，周祖谟先生《唐五代韵书辑存》已收录一些，但尚有些残片可补其缺。史籍有唐写本《史记·仲尼弟子列传》一残片（Ch.938）；又有隶意甚浓的写本四件（Ch.3693+Ch.3699+Ch.2400+Ch.3865），大字正文为班固《通幽赋》，双行小字既非今本《汉书注》，也不见于今本诸家《文选注》，若是《汉书》古注本，就更有价值了，行笈无书可按，尚不能断；还有刻本《新唐书》卷一七一《石雄传》，一页碎成五片（Ch.2132+Ch.2286+Ch.3761+Ch.3903+Ch.3623），用作废纸，裱在刻本《增一阿含经》背。集部已比定《文选》李善注本一叶（Ch.3164），文字在卷三十五张景阳《七命》中。道典不多，但有《太上洞玄灵宝升玄内教经》写本两件（Ch.935，Ch.3095v）。属于占卜星历类的民间实用书相对较多一些，有具注历（Ch.1512，Ch.3330，Ch.3506）、《占八风图》（Ch.3316），以及星占、梦书、宅经等，还有不少年代较晚（宋元？）的符咒。医书除马继兴先生《敦煌古医籍考释》已收者外，还有一些药方残片。文书类的大部分资料，日本学者嶋崎昌早在50年代就已摄回，收藏在东洋文库。武大陈国灿先生1991年访日，曾获得一份照片复印件，但不够清晰，编号也未摄出，这次基本上都对出了原始编号和新编号。其中较为重要的律、令、户籍类文书，已由山本达郎、池田温先生等发表，但还有一些杂帐、名籍、书信，富有研究旨趣。

过去，中国学者大概只有王重民和向达先生看过德藏吐鲁番汉文文献，战后日本学者做了大量的工作，除协助东德学者编了两卷《汉文佛教文献残卷目录》外，还整理发表了一些非佛教文献。我此行抄录了几乎所有非佛教文献资料，并受赠和购买了一批照片，希望能推动国内学者对德藏吐鲁番文献的整理和研究工作。

（1996年6—8月陆续写于柏林；9月增订于北京，原载《学术集林》卷十，1997年8月，380—397页。）

中国所藏吐鲁番文书及其对中古史研究的贡献

一、1959—1975年吐鲁番出土文书及其整理

1959—1975 年，新疆博物馆在吐鲁番阿斯塔那和哈拉和卓先后进行过十三次发掘，清理了 456 座墓葬，出土了一大批文物和文书[①]，其中文书材料出自 118 座墓中，整理缀合成约 1600 件文书。文书年代从高昌郡时期（327—442）到唐朝大历年间（766—779），以世俗文书为多。除少量文书留存当地的吐鲁番博物馆外，这批资料现在主要收藏在乌鲁木齐的新疆维吾尔自治区博物馆，部分在新疆文物考古研究所。每件材料依发现年代、出土墓地和

① 新疆博物馆《新疆吐鲁番阿斯塔那北区墓葬发掘简报》，《文物》1960年第6期，13—21页；又《吐鲁番县阿斯塔那-哈拉和卓古墓群发掘简报》，《文物》1972年第1期，8—29页；又《吐鲁番阿斯塔那363号墓发掘简报》，《文物》1972年第2期，7—12页；又《吐鲁番县阿斯塔那-哈拉和卓古墓群发掘简报》，《文物》1973年第10期，7—27页；又《1973年吐鲁番阿斯塔那古墓群发掘简报》，《文物》1975年第7期，8—26页；又《吐鲁番哈喇和卓古墓群发掘简报》，《文物》1978年第6期，1—14页。

墓号顺序编号，如 73TAM506: 4/35，指 1973 年吐鲁番阿斯塔那 506 号墓第 4/35 号文书；75TKM96: 33（a），指 1975 年吐鲁番哈拉和卓 96 号墓第 33 件文书正面。1975 年以后，这批文书由唐长孺领导的吐鲁番出土文书整理小组进行整理，先是出版了《吐鲁番出土文书》录文本 10 册[①]，以墓葬为单元，按时代先后编排文书录文。后又出版了《吐鲁番出土文书》图版本 4 册[②]，每页上面是图版，下面是改订后的录文，有些较残的断片未做录文，只把图版附在每个墓的后面，其中亦不乏有用的材料[③]。但有关出土这些文书的墓葬的正式考古报告，一直没有整理出版，其中的文物材料，只有一些图录可资参照[④]。

此外，还有几组属于吐鲁番文书的小收集品。

（1）1956年，新疆首届考古专业人员训练班发掘了交河故城、寺院及雅尔湖古墓，寺院出土文物用 56TYD 编号，墓葬文物或墓志则用 56TYM 编号[⑤]。这批材料没有文书，但墓志、萨珊银币和一些佛教美术品值得注意，文物现藏新疆博物馆。

（2）1965 年，吐鲁番安乐城出土一陶罐，内装一些汉文和

---

① 唐长孺主编《吐鲁番出土文书》1—10册，北京：文物出版社，1981—1991年。

② 唐长孺主编《吐鲁番出土文书》（图版本）1—4册，北京：文物出版社，1992—1996年。

③ 王素《〈吐鲁番出土文书〉壹附录残片考释》，《出土文献研究三集》，待刊。

④ 新疆博物馆《新疆出土文物》，北京：文物出版社，1975年；又《新疆维吾尔自治区博物馆》，北京：文物出版社／东京：讲谈社，1987年。

⑤ 新疆首届考古专业人员训练班《交河故城、寺院及雅尔湖古墓发掘简报》，《新疆文物》1989年第4期，2—12页。

回鹘文文书，用65TIN编号，共56件[①]。这批吐鲁番文书数量不大，但有《金光明经》、《妙法莲华经》、《维摩诘经》、《首楞严三昧经》等佛典，还有《三国志》、《汉书驳议》等史籍，以及贝叶本婆罗谜文写本和回鹘文木简，大概是在伊斯兰势力到来时埋藏的。同一遗址还出土过一件回鹘文木柱，是高昌回鹘时期的修建佛塔的重要资料[②]。这些材料现藏新疆博物馆。

二、1975年以后出土的吐鲁番文书

1979年以后，吐鲁番地区文馆所（现为吐鲁番地区文物中心）也陆续在阿斯塔那清理了十座墓葬，获得一批文书，内容从高昌郡到唐朝都有[③]。1980—1981年，又清理了柏孜克里克千佛洞前的积土，获得汉文、回鹘文、粟特文、婆罗谜文、西夏文写本和印本804件[④]。除这两组较大的发掘品外，还有一些零星收获，

① 李遇春《吐鲁番出土〈三国志·魏书〉和佛经时代的初步研究》，《敦煌学辑刊》1989年第1期，42—47页。

② 伊斯拉菲尔《回鹘文中心木》，《吐鲁番学研究专辑》，1990年，359—368页。

③ 吐鲁番地区文管所《吐鲁番出土十六国时期的文书——吐鲁番阿斯塔那382号墓清理简报》，《文物》1983年第1期，19—25页；又《高昌墓砖拾遗》，《敦煌吐鲁番文献研究论集》第3辑，1986年，586—602页；又《1986年新疆吐鲁番阿斯塔那古墓群发掘简报》，《考古》1992年第2期，143—156页；又《吐鲁番北凉武宣王沮渠蒙逊夫人彭氏墓》，《文物》1994年第9期，75—81页；柳洪亮《吐鲁番阿斯塔那古墓群360号墓出土文书》，《考古》1991年第1期，33—37页。

④ 吐鲁番地区文管所《柏孜克里克千佛洞遗址清理简记》，《文物》1985年第8期，49—65页。

如1984年发掘的唐朝北庭副都护高耀墓（84TKM383）[①]，1976年发掘的五座采坎古墓[②]，以及吐峪沟等地的零星出土文书[③]，使得当今的吐鲁番地区博物馆也收藏有不少文物和文书，除墓葬出土多为世俗文书外，柏孜克里克千佛洞所出则多为佛典，其他零散文书有《孝经》、《大唐西域记》等。该馆的编号系统与新博略同，只是拉丁字母的后两字因出土地不同而加以改变，如80TBI: 001a，即指1980年柏孜克里克千佛洞崖前堆积出土001号文书正面；76TCM3: 20即1976年吐鲁番采坎古墓3号墓出土第20件文物。阿斯塔那十座墓葬出土的文书材料，已由柳洪亮整理完毕，将附图版发表[④]。而佛典断片的比定，尚需假以时日。

此外，1976年，新疆考古所王炳华先生发掘了阿拉沟东口的唐朝古堡，获得二十余件文书，残破较甚，但其中提到许多唐朝烽铺名称[⑤]。这里扼守吐鲁番通向天山北麓西突厥和天山南麓安西地区的交通孔道，地理位置十分重要，所以文书虽少，异常珍贵。这些文书藏新疆文物考古研究所。

① 吐鲁番地区文管所《唐北庭副都护高耀墓发掘简报》，《新疆社会科学》1985年第4期，60—68页。

② 吐鲁番地区文管所《吐鲁番采坎古墓群清理简报》，《新疆文物》1990年第3期，1—7页。

③ 柳洪亮《吐鲁番阿斯塔那古墓新发现的"桃人木牌"》，《考古与文物》1986年第1期，39—40页；又《"西州之印"印鉴的发现及相关问题》，《考古与文物》1992年第2期；又《〈大唐西域记〉传入西域的有关问题》，《西域考察与研究》，1994年，299—306页。

④ 柳洪亮《吐鲁番新出文书及其研究》，乌鲁木齐：新疆人民出版社，1997年。

⑤ 王炳华的整理报告，将刊《唐研究》。

1994—1996 年，日本早稻田大学与新疆考古所合作进行交河沟西古墓发掘，出土了一些墓志和文物材料，但没有文书，用 TYGXM 编号[①]。文物现藏新疆文物考古研究所。

三、黄文弼所获文书和旅顺藏大谷文书

1927—1935 年由斯文·赫定（Sven Hedin）所率领的中瑞西北科学考察团，在古物收集方面取得了巨大的成果，其中吐鲁番的考古发现品主要是由中方队员黄文弼获得的。黄文弼在 1928 年和 1930 年两次在吐鲁番考查，发掘交河墓地，获得一批墓志和陶器[②]，又在当地得各遗址出土文书和文物若干[③]。这批资料在撰写考古报告阶段存放在北京中国科学院考古研究所，和黄文弼得自塔里木盆地的资料一起，用“考”字编号。现已转存中国历史博物馆，有历博的馆藏号，由于尚未重新整理发表，故这种馆藏号只是见过原件的人偶一用之。史树青主编的《中国历史博物馆藏法书大观》第 12 卷，收载了黄文弼收集品中的典籍类写本

① 新疆文物考古所《1994年吐鲁番交河故城沟西墓地发掘简报》，《新疆考古发现与研究》第1期，1996年，2—12页；又《1995年吐鲁番交河故城沟西墓地发掘简报》，《新疆考古发现与研究》第2期，1996年，13—40页。

② 黄文弼《高昌第二分本高昌专集》，西北科学考查团1931年；又《高昌陶集》（上，下），中国学术团体协会，西北科学考查团理事会，1933年；又《高昌砖集》（增订本），北京：中国科学院，1951年。

③ 黄文弼《吐鲁番考古记》，北京：中国科学院，1954年；又《吐鲁番考古记》（再版），北京：科学出版社，1958年。

照片[①]，待刊的诸卷，将发表写经、文书、墓志的清晰图版。

日本大谷探险队的收集品，特别是文献资料部分，大概因大谷光瑞本人1914年以后长住大连而运到旅顺。这些资料早在1916年就由满铁交给将于1917年4月开馆的关东都督府满蒙物产馆（又名关东都督府博物馆、关东厅博物馆、旅顺博物馆）保存。1945年日本战败，苏联红军接管该馆之前，有相当一部分大谷探险队收集品被运回日本。留在旅顺博物馆的部分，经过苏联人一段时间的管理，1951年2月交中国政府接管，馆名改为旅顺历史文化博物馆，现名旅顺博物馆。这批材料有原来日本方面整理的编号，目前该馆研究人员正据此编号加以整理[②]。这批材料数量极多，且不乏珍品。但从已整理的材料看，大多数文书比较残碎，与龙谷大学图书馆所藏类同，也有些文书可以缀合或归入同一组。

四、敦煌吐鲁番文献的关联与互补

从敦煌吐鲁番文献的整体内涵来讲，有许多共同的东西：一、

① 史树青主编《中国历史博物馆藏法书大观》第12卷《战国秦汉唐宋元墨迹》，东京：柳原书店1994年。

② 王珍仁等《旅顺博物馆藏新疆出土的汉文文书概况》，《新疆文物》1994年第4期，49—55页；又《旅顺博物馆藏新疆出土的古文书》（一），《新疆文物》1992年第4期，116—121页；（二），《新疆文物》1994年第1期，13—20页；（三），《新疆文物》1994年第2期，99—107页；（四），《新疆文物》1995年第1期，61—69页；（五），《新疆文物》1995年第2期，29—39页；（六），《新疆文物》1996年第2期，81—86，88页；（七），《新疆文物》1996年第3期，66—79，82页。

都以佛典为最多；二、都有相当数量的非汉文材料；三、官私文书往往因寺院用纸而保存下来；四、年代跨度大致都是中古时期；五、都出自西北地区。

但我们在利用敦煌吐鲁番文书时，应留意其各自的特性。

敦煌文书都出自莫高窟藏经洞（第 17 窟），我认为它原是位于莫高窟前的三界寺的庙产，有佛典，也有待抄佛典或修补经卷和幡画的废纸。11 世纪初（1006 年前后），因听到于阗王国灭于信奉伊斯兰教的黑韩王朝后，为防灭法而封存。其最早和最晚的纪年写本是 406 年和 1002 年。但北朝时期除大统十三年计帐外，几乎全是佛经和传统的四部书。786 年吐蕃占领前的唐朝官文书，有些因背面写佛典而保存下来，个别文书还相当长，如写于多种禅籍的正面，为天宝十载差科簿。因为官文书纸质较好，所以废弃后多被寺院收存，除写经外，还用来加固经帙。英图现已将这些经帙糊纸层层揭开，重现了不少十分重要的资料，如 S.11287 即《景云二年论事敕书》，是仅见的唐朝论事敕书原本。吐蕃时期（786—848）和归义军时期（848—1036），因距封洞较近而存有大量公私文书。

相对而言，这些被寺僧精心包裹后封存的敦煌文书，要较从土里掘出的吐鲁番文书完整得多。所谓敦煌藏经洞文书是废弃物的说法是完全不能成立的。

吐鲁番文书与敦煌文书最大的不同，是其来自盆地内许多古代遗址，有石窟寺，古城内外的寺址，也有几处墓葬。佛典以石窟寺所出为多，但除了勒柯克（A. von Le Coq）在葡萄沟和吐峪沟发现了两个装有胡语文献的写本窟外，大多数文书类材料是从倒塌的佛寺、窟寺中发掘出来的。据我在吐鲁番各石窟寺的考察，并参照敦煌的情形，石窟寺的图书室一般都在前室，而吐鲁番沙山土质松软，前室大多已经坍塌，致使出土的文书大多数早已断成残片。这些佛寺出土的残片，当然与敦煌一样以佛典居多，但它们的年代跨度要比敦煌写本更长，最早的一件是元康六年（296）写《诸佛要集经》，最晚的难以确指，但有大量的属于高昌回鹘时期（约867—1250）的印本佛经，已经对证出的有出自《契丹藏》和《金藏》的印本残叶。其内涵因时代的不同而较敦煌写本更为丰富。

墓葬出土的文书有两类，一类是丧葬文书，完整地带入墓室，如《衣物疏》、《功德疏》、《告身》等，数量不大。大量的纸本文书是因为被制成葬具而埋入的，如纸鞋、纸帽、纸俑，甚至纸棺。迄今为止所发掘的墓葬不少于五百座，所获文书年代从前凉升平十一年（367）至唐大历二年（767），大体上每个时代都有，正好补充了敦煌文书中北朝隋唐世俗文书的不足，也为吐鲁番本地保存了连续的档案记录。

五、新出吐鲁番文书对中国中古史研究的贡献
——以近年来中国学者的研究成果为主

如上所述，吐鲁番出土文书的年代，主要在高昌郡到唐朝大历以前，通过这些文书，学者们已经对高昌郡，高昌国，唐朝的历史、制度、文化等许多方面，都有了新的认识。在《吐鲁番出土文书》整理结束以后，唐长孺先生曾发表一篇讲演，介绍这批文书的发掘整理经过及文书内容[①]。这里即在唐文基础上，结合1982年以后的研究成果，分类提示有关的研究成果。

（1）高昌郡时期（327—442）

公元317年西晋灭亡，河西独立。327年，凉州张骏擒戊己校尉赵贞，占领高昌，始设高昌郡，下辖高昌、田地二县。从此，高昌地区先后从属于前凉、前秦、后凉、西凉、北凉，出土文书所署年号可以看出高昌乃至河西王国在不同时期的归属，但有些纪年问题尚未圆满解决[②]。高昌郡的军政制度远承汉魏，近同晋

---

① 唐长孺《新出吐鲁番文书发掘整理经过及文书简介》，《东方学报》（京都）第54册，1982年，83—100页。

② 唐长孺《高昌郡纪年》，《魏晋南北朝隋唐史资料》第3期，1981年，22—34页；朱雷《出土石刻及文书中北凉沮渠氏不见于史籍的年号》，《出土文献研究》，1985年，204—212页；吴震《吐鲁番文书中的若干年号及相关问题》，《文物》1983年第1期，29—31页；侯灿《高昌楼兰研究论集》，乌鲁木齐：新疆人民出版社1990年；又《再论吐鲁番出土文书中所见高昌奉行的年号问题》，《吐鲁番学研究专辑》，1990年，74—95页；柳洪亮《吐鲁番出土文书中"建平"、"承平"纪年索隐》，《西域研究》1995年第1期，44—50页；王素《吐鲁番出土高昌文献编年》，台北：新文丰出版公司，1997年。

宋[①]，但政府对水利极为重视[②]，反映了绿洲王国的特点。丝绵纺织等手工业已经有所进步[③]。墓葬反映的文化面貌是以传统的民间信仰为主，佛教尚不居主导地位[④]。

（2）“大凉”与阚、张、马氏政权（442—502）

439年，北魏灭北凉，北凉残部经鄯善入据高昌。442年，沮渠王族帅军击败高昌太守阚爽。翌年，沮渠无讳改元承平，号大凉。承平二年，无讳卒，弟安周立。450年，安周攻占交河，灭车师前部，统一了吐鲁番盆地。北凉残部所率民众的大量到来，使高昌发生饥荒，但也带来更高层次的文化，特别是推动了高昌

① 唐长孺《吐鲁番文书中所见高昌郡县行政制度》，《文物》1978年第6期，15—21页；又《魏晋时期有关高昌的一些资料》，《中国史研究》1979年第1期，77—81页；又《吐鲁番文书中所见高昌郡军事制度》，《社会科学战线》1982年第3期，154—163页；朱雷《吐鲁番出土北凉赀簿考释》，《武汉大学学报》1980年第4期，33—43页；又《吐鲁番出土文书中所见的北凉按赀配生马制度》，《文物》1983年第1期，35—38页；严耀中《吐鲁番文书中所见高昌郡兵民和军政关系初探》，《1983年全国敦煌学术讨论会文集文史遗书编》上，兰州：甘肃人民出版社，1987年，62—77页；陆庆夫《吐鲁番出土西凉〈秀才对策文〉考略——兼论汉晋隋唐时期策试制度的传承》，《敦煌学辑刊》1989年第1期，79—89页；刘汉东《关于吐鲁番文书中五凉时期的徭役问题》，《敦煌学辑刊》1990年第1期，43—50页。

② 柳洪亮《十六国时期高昌郡水利考》，《新疆社会科学》1985年第2期，112—115页。

③ 孔祥星《从吐鲁番出土衣物疏看十六国和麹氏高昌时期的纺织品》，《中国历史博物馆馆刊》第6期，1984年，52—60页；唐长孺《吐鲁番文书中所见丝织手工业技术在西域各地的传播》，《出土文献研究》，1985年，146—151页；韩国磐《从吐鲁番出土文书来看高昌的丝绵织业》，韩国磐编《敦煌吐鲁番出土经济文书研究》，厦门大学出版社，1986年，344—356页；武敏《从出土文书看古代高昌地区的蚕丝与纺织》，《新疆社会科学》1987年第5期，92—100页。

④ 马雍《西域史地文物丛考》，北京：文物出版社，1990年；王素《高昌佛祠向佛寺的演变》，《学林漫录》第11期，1985年，137—142页。

佛教的发展，安周曾在高昌王城内建寺立碑，即德国吐鲁番探险队所获之《凉王大沮渠安周造寺功德碑》①。

460年，柔然立阚伯周为高昌王，故高昌地区使用永康年号②。485年，柔然衰落。487年，高车自立。491年，高车杀阚首归兄弟，立张孟明为高昌王③。数年后，国人杀张氏，立马儒为王。497年，马儒遣使北魏，要求举国内徙，引起高昌旧人不满。不久，马儒被杀，502年，麹嘉被立为高昌王。

（3）麹氏高昌王国（502—640）

麹嘉在位时，仍受柔然或高车的侵逼，亦曾求内徙，但终未成行。6世纪中，突厥灭柔然，成为漠北的霸主，高昌臣服于突厥④。7世纪初，突厥一度中衰，又依附铁勒，并与隋朝通好，极力推行汉化，引起不满⑤。义和年间，高昌王麹伯雅被政变者赶走，但不久复位。其子文泰即位后，力行改制⑥。唐朝建立后，麹文泰感到威胁，联合西突厥与唐为敌。640年，唐太宗派侯君集等

---

① 姚崇新《北凉王族与高昌佛教》，《新疆师范大学学报》1996年第1期，68—77页。

② 钱伯泉《从〈高昌主簿张绾等传供状〉看柔然汗国在高昌地区的统治》，《吐鲁番学研究专辑》，1990年，96—111页。

③ 王素《吐鲁番出土张氏高昌时期文物三题》，《文物》1993年第5期，53—60页。

④ 马雍《西域史地文物丛考》；姜伯勤《敦煌吐鲁番文书与丝绸之路》，北京：文物出版社，1994年。

⑤ 姜伯勤《敦煌吐鲁番文书与丝绸之路》；郑学檬《隋和高昌王国朝关系考察》，《祝贺胡如雷教授七十寿辰：中国古史论丛》，石家庄：河北教育出版社，1995年，23—38页。

⑥ 吴震《麹氏高昌国史索隐》，《文物》1981年第1期，38—46页；王素《麹氏高昌“义和政变”补说》，《敦煌吐鲁番研究》第1卷，1996年，177—194页；孟宪实、姚崇新《从“义和政变”到“延寿改制”》，《敦煌吐鲁番研究》第2卷，1997年，163—188页。

帅军灭高昌，以其地设西州。

高昌国的官制仍是以中原王朝为模式而建立[①]，地方制度也是实行郡县制[②]。土地制度是均田还是占田尚不清楚，但租佃制盛行[③]。赋税则有田租、租酒、调薪、绢练、称价钱[④]、臧钱等[⑤]，

① 陈仲安《麹氏高昌时期门下诸部考源》，唐长孺编《敦煌吐鲁番文书初探》，武汉大学出版社，1983年，1—31页；祝总斌《高昌官府文书杂考》，《敦煌吐鲁番文献研究论集》第2辑，1983年，465—501页；侯灿《麹氏高昌王国官制研究》，《文史》第22期，1984年，29—76页；王素《麹氏高昌职官儒林参军考略》，《文物》1986年第4期，34—36页；又《麹氏高昌中央行政体制考论》，《文物》1989年第11期，39—52页；孟宪实《试论麹氏高昌中央诸曹职掌》，《西域研究》1995年第2期，16—25页。

② 郑炳林《高昌王国行政地理区划初探》，《西北史地》1985年第2期，64—72页；孟宪实《关于麹氏高昌王朝地方制度的几个问题》，《西域研究》1993年第2期，24—30页；又《试论唐朝在高昌推行州县制的历史与文化基础》，《新疆文物》1993年第3期，128—136页。

③ 马雍《西域史地文物丛考》；吴震《近年出土高昌租佃契约研究》，《新疆历史论文续集》，1982年，106—164页；韩国磐《从〈吐鲁番出土文书〉中夏田券来谈高昌租佃的几个问题》，韩国磐编《敦煌吐鲁番出土经济文书研究》，厦门大学出版社，1986年，199—224页；杨际平《麹氏高昌与唐代西州、沙州租佃制研究》，《敦煌吐鲁番出土经济文书研究》，225—292页；又《麹氏高昌土地制度试探》（上，下），《新疆社会科学》1987年第3期，86—95页；1987年第4期，95—102页；卢开万《麹氏高昌未推行均田制度论》，《敦煌学辑刊》1986年第1期，3—15页；孙振玉《试析麹氏高昌王国对葡萄种植经济以及租酒的经营管理》，《吐鲁番学研究专辑》，1990年，218—239页；陈国灿《高昌国的占田制度》，《魏晋南北朝隋唐史资料》第11期，1991年，226—238页。

④ 朱雷《麹氏高昌王国的"称价钱"》，《魏晋南北朝隋唐史资料》第4期，1982年，17—24页。

⑤ 卢开万《试论麹氏高昌时期的赋役制度》，唐长孺编《敦煌吐鲁番文书初探》，武汉大学出版社，1983年，66—99页；程喜霖《从吐鲁番文书所见麹氏高昌的计田输租与计田承役》，《出土文献研究》，1985年，159—174页；谢重光《麹氏高昌赋役制度考辨》，《北京师大学报》1989年第1期，80—88页；陈仲安《试释高昌王国文书中之"剂"字》，唐长孺编《敦煌吐鲁番文书初探二编》，武汉大学出版社，1990年，1—28页；卢向前《论麹氏高昌臧钱》，《北京大学学报》1991年第5期，83—91页。

部分可用银币支付，波斯银币的流通也为考古资料证明①。徭役有丁输、羁人役、商人役、看客使等。不论赋还是役，道俗同征②，表明高昌寺院经济的发达③。高昌统治阶层为汉人，世家大族多为中原迁入，故文化教育以汉文化为主④，佛教多受凉州和中原影响，梵本胡书也不断输入，道教也在民间流行⑤。高昌界

---

① 郑学檬《十六国至麹氏王朝时期高昌使用银钱的情况研究》，韩国磐编《敦煌吐鲁番出土经济文书研究》，厦门大学出版社，1986年，225—292页；卢向前《高昌西州四百年货币关系演变述略》，《敦煌吐鲁番文书论稿》，南昌：江西人民出版社，1990年，217—266页；林友华《从四世纪到七世纪中高昌货币形态初探》，《敦煌吐鲁番学研究论文集》，1990年，872—900页；姜伯勤《敦煌吐鲁番文书与丝绸之路》。

② 朱雷《论麹氏高昌时期的"作人"》，唐长孺编《敦煌吐鲁番文书初探》，武汉大学出版社，1983年，32—65页；谢重光《麹氏高昌赋役制度考辨》；冻国栋《麹氏高昌役制研究》，《敦煌学辑刊》1990年第1期，24—42页。

③ 谢重光《麹氏高昌寺院经济初探》，《中国社会经济史研究》1987年第1期，45—62页；陈国灿《对高昌国某寺全年月用帐的计量分析——兼析高昌国的租税制度》，《魏晋南北朝隋唐史资料》第9、10期，1988年，4—12页；严耀中《麹氏高昌王国寺院研究》，《文史》第34期，1992年，129—142页。

④ 周祖谟《记吐鲁番出土急就篇注》，《敦煌吐鲁番文献研究论集》第2辑，1983年，178—189页；王素《吐鲁番所出〈晋阳秋〉残卷史实考证及拟补》，《中华文史论丛》1984年第2期，25—47页；又《麹氏高昌历法初探》，《出土文献研究续集》，1989年，148—180页；又《吐鲁番出土〈某氏残族谱〉初探》，《新疆文物》1992年第1期，15—28页；《吐鲁番出土〈某氏族谱〉新探》，《敦煌研究》1993年第1期，60—68页；又《北凉沮渠蒙逊夫人彭氏族属初探》，《文物》1994年第10期，43—47页；陈国灿、李征《吐鲁番出土东晋写本〈晋阳秋〉残卷》，《出土文献研究》，1985年，152—158页；郑炳林《高昌城诸门考》，《兰州大学学报》1985年第4期，25—32页；严耀中《麹氏高昌时期的〈孝经〉与孝观念》，《中华文史论丛》1986年第2期，275—282页；薛宗正《以儒学为主体的高昌汉文化》，《新疆文物》1989年第1期，34—42页；孟宪实《麹氏高昌祀部班祭诸神及其祭祀制度初探》，《新疆文物》1991年第3期，71—79页。

⑤ 黄烈《略论吐鲁番出土的道教符箓》，《文物》1981年第1期，51—55页；又《吐鲁番出土道教符箓与道教西传高昌》，《中国古代民族史研究》，北京，1987年，

内仍有不少土著的车师人和外来的其他人种，尤以中亚来的粟特人最为活跃，他们经营商业，促进了高昌的多边贸易；他们也把所信奉的祆教带到盆地中[①]。

附：麹氏高昌王的世系与年号

世次	王名	年号	公元
1	麹　嘉	承平1—8	502—509
		义熙1—16	510—525
2	麹　光	甘露1—5	526—530
3	麹　坚	章和1—18	531—548
4	麹玄喜	永平1—2	549—550
5	麹□□	和平1—4	551—554
6	麹宝茂	建昌1—6	555—560
7	麹乾固	延昌1—41	561—601
8	麹伯雅	延和1—12	602—613
	政变者	义和1—6	614—619
8	麹伯雅	延和18—19	619—620
		重光1—4	620—623
9	麹文泰	延寿1—17	624—640
10	麹智盛	延寿17	640

459—469页；陈国灿《从葬仪看道教"天神"观在高昌国的流行》，《吐鲁番学研究专辑》，1990年，126—139页；刘昭瑞《关于吐鲁番出土随葬衣物疏的几个问题》，《敦煌研究》1993年第3期，64—72页；又《吐鲁番阿斯塔那332号墓方术文书解说》，《文物》1994年第9期，54—57页。

① 王素《高昌火祆教论稿》，《历史研究》1986年第3期，168—177页；又《也论高昌"俗事天神"》，《历史研究》1988年第3期，110—118页；姜伯勤《论高昌胡天与敦煌祆寺》，《世界宗教研究》1993年第1期，1—18页；又《敦煌吐鲁番文书与丝绸之路》；荣新江《祆教初传中国年代考》，《国学研究》第3辑，1995年，335—353页。

（4）唐西州（640—803）

唐朝于贞观十四年（640）灭高昌后，于其地设西州，下辖高昌、交河、柳中、蒲昌、天山五县，同于内地之州县。又设前庭、岸头、天山、蒲昌四个折冲府，统属于中央的右领军卫（一度称右玉钤卫）。唐朝的均田制及相关户籍制（乡帐，手实，户籍，点籍样）[①]、

① 唐长孺《唐贞观十四年手实中的受田制度和丁中问题》，唐长孺编《敦煌吐鲁番文书初探》，武汉大学出版社，1983年，100—125页；又《唐西州诸乡户口帐试释》，同上书，126—216页；朱雷《唐籍坊考》，《武汉大学学报》1983年第5期，114—119页；又《唐代"手实"制度杂识》，《魏晋南北朝隋唐史资料》第5期，1983年，26—34页；又《唐代"点籍样"制度初探》，唐长孺编《敦煌吐鲁番文书初探二编》，武汉大学出版社，1990年，335—369页；又《唐代"均田制"实施过程中"受田"与"私田"的关系及其他》，《魏晋南北朝隋唐史资料》第14期，1996年，80—85页；韩国磐《再论唐代西州的田制》，韩国磐编《敦煌吐鲁番出土经济文书研究》，厦门大学出版社，1986年，1—38页；齐陈骏《简述敦煌吐鲁番文书中有关职田的资料》，《中国史研究》1986年第1期，40—49页；宋家钰《唐朝户籍法与均田制研究》，郑州：中州古籍出版社，1988年；陈国灿《对唐西州都督府勘检天山县主簿高元祯职田案卷的考察》，《敦煌吐鲁番文书初探》，455—485页；又《武周时期的勘田检籍活动——对吐鲁番所出两组敦煌经济文书的探讨》，《敦煌吐鲁番文书初探二编》，370—418页；又《吐鲁番旧出武周勘检田籍簿考释》，同上书，419—439页；卢开万《对唐代西州均田制若干问题的管见》，同上书，143—168页；杨际平《均田制新探》，厦门大学出版社，1991年；武建国《均田制研究》，昆明：云南人民出版社，1992年；王永兴《陈门问学丛稿》，南昌：江西人民出版社，1993年；卢向前《唐代西州土地的管理方式——唐代西州均田制研究之三》，《唐研究》第1卷，1995年，385—408页；又《部田及其授受额之我见》，《敦煌吐鲁番研究》第1卷，1996年，195—229页；荣新江《〈唐开元二十九年西州天山县南平乡籍〉研究》，《西域研究》1995年第1期，33—43页。

赋役制[1]、军制（府兵，行军，镇军，烽堠）[2]、交通制度（馆驿，长行马，公验，过所）[3]等都随之在这里实施。安西都护府

① 王炳华《吐鲁番出土唐代庸调布研究》，《文物》1981年第1期，56—62页；卢开万《唐高宗永淳年间西州高昌县百姓按户等贮粮的实质》，唐长孺编《敦煌吐鲁番文书初探》，武汉大学出版社，1983年，381—395页；程喜霖《对吐鲁番所出四角萄役夫文书的考察——唐代西州杂徭研究之一》，《中国史研究》1986年第1期，50—63页；冻国栋《吐鲁番所出〈唐勒侬限征纳税钱文书〉跋》，《魏晋南北朝隋唐史资料》第8期，1986年，73—77页；张泽咸《唐五代赋役史草》，北京：中华书局，1986年；黄惠贤《唐代前期仗身制的考察》，唐长孺编《敦煌吐鲁番文书初探二编》，武汉大学出版社，1990年，242—278页。

② 唐长孺《唐西州差兵文书跋》，唐长孺编《敦煌吐鲁番文书初探》，武汉大学出版社，1983年，439—453页；又《吐鲁番文书中所见的西州府兵》，唐长孺编《敦煌吐鲁番文书初探二编》，武汉大学出版社，1990年，29—103页；又《唐先天二年（713）西州军事文书跋》，同上书，480—502页；杨德炳《关于唐代对患病兵士的处理与程粮等问题的初步探索》，《敦煌吐鲁番文书初探》，486—499页；朱雷《唐开元二年西州府兵——西州营赴陇西御吐蕃始末》，《敦煌学辑刊》1985年第2期，1—10页；孙继民《吐鲁番文书所见唐代三次行军考》，《武汉大学学报》1988年第1期，110—114页；又《唐西州张无价及其相关文书》，《魏晋南北朝隋唐史资料》第9、10期，1988年，83—91页；又《吐鲁番文书所见唐代府兵装备》，《敦煌吐鲁番文书初探二编》，104—142页；又《跋〈唐垂拱四年（公元688）队佐张玄泰牒为通当队队陪事〉》，同上书，463—479页；又《吐鲁番所出〈唐尚书省牒〉残卷考释》，《敦煌研究》1990年第1期，85—90页；又《唐代行军制度研究》，台北：文津出版社，1995年；又《从浑小弟一组文书看唐代早期健儿制度的几个问题》，《敦煌学辑刊》1995年第1期，9—16页；吴丽娱《唐高宗永隆元年（公元680年）府兵卫士简点文书的研究》，《敦煌吐鲁番学研究论文集》，1991年，672—692页；李方《唐折冲府增考》，《文史》第36期，1992年，199—222页；程喜霖《吐鲁番文书所见唐代镇戍守捉与烽堠》，《敦煌吐鲁番学研究论文集》，1990年，456—469页；又《汉唐烽堠制度研究》（简本），西安：三秦出版社，1990年；又《汉唐烽堠制度研究》（全本），台北：联经出版公司，1991年；刘安志《对吐鲁番所出唐天宝间西北逃兵文书的探讨》，《魏晋南北朝隋唐史资料》第15期，1997年，118—132页。

③ 鲁才全《唐代前期西州宁戎驿及其有关问题》，唐长孺编《敦煌吐鲁番文书初探》，武汉大学出版社，1983年，364—380页；又《唐代的驿家和馆家试释》，《魏晋南北朝隋唐史资料》第6期，1984年，34—38页；又《唐代前期西州的驿马驿田驿墙

最初设在交河城，后虽迁往龟兹，但西州一直是唐朝经营西域的基地[①]。唐朝对中国的统一及其势力西渐至波斯边境，使吐鲁番

诸问题》，唐长孺编《敦煌吐鲁番文书初探二编》，武汉大学出版社，1990年，279—304页；孙晓林《关于唐前期西州设"馆"的考察》，《魏晋南北朝隋唐史资料》第11期，1991年，251—262页；又《试探唐代前期西州长行坊制度》，《敦煌吐鲁番文书初探二编》，169—241页；孔祥星《唐代新疆地区的交通组织长行坊》，《中国历史博物馆馆刊》第3期，1981年，29—38页；王仲荦《试释吐鲁番出土的几件有关过所的唐代文书》，《文物》1975年第7期，35—42页；程喜霖《唐代的公验与过所》，《中国史研究》1985年第1期，121—134页；又《〈唐调露二年（公元680年）某人行旅公验〉考》，《魏晋南北朝隋唐史资料》第7期，1985年，47—55页；又《〈唐开元二十一年（733）西州都督府勘给过所案卷〉考释——兼论请过所程序与勘验过所》（上），《魏晋南北朝隋唐史资料》第8期，1986年，48—59页；又《〈唐开元二十一年（733）西州都督府勘给过所案卷〉考释——兼论请过所程序与勘验过所》（下），《魏晋南北朝隋唐史资料》第9、10期，1988年，74—82页；又《从唐代过所文书所见通西域的中道》，《敦煌研究》1988年第1期，58—67页；又《唐代过所文书中所见的作人与雇主》，《敦煌吐鲁番文书初探二编》，440—462页；又《〈唐垂拱元年（685）康尾义罗施等请过所案卷〉考释》，《魏晋南北朝隋唐史资料》第11期，1991年，239—250页；又《唐代过所与胡汉商人贸易》，《西域研究》1995年第1期，97—103页。

① 唐长孺《唐肃代期间的伊西北庭节度使及留后》，《中国史研究》1980年第3期，3—11页；黄惠贤《〈唐西州高昌县上安西都护府牒稿为录上讯问曹禄山诉李绍谨两造辩辞事〉释》，唐长孺编《敦煌吐鲁番文书初探》，武汉大学出版社，1983年，344—363页；又《从西州高昌县征镇名籍看垂拱年间西域政局之变化》，同上书，396—438页；陈国灿《跋〈武周张怀寂墓志〉》，《文物》1981年第1期，47—50页；又《安史乱后的唐二庭四镇》，《唐研究》第2卷，1996年，415—436页；柳洪亮《安西都护府治西州境内时期的都护及年代考》，《新疆社会科学》1986年第2期，123—125页；荣新江《吐鲁番文书〈唐某人自书历官状〉所记西域史事钩沉》，《西北史地》1987年第4期，53—55页；又《新出吐鲁番文书所见西域史事二题》，《敦煌吐鲁番文献研究论集》第5辑，1990年，339—354页；张广达《唐灭高昌后的西州形势》，《东洋文化》第68号，1988年，69—107页；吴震《唐高耀墓志补考》，《新疆社会科学》1988年第4期，61—67页；又《唐庭州西海县之置建与相关问题》，《新疆社会科学》1989年第2期，95—106页；王小甫《唐、吐蕃、大食政治关系史》，北京大学出版社，1992年；王素《吐鲁番文书中有关岑参的一些资料》，《文史》第36期，1992年，185—198页；王永兴《唐代前期西北军事研究》，北京：中国社会科学出版社，1994年；朱雷《吐

地区的商品交易在开元、天宝年间达到了有史以来最繁盛的时代[①]。汉文化的教育更加普遍，《论语》、《孝经》成为学生必读的课本[②]。居民仍以佛教信仰为主[③]，但道教也随李唐的政治势力有所发展，并建立了道观，而祆教因粟特人的入籍和汉化，渐渐式微。

755年爆发的安史之乱，给唐朝以致命的打击。762年，安史之乱虽然平定，但因为河西与西域的唐军东调，使吐蕃乘机占领陇右和河西大片唐朝领地。786年，吐蕃占领唐朝河西的最后

鲁番出土天宝年间马料文卷中所见封常清之北庭行》，《魏晋南北朝隋唐史资料》第15期，1997年，100—108页。

① 冻国栋《唐代民族贸易与管理杂考》，《魏晋南北朝隋唐史资料》第9、10期，1988年，122—131页；又《唐代的"市券"与"私契"》，《喀什师范学院学报》1988年第4期，36—39页；又《唐代的商品经济与经营管理》，武汉大学出版社，1990年；李鸿宾《唐代西州市场商品初考》，《敦煌学辑刊》1988年第1、2期，44—52页；李方《唐西州的译语人》，《文物》1994年第2期，45—51页；程喜霖《唐代过所与胡汉商人贸易》，《西域研究》1995年第1期，97—103页。

② 王素《关于隋薛道衡所撰〈典言〉残卷的几个问题》，《考古与文物》1984年第2期，101—105页；又《唐写本论语郑氏注及其研究》，北京：文物出版社，1991年；又《唐写〈论语郑氏注〉对策残卷与唐代经义对策》，《文物》1988年第2期，56—62页；薛宗正《从出土文书看唐代碛西的汉文教育、儒学和汉方医学》，《吐鲁番学研究专辑》，1990年，154—191页；郭锋《吐鲁番文书〈唐众阿婆作斋社约〉与唐代西州的民间结社活动》，《西域研究》1991年第3期，74—78页。

③ 王素《高昌至西州寺院三纲制度的演变》，《敦煌学辑刊》1985年第2期，79—83页；又《吐鲁番出土〈功德疏〉所见西州庶民的净土信仰》，《唐研究》第1卷，1995年，11—35页；翁俊雄《〈唐西州高昌县弘宝寺僧及奴婢名籍〉研究》，《敦煌吐鲁番文献研究论集》第3辑，1986年，28—40页；姜伯勤《唐五代敦煌寺户制度》，北京：中华书局，1987年；薛宗正《唐代碛西的汉传佛教与道教》，《新疆文物》1991年第1期，69—79页；荣新江《吐鲁番出土〈武周康居士写经功德记碑〉校考——兼谈胡人对武周政权之态度》，《民大史学》第1期，1996年，6—18页。

堡垒——沙州（敦煌），开始进军西域。789年冬，吐蕃联合葛逻禄、白服突厥，攻占北庭都护府。唐军在漠北回鹘汗国的支持下，在北庭、西州一带与吐蕃展开争夺战，吐鲁番盆地最终在803年落入回鹘汗国手中。在回鹘人的统治下，摩尼教在吐鲁番盆地逐渐发展起来。

本文没有引用到的参考文献目录：

陈国灿《唐代的民间借贷——吐鲁番敦煌等地所出唐代借贷契券初探》，唐长孺编《敦煌吐鲁番文书初探》，武汉大学出版社，1983年，217—274页。

陈国灿《从吐鲁番出土的“质库账”看唐代的质库制度》，唐长孺编《敦煌吐鲁番文书初探》，武汉大学出版社，1983年，316—342页。

陈国灿《略论日本大谷文书与吐鲁番新出墓葬文书之关连》，《敦煌吐鲁番学研究论文集》，1990年，268—287页。

程喜霖《试析吐鲁番出土的高昌唐代雇佣契券的性质》，《中国古代史论丛》第3期，1982年，304—330页。

程喜霖《试释唐苏海愿等家口给粮帐》，《敦煌学辑刊》1985年第2期，22—34页。

程喜霖《吐鲁番出土文书〈唐赵须章等名籍〉考释》，《中国社会经济史研究》1989年第3期，8—14页。

邓文宽《跋吐鲁番文书中的两件唐历》，《文物》1986年第

12 期，1986 年，58—62 页。

冻国栋《吐鲁番出土文书所见唐代前期的工匠》，唐长孺编《敦煌吐鲁番文书初探二编》，武汉大学出版社，1990 年，305—334 页。

韩国磐主编《敦煌吐鲁番出土经济文书研究》，厦门大学出版社，1986 年。

侯灿《吐鲁番晋－唐古墓出土随葬衣物疏综考》，《新疆文物》1988 年第 4 期，35—44 页。

黄烈《北凉史上的几个问题》，《中国古代史论丛》1982 年第 1 期，231—251 页。

孔祥星《唐代里正——吐鲁番敦煌出土文书研究》，《中国历史博物馆馆刊》1979 年第 1 期，48—61 页。

孔祥星《唐代前期的土地租佃关系》，《中国历史博物馆馆刊》1982 年第 4 期，49—68 页。

李方《吐鲁番文书中的“员外果毅”》，《文物》1986 年第 4 期，37—38，70 页。

李方《唐西州长官编年考证——西州官吏考证》（一），《敦煌吐鲁番研究》第 1 卷，1996 年，271—296 页。

李方《唐西州上佐编年考证——西州官吏考证》（二），《敦煌吐鲁番研究》第 2 卷，1997 年，189—214 页。

李方《唐西州功曹参军编年考证——西州官吏考证》（四），《周绍良先生欣开九秩庆寿文集》，北京：中华书局，1997 年，155—163 页。

李方《唐西州录事参军编年考证——西州官吏考证》（三），《敦煌吐鲁番研究》第3卷，1998年，待刊。

李天石《敦煌吐鲁番文书中的奴婢资料及其价值》，《敦煌学辑刊》1990年第1期，1—15页。

刘俊文《敦煌吐鲁番唐代法制文书考释》，北京：中华书局，1989年。

卢开万《唐前期西州地区高利贷盘剥下均田百姓的分化》,《敦煌学辑刊》1984年第2期，104—111页。

卢向前《从敦煌吐鲁番出土的几件文书看唐前期和籴的一些特点》，《敦煌吐鲁番文献研究论集》第5辑，1990年，307—338页。

孟宪实《吐鲁番出土随葬衣物疏的性质及其相关问题》，《吐鲁番学研究专辑》，1990年，192—208页。

孙晓林《唐西州高昌县的水渠及其使用管理》，唐长孺编《敦煌吐鲁番文书初探》，武汉大学出版社，1983年，519—543页。

唐长孺主编《敦煌吐鲁番文书初探》，武汉大学出版社，1983年。

唐长孺《南北朝期间西域与南朝的陆道交通》，《魏晋南北朝史论拾遗》，北京：中华书局，1983年，168—195页。

唐长孺《山居存稿》，北京：中华书局，1989年。

唐长孺主编《敦煌吐鲁番文书初探二编》，武汉大学出版社，1990年。

唐长孺《跋吐鲁番所出〈千字文〉》，《唐研究》第1卷，1995年，1—9页。

王炳华《吐鲁番的古代文明》，乌鲁木齐：新疆人民出版社，1989年。

王素《〈唐改元年月录〉跋》，《考古与文物》1988年第3期，84—86页。

王素《吐鲁番所出高昌取银钱作孤易券试释》，《文物》1990年第9期，91—94页。

王素《吐鲁番所出高昌取银钱作孤易券试释补说》，《文物》1993年第8期，66—67页。

王永兴《唐勾检制研究》，上海古籍出版社，1991年。

吴震《吐鲁番出土的两件唐人互佃契》，《新疆社会科学》1987年第2期，40—44页。

吴震《吐鲁番出土"租酒帐"中"姓"字名实辨》，《文物》1988年第3期，57—61页。

吴震《龙门石窟中高昌人造像题记试析——兼论高昌在佛教流传于中国的历史地位》，《西域研究》1994年第3期，68—76页。

吴震《吐鲁番出土券契文书的表层考察》，《敦煌吐鲁番研究》第1卷，1996年，231—270页。

杨际平《麴氏高昌与唐代西州、沙州租佃制研究》，韩国磐编《敦煌吐鲁番出土经济文书研究》，厦门大学出版社，1986年，225—292页。

张广达《西域史地丛稿初编》，上海古籍出版社，1995年。

赵吕甫《从敦煌吐鲁番文书看唐代“乡”的职权和地位》,《中国史研究》1989年第2期，9—19页。

赵文润《隋唐时期吐鲁番地区租佃制发达的原因》，《陕西师范大学学报》1987年第1期，104—108页。

郑学檬《吐鲁番出土文书〈随葬衣物疏〉初探》，韩国磐编《敦煌吐鲁番出土经济文书研究》，厦门大学出版社，1986年，414—444页。

朱雷《跋敦煌所出〈唐景云二年张君义勋告〉——兼论“勋告”制度渊源》，《中国古代史论丛》1982年第3期，331—349页。

朱雷《敦煌藏经洞所出两种麹氏高昌人写经题记跋》，《魏晋南北朝隋唐史资料》第9、10期，1988年，19—22页。

朱雷《龙门石窟高昌张安题记与唐太宗对麹朝大族之政策》，《隋唐史论集》，香港大学，1993年，49—53页。

（原载《敦煌学》第21辑，1998年6月，41—61页。原脚注用缩略语形式，使用不便，今改用全称。）

罗布泊
——中国西部探险的热点话题

今天的罗布泊，两千年前的汉代叫作“盐泽”，一千三百多年前的唐朝叫作“蒲昌海”，面积相当广阔，中国古代西域史上有名的楼兰国，就把自己数百年的历史书写在罗布泊的岸边。然而，罗布泊所在的塔里木盆地，干旱少雨，它的水源全都仰仗塔里木河的灌注，所以在历史上备受塔里木河的摆布，偌大一个湖泊，竟然左右摇摆，难怪一百年前的瑞典探险家斯文·赫定把它叫作“游移的湖”。可是，就在本世纪这不到一百年的时间里，罗布泊从一片汪洋的“海”，变成了干枯的荒漠；古老的文明深埋在地下，罗布人的后裔也离开了家乡。这种沧海变荒漠的地质现象，在世界上的其他地区，往往是数十万年地质构造变化的结果，而为什么在不到一百年的时间里出现在罗布泊？原来栖息在这片土地上的楼兰人，又到哪里去寻找呢？一百多年来，不断有探险家、地理学家、考古学家来这里考察，都想解开被罗布荒漠掩盖着的谜底。俄国的普尔热瓦尔斯基、瑞典的斯文·赫定、英国的斯坦因由于罗布泊的探险而名声大噪，彭加木、余纯顺在考察中不幸丧生而让人叹息不已。

杨镰先生主编的《中国西部探险丛书》第1辑，共四本，用通俗的笔调，记录了中国学者近二十多年来考察研究罗布泊结果。这四本最近由中央党校出版社精印出版书是：中国科学院新疆生态与地理研究所的夏训诚和胡文康合著的《与彭加木同行》，中科院地理研究所奚国金的《罗布泊之谜》，北京大学考古系林梅村的《楼兰——一个世纪之谜的解析》，中国社会科学院文学研究所杨镰的《最后的罗布人》。这四本书各有侧重，但主题都是罗布泊。我想这不是偶然的巧合，而是主编有眼力的安排。

虽然说早在1876年普尔热瓦尔斯基的第二次中亚之行，已经把沉寂多年的罗布泊重新展现在现代地理学家面前。然而，罗布泊地区受到学者们的普遍关注，是1900—1901年间斯文·赫定发现楼兰古城和提出罗布泊是“游移湖”的理论以后。在今天看来，不论楼兰的发现带有多少帝国主义文化侵略的色彩，就这一发现对塔里木盆地的科学考察和西域古代文明的考古学研究的意义上来讲，即将到来的楼兰发现一百周年仍然是值得纪念的。在这个纪念日到来之前，集中发表中国学者关于罗布泊的地理、历史、民族的种种看法，不仅是及时的，也是必要的。

在20世纪初叶考察罗布泊和楼兰的外国探险家中，无疑以斯文·赫定和斯坦因最有成绩。两个人有一个共同的特点，就是他们在完成大部头的科学考察报告的同时，也撰写了通俗易懂、引人入胜的一般读物。斯文·赫定的第一次中亚探险结束后，先是在 1898 年出版了个人旅行记——《穿越亚洲》。第二年，他又完成了正式的考察报告——《1893—1897 年中亚旅行的地理学成果》。他的第二次中亚探险结束后的次年，即 1903 年，也是先出版了探险游记——《亚洲：一千英里的未知道路》。这本书很快被译成多种文字，其中英译本改名为《中亚和西藏》，于同年出版，比瑞典文原版更为畅销。接着，1904—1907 年间，斯文·赫定编写了八卷本的《1899—1902 年中亚旅行的科学成果》，作为他的正式考察报告，其中就包括记载楼兰古城发现的《罗布泊》一卷。斯坦因也是同样，他的第一次中亚考察（1900—1901）结束后，1903 年先出版了个人旅行记——《沙埋和田废址记》。1907 年又出版了两卷本的正式考古报告——《古代和田》。他第二次中亚考察（1906—1908）范围广，收获更多，包括攫取到了敦煌藏经洞的宝藏。他花了更长的时间来写书，1912 年先出版了两卷本的个人旅行记——《契丹沙漠废址记》，迟到 1921 年才出版他的五卷本正式考古报告——《西域考古记》。

过去我常常慨叹，为什么这么多去过新疆考察的中国学者写不出斯文·赫定或斯坦因那样的著作，为什么一部如此丰富的新疆探查史都出自洋人的笔端。自 20 世纪 80 年代初叶以来，我也有机会多次亲自到新疆考察古代遗址，才发现做到斯文·赫定和斯坦因那样并非易事。在准备不足和装备不够的情况下，只能就某些个别的遗址做不能发掘的地面探查，而不可能系统地获取资料。所以在考察之后写几篇学术论文尚且可以，要系统地写成一本本书，是要有相当多的积累的。

四本书的作者都是学有专长的研究员和教授。他们钻研过各国探险家有关这一地区的著作，这些著作从80年代中国改革开放以来，学者们才可以用比较客观的眼光来看待有着帝国主义侵略背景的西方探险家的成就；同时，随着地上核试验改为地下核试验，使罗布泊这个自50年代开始变成中国核试验场的禁区，得以向科学考察人员和探险者开放，他们也都有亲身到罗布泊地区做过实地考察。更为难得的是，作为专业研究者，他们能够用通俗的文笔，利用中外探险家和他们本人的考察结果，结合有关罗布泊的科学或人文的疑难问题，把罗布泊地区的历史发展过程或复杂的自然地理面貌，详细作了描述，同时也有他们自己研究某些问题后的自问自答。作者们引人入胜的章节安排，深入浅出的叙述手法，通俗易懂的文字，使得这套《探险丛书》很有些可读性。

通俗的文笔，并不是说罗布泊之谜是很容易弄懂的。这个谜毕竟困扰了中外学者一个多世纪，从楼兰古城的废弃到彭加木的失踪，在我看来，还有不少谜底没有完全揭开。这套有关罗布泊的新书的另一个特点，就是他们出自专业人员之手，他们提出的问题，他们对问题的解答，是以准确、科学的表达为基准的。因此，这几本书要比一般的通俗读物“难读”一些，这样的水准，正好可以满足那些有了一些关于罗布泊的知识，却完全不能连贯起来的读者。

事实上，中国的读书人的队伍在日益膨胀，中国的读书人的档次在日益提高，中国读书界的求知欲在日益扩大。而时下坊间流行的报纸杂志，往往把读书的人看成无知的人，一味发表那些过于通俗的读物，而拒绝刊登学者们写的稍微深奥点的文章。这样下去，中华大众的读物总是在一个低水平的文化层次上徘徊。中央党校出版社出版的这套通俗读物，必将提高大众读者的品位，满足一大批读者的需求。

罗布泊和他的历史还有许多不解之谜，两本书的作者不约而同地用了这个“谜”字，绝非偶然。我不相信在一套通俗的读物里会把罗布泊或楼兰的谜底全都解开，却希望读者们跟随他们去探索一下那些未解之谜，或许有一天，你在新的科学探险的基础上，真正地解开罗布泊的某些深奥的谜底。

（1999 年 4 月 14 日完稿，原载《深圳特区报》1999 年 6 月 20 日第 15 版《读书》。）

中古时期来华胡人墓志研究的新进展

近二十年来，我一直在追寻中古时期入华粟特人的踪迹。从1994年发表《西域粟特移民考》[①]，到1999年发表《北朝隋唐粟特人之迁徙及其聚落》[②]，基本勾画出粟特人从本土到中国东北丝绸之路沿线的分布情况。也正是在1999年，太原发现虞弘墓。随后，2000年西安发现安伽墓，然后是史君墓、康业墓，一个又

---

① 此文原名《古代塔里木盆地周边的粟特移民》，为提交1992年在乌鲁木齐召开的"西域考察与研究"学术讨论会论文，先被刊载于《西域研究》1993年第2期，8—15页；修订后以《西域粟特移民考》为名收入会议论文集，即荣新江《西域考察与研究》，新疆人民出版社，1994年，157—172页；后又改名《西域粟特移民聚落考》，收入荣新江《中古中国与外来文明》，生活·读书·新知三联书店，2001年，19—36页。英译见Rong Xinjiang, "Sogdians around the Ancient Tarim Basin", *Ērān ud Anērān. Studies Presented to Boris Il'ič Maršak on the Occasion of His 70th Birthday*, eds. M. Compareti, P. Raffetta and G. Scarcia, Venezia: Libreria Editrice Cafoscarina, 2006, pp.513-524。

② 《北朝隋唐粟特人之迁徙及其聚落》，《国学研究》第6卷，北京大学出版社，1999年，27—85页；收入《中古中国与外来文明》，37—110页。英译见Rong Xinjiang, "The Migrations and Settlements of the Sogdians in the Northern Dynasties, Sui and Tang" (tr. by Bruce Doar), *China Archaeology and Art Digest*, IV.1: Zoroastrianism in China, December 2000, pp.117-163，但有不少省略。

一个新的考古发现涌现出来。一方面我应考古专家的邀请，为这些墓葬的整理提供历史背景材料[①]，自己也做了一些有关出土文物的探讨[②]；另一方面应法国学者的要求，在北京举办了“粟特人在中国”国际会议，并举办了“从撒马尔干到长安”的小型展览，主编出版了专著[③]。这些新的考古资料，为粟特研究提供了丰富的素材，也给我机会，利用它们和新出其他石刻、文书材料来补充自己的旧作，又陆续发表西域地区、中原北方粟特聚落的补考，并探讨了南方的粟特人踪迹[④]。但从 2005 年 10 月以后，我主要

① 荣新江《隋及唐初并州的萨保府与粟特聚落》，《文物》2001年第4期，84—89页；收入《中古中国与外来文明》，169—179页；《有关北周同州萨保安伽墓的几个问题》，张庆捷等编《4—6世纪的北中国与欧亚大陆》，科学出版社，2006年12月，126—139页；《北周史君墓石椁所见之粟特商队》，《文物》2005年第3期，47—56页+图1—6；Rong Xinjiang, "The Illustrative Sequence on An Jia's Screen: A Depiction of the Daily Life of a Sabao"，*Orientations*, February 2003, pp.32–35 + figs.1–7；idem, "New Light on Sogdian Colonies along the Silk Road. Recent Archaeological Finds in Northern China", *Berlin-Brandenburgische Akademie der Wissenschaften. Berichte und Abhandlungen*, Band 10, Berlin: Akademie Verlag, Oktober 2006, pp.147–160；idem, "The Sogdian Caravan as Depicted in the Relieves of the Stone Sarcophagus from Shi's Tomb of the Northern Zhou", *Chinese Archaeology*（中国考古学）, vol.6, Beijing: China Social Sciences Press, 2006.12, pp.181–185+figs.1–4。

② 荣新江《四海为家——粟特首领墓葬所见粟特人的多元文化》，《上海文博》2004年4期，85—91页+图1—11；《金樽美酒醉他乡——从安伽墓看粟特物质文化的东渐》，《文物天地》2005年第1期，88—91页；《粟特与突厥——粟特石棺图像的新印证》，周伟洲编《西北民族论丛》第4辑，中国社会科学出版社，2006年3月，1—23页。

③ 荣新江、华澜、张志清编《粟特人在中国——历史、考古、语言的新探索》，中华书局，2005年12月；荣新江、张志清编《从撒马尔干到长安：粟特人在中国的文化遗迹》，北京图书馆出版社，2004年4月。

④ 荣新江《西域粟特移民聚落补考》，《西域研究》2005年第2期，1—11页；《新

时间都放在“新获吐鲁番出土文献”的整理和研究上，没有时间做粟特的研究。

感谢关西大学的邀请，让我重新关注粟特的研究。这次我作为关大和北京大学的交换访问学者，来关西大学东西学术研究所从事为期三个月的研究，我所提交给关大的研究课题就是“中古时期来华胡人碑志疏证”。这是我若干年来一直准备的一本书的题目，迄今还没有完成。在此就这个题目的资料和研究进展，以“新出石刻史料所见粟特人研究的动向”为题，报告一下我最近的研究进展，兼及中国方面最近在粟特石刻史料研究上的一些新收获。

一、石刻史料的整理与刊布

最近二三十年，中国各地的城市化建设迅速发展，随着旧城市边界的突破和向外伸延，原本是旧城的墓葬区，现在都逐渐进入新城市的范围之内，大量新的建筑动工之际，埋藏在地下的墓

出トゥルファン文书に见えるソグドと突厥》（张娜丽译），《环东アジア研究センタ - 年报》第1号，新潟大学，2006年3月，5—15页；《北朝隋唐粟特人之迁徙及其聚落补考》，《欧亚学刊》第6辑，中华书局，2007年6月，165—178页；《新出吐鲁番文书所见的粟特人》，《吐鲁番学研究》2007年第1期，28—35页；《魏晋南北朝隋唐时期流寓南方的粟特人》，韩升编《古代中国：社会转型与多元文化》，上海人民出版社，2007年12月，138—152页；Rong Xinjiang, "Further Remarks on Sogdians in the Western Regions"(tr. by Wen Xin), *Exegisti monumenta. Festschrift in Honour of Nicholas Sims-Williams* (Iranica 17), eds. Werner Sundermann, Almut Hintze and François de Blois, Wiesbaden: Harrassowitz Verlag, 2009, pp.399–416。

葬也随之被发掘清理。因此，大量以墓志为主的石刻资料，也连同其他考古资料被发掘出来。另一方面，由于学术研究的推动，一些早已发掘的墓志资料现在比较集中地公布出来；还有一些零散的发现，也被及时地整理发表。此外，在境内外不法的文物贩子的鼓动下，一些地区的盗墓活动又开始猖獗起来，在经济利益的驱使下，大量墓志被盗掘，这些墓志有的辗转进入博物馆、图书馆，有些则归入私人收藏家，还有些原石不知所在，只有拓本在社会上流传。

近年来新出有关粟特人的石刻史料，主要就是墓志材料。这些粟特人墓志的出土地，集中在洛阳、西安以及河北地区等中古时期粟特人比较集中居住的区域内。下面就从粟特史料的角度，对于这些区域墓志材料的整理公布情况，略作介绍。

洛阳是墓志出土最集中的地方，过去有千唐志斋、鸳鸯七志斋、曲石精庐收藏的唐代墓志，现在都已经发表。从 1991 年以来集中发表洛阳出土墓志的专书有：洛阳古代艺术馆编《隋唐五代墓志汇编·洛阳卷》（天津古籍出版社，1991 年），洛阳市文物工作队编《洛阳出土历代墓志辑绳》（中国社会科学出版社，1991 年），李献奇、郭引强编《洛阳新获墓志》（文物出版社，1996 年），杨作龙、赵水森编《洛阳新出土墓志释录》（洛阳师范学院河洛文化研究所系丛书，北京图书馆出版社，2004 年），吴钢主编《全唐文补遗·千唐志斋新藏专辑》（三秦出版社，2006 年），洛阳市第二文物工作队乔栋、李献奇、史家珍编《洛阳新获墓志续编》（科学出版社，2008年），中国文物研究所、千唐志斋博物馆编《新中国出土墓志·河南》［三］（千唐志斋［壹］）上下2册（文物出版社，2008年）。这些都是原石收藏在洛阳市文物工作队、洛阳市第二文物工作队、千唐志斋、洛阳师范学院等学术单位的资料，比较可靠。

另外还有一些洛阳出土墓志的专著只是依靠拓本来印制的，这些著作有：赵君平编《邙洛碑志三百种》（中华书局，2004年），赵君平、赵文成编《河洛墓刻拾零》（北京图书馆出版社，2007年），张乃翥《龙门区系石刻文萃》（国家图书馆出版社，即刊）。这些书收录不少流散在民间的洛阳出土石刻材料，非常珍贵，如新出粟特家族所立景教经幢初拓本（据说只有四张）的清晰图版即在《河洛墓刻拾零》中。其中有的墓志原石现在已经知道所在，但有的不明，因此也要注意其中包含有伪刻的可能。

西安地区也是墓志出土的集中区域，而且有许多隋唐时代的重要人物都埋在长安周边，包括入华的粟特首领，如已为大家所熟知的安伽、史君、康业、安元寿等等。但是，西安地区出土墓志的刊布情况不如洛阳乐观，已经出版的《隋唐五代墓志汇编·陕西卷》的图版，有许多不够清晰；陕西省古籍整理办公室主编的《陕西金石文献汇集》，包括陕西许多县市的墓志资料，但没有西安地区的专辑，只是从长安的角度讲，张沛编《昭陵碑石》（三秦出版社，1993年）所收碑志的主人，原本都是生活在长安的贵族、官僚，而且这部书的图版和录文质量都很高。陕西省古籍整理办公室编，吴钢主编的《全唐文补遗》第1—9辑（三秦出版社，1994—2007年），收录有大量西安出土墓志的录文，但因为没有交代出处，所以有些来源不能确定。由国家文物局支持，中国文物研究所与地方相关部门合作编纂的《新中国出土墓志》丛书，包括有《陕西》[壹]、[贰]计4册（文物出版社，2000、2003年），其中也有西安地区的资料，图版和录文要精于《隋唐五代墓志汇编》和《全唐文补遗》，但所收仍然有限。西安碑林博物馆编，赵力光主编的《西安碑林博物馆新藏墓志汇编》（线装书局，2007年），收录了1980—2006年期间西安碑林博物馆入藏的后秦至元的墓志381方，绝大多数属首次公布，但其中唐代墓志大多不是来自西安，而是来自山西南部，即泽潞一带，是研究中晚唐这一地区的重要史料群。

事实上，收集西安地区出土墓志最多的陕西省考古研究所（现在称研究院）、西安市文物考古保护所，都还没有系统整理出版所藏的墓志资料，其中一些重要的墓志随着考古简报或考古报告发表，但整体情况不明。我曾经多次到这两家机构访求粟特人墓志材料，但因为墓志都是一个挨一个地堆放在一起，很难搬动，所以迄今具体情况不是很清楚。西安南面的长安县现在升格为长安区，并且建立了博物馆，其中收藏有长安区范围内发现的许多墓志，其所藏哥逻禄首领炽俟辿的墓志，就是2007年10月我去该馆调查时发现的[①]。

① 荣新江《新出吐鲁番文书所见唐龙朔年间哥逻禄部落破散问题》，沈卫荣主编《西

到目前为止，比较大型的墓志合集，是国家文物局支持下的《新中国出土墓志》，其第一期工程从 1994 年到 2009 年结束，计出版 10 卷 19 册：《河南》［壹］1 卷 2 册（1994 年），《陕西》［壹］1 卷 2 册（2000 年），《重庆》1 卷 1 册（2002 年），《河南》［贰］1 卷 2 册（2002 年），《陕西》［贰］1 卷 2 册（2003 年），《北京》［壹］1 卷 2 册（2003 年），《河北》［壹］1 卷 2 册（2004 年），《江苏》［壹］（常熟）1 卷 2 册（2007 年），《河南》［叁］（千唐志斋［壹］）1 卷 2 册（2008 年），《上海·天津》1 卷 2 册（2009 年）。此书包括录文和图版，有关于出土地的解题，收录范围从魏晋到明清，所以规模庞大，凡 1949 年以后出土的墓志均收。但由于墓志收藏单位极其分散，有的地方文物部分也希望先出版独立的墓志合集，再收入《新中国出土墓志》，所以本书与其前后出版的类似著作有些重复，我们要关注的是那些不重复的部分，另外就是该书的录文也在前人的基础上有所进步。今年三月份以后，开始启动第二期工程，由故宫博物院与中国文化遗产研究院（原中国文物研究所）合作，计划出版 10 卷 20 册，大致有《陕西》［叁］、《河南》［肆］（千唐志斋［贰］）、《河南》［伍］（洛阳师范学院卷）、《北京》［贰］、《安徽卷》、《江苏》［贰］、《山西》［壹］、《江西》［壹］、

域历史语言研究集刊》第1辑，科学出版社，2007年12月，32—33页；《新出吐魯番文書に見える唐龍朔年間の哥邏祿部落破散問題》（西村阳子译），《内陸アジア言語の研究》XXIII（森安孝夫教授还历记念特集号），2008年7月，167—168页。

《甘肃·内蒙·宁夏卷》、《东北三省卷》[①]。这个项目由故宫博物院的王素先生负责，他们一个县一个县地调查、捶拓、释录，希望有一些新的粟特墓志发表出来。

的确，从粟特研究的角度来说，有些地方的墓志材料可能更为重要。比如康兰英主编《榆林碑石》（三秦出版社，2003 年），所刊几乎全是靖边县统万城（夏州）周边新出土的墓志，除个别有所报道外，几乎没有公布过，价值极高，也为粟特研究提供了新的资料。还可以举王其英主编《武威金石录》（兰州大学出版社，2001 年），收录武威地区出土石刻，包括新出土的墓志，其中如 1997 年在武威市高坝镇发现的开元十四年（726）合葬墓所出《翟舍集及夫人安氏墓志》，就是我们研究武威等地胡人情况的重要史料，此前未见发表。

各地出土的墓志资料不一定都在当地，比如西安新成立的大唐西市博物馆就在洛阳地区征集到许多北朝到隋唐时期的墓志，至少到 2008 年 10 月我去调查时为止，有二百多方，其中也有粟特人的墓志材料[②]。另外，一些拓本则出售给很多学术单位或个人，比如北京的中国国家图书馆善本特藏部就收购了很多，应当不下两千种。北京大学图书馆也在最近十年内通过各种渠道收购各地新出墓志拓本，现在也已经有两千多种。这些资料有的已经

---

① 此承王素先生见告，谨致谢意。

② 毛阳光《新见四方唐代洛阳粟特人墓志考》，《中原文物》2009年6期，74—75页发表了两方现存大唐西市博物馆的洛阳出土粟特人墓志。

上网，有的还在整理编目当中，北大图书馆目前正打算出版《北京大学图书馆藏历代墓志拓本汇编》。

在丰富多彩的出版物背后，也有很大的隐忧，就是许多工作做得不到家，拓本重复影印，辨伪工作不细，录文的精准度不够，而且大多没有校记，许多材料来源交代不清，像周绍良主编《唐代墓志汇编》（上海古籍出版社，1992 年）那样交代所据拓本或照片的来源，像王其祎、周晓薇编著《隋代墓志铭汇考》（线装书局，2007 年）那样把前人研究成果尽可能汇聚起来的著作，实在是不多见的。所以，我们在利用这些墓志材料时需要核对不同的拓本图版，文字也需要核对几家录文，对照图版，择善而从。有的时候拓本的质量可以说有天壤之别。比如洛阳出土唐咸亨元年（670）《康敬本墓志》，原为千唐志斋藏石，《千唐志斋藏志》、《北京图书馆藏中国历代石刻拓本汇编》、《隋唐五代墓志汇编》所刊图版相近，均为残泐之本，《唐代墓志汇编》据以释录，缺字很多；唯《洛阳出土历代墓志辑绳》所刊图版为善拓，文字比较完整，《全唐文补遗》大概即据此图版释录，所得文字较《汇编》为多[①]。我不知道原石藏在千唐志斋，其拓本各处多有，为何只有洛阳市文物工作队所编《辑绳》用了这个善拓，我想其他一些收藏单位也应当有同样的善拓，只是发表的时候没有仔细拣选校对而已。

---

① 具体的文字对照，见史睿《金石学与粟特研究》，《从撒马尔干到长安：粟特人在中国的文化遗迹》，34—40页。

由于已经发表的墓志录文有这样那样的问题，所以我这些年来一直在从石刻史料中辑录中古时期来华的粟特胡人资料，中间受到新获吐鲁番出土文书整理工作以及其他事情的影响，进展缓慢。到目前为止，我已经从大约八千件墓志中，确定了约 190 多方粟特人或与粟特人有关的其他人的墓志，其中个别墓志没有图版和录文发表，是我历年来调查所得。我的第一步工作是录文，已大体完成；正在校对各种图版和拓片（因为质量不一），最后形成一个最好的胡人墓志录文。第二步对于墓志的来源、胡人族属的确定、婚姻关系、墓志所记胡人重要的事迹等方面，结合与墓志所记内容相关的问题，加以疏证。希望对粟特胡人的碑志做一次总的清理，并提供给学界一个经过精校的录文合集，完成《中古时期来华胡人碑志疏证》一书。因为日本学者在有关粟特历史、语言、宗教方面做出了很大的成绩[①]，我这次也是利用在日本的机会，系统收集这方面的研究成果。

二、相关石刻史料的调查

虽然出版了很多墓志的图版和录文合集，但有些材料也不是那么容易获得，需要再跑到各地，通过各种关系来收集。比如统万城出土的《翟曹明墓志》，就是我花了很长时间调查的结果。

① T. Moriyasu, "Japanese Research on the History of the Sogdians along the Silk Road, Mainly from Sogdiana to China", *Acta Asiatica*, 94, 2008, pp.1–39.

2001年元旦，我与姜伯勤教授从成都开完唐研究基金会学术委员会的年会，一起到西安参观安伽墓出土文物，然后又到陕西历史博物馆看“三秦瑰宝”展览，并购买了图录《三秦瑰宝——陕西新发现文物精华》[①]。展览上陈列着一套标记为“唐翟曹明墓”出土的石墓门，也印在图录上。石门为红色底仗，上面的胡人天王形象尤其引人注意。虽然我怀疑石门上图像具有北朝因素，但尚难做出肯定结论。我想既然有“唐翟曹明墓”的标签，那就一定有墓志出土。回到北京后电话问宁夏考古研究所的罗丰先生，他说有，并且在陕西历史博物馆的库房抄录过上面的文字，因为墓志已残，所以没有拿出来陈列。他随后传真给我他抄录的墓志文字，有些文字还不能确定。

2003年9月，陕西师范大学西北环发中心要在统万城召开学术研讨会，我借这个机会从西安跟随陕师大的车走访了陕西省最北边的统万城，并邀罗丰先生也从银川赶到靖边县。在靖边县文管所等有关部门领导的关照下，得以看到《翟曹明墓志》，并抄录了所有文字。因为墓志尚未正式发表，所以我在最后提交给会议论文集的文章《中古中西交通史上的统万城》中，只是做了摘引，据墓志所说翟曹明系“西国人也”，推测他是自中亚迁徙而来的粟特人，任当地的夏州天主、仪同[②]。墓志的纪年非常明确，

① 陕西省博物馆编，陕西人民出版社，2001年。

② 荣新江《中古中西交通史上的统万城》，陕西师范大学西北环发中心编《统万城遗址综合研究》，三秦出版社，2004年7月，29—33页。但文中关于墓主葬日的写法“大周大成元年岁次己亥三月癸四日”有误。

即北周大成元年（579）三月四日（虽然大成元年二月辛巳已改大象年号，但夏州距京城遥远，尚未得消息），可知翟曹明并非如“三秦瑰宝”展览说明所言为唐人，而是和安伽葬于同一年的西国胡人。与我们一道在靖边文管所参观石门的安伽墓发掘者邢福来先生也指出，翟曹明墓石门旁的石狮子与安伽墓的石狮非常相像。当时陪同我们一起参观的还有榆林地区文管会主席康兰英女士。

不知何故，这方重要的统万城出土墓志没有连同其他统万城墓志而收入康兰英主编的《榆林碑石》，这部书标作2003年10月出版，实际出版时间要晚得多。而且迄今还未见其随考古简报一起发表。2007年8月，借参加中央大学妹尾达彦教授主持的“农牧交错地带城址与环境2007年日中韩学术考察”的机会，我得以与罗丰先生再次一起走访靖边县文管所，仔细考察墓志、石门和后来又找到的一些同墓出土的文物。这里只把墓志的情况介绍如下[①]：

墓志刻写在一块青石上，有栏格，横向18格；因石板左侧残失，纵向现存15行，按照一般的墓志多为方形的惯例，应当也是18格；从现存内容推测，以下残失的文字不多。我们先将《翟曹明墓志》所存文字，录在复原的石板上：

① 有关该墓志及墓门的详细研究，见罗丰、荣新江《北周西国胡人翟曹明及其墓门图像》，待刊稿。

			15	14	13	12	11	10	9	8	7	6	5	4	3	2	1	
				延	中	縣	二	親	敀	而	賞	以	官	來	君	未	大	1
				長	貞	遠	儀	屬	七	永	既	慕	恂	朝	諱	夏	周	2
					獨	仁	既	哀	月	固	降	義	恂	遂	曹	州	大	3
					步	風	泮	傷	三	庶	威	從	鄉	居	明	天	成	4
					世	稍	清	故	日	比	聲	軍	邑	恒	西	主	元	5
						陳	濁	追	遘	玉	漸	誅	傷	夏	國	儀	年	6
						子	殊	德	疾	而	著	除	魏	君	人	同	歲	7
							津	申	捐	恒	朝	亂	載	幼	也	翟	次	8
							曷	悲	館	堅	野	逆	之	懷	祖	君	己	9
								乃	春	豈	欽	巨	衰	岐	宗	墓	亥	10
								為	秋	謂	風	猾	泯	嶷	忠	誌	三	11
									九	盛	臣	摧	慨	長	烈		月	12
										夏	民	峰	臣	有	令		癸	13
											敬	六	下	才	譽		巳	14
											尚	軍	之	雄	家		朔	15
												振	僭	咢	邦		四	16
												振	淩	咢	受		日	17
												孚	是	當	命		乙	18

下面再把《翟曹明墓志》按行标点校录出来，残缺部分据墓志栏格推补缺字号，16—18 行因文字全缺，不再推补空格：

1 大周大成元年歲次己亥三月癸巳朔四日乙

2 未夏州天主儀同翟君墓誌

3 君諱曹明，西國人也。祖宗忠烈，令譽家邦。受命

4 來朝，遂居恒夏。君幼懷岐嶷，長有才雄。咢咢當
5 官，恂恂鄉邑。傷魏載之衰泯，慨臣下之僭淩（凌）。是
6 以慕義從軍，誅除亂逆。巨猾摧峰，六軍振振。孚
7 賞既降，威聲漸著。朝野欽風，臣民敬尚。□□□
8 而永固，庶比玉而恒堅。豈謂盛夏□□，□□□
9 敃。七月三日遘疾捐館，春秋九□□。□□□□，
10 親屬哀傷。故追德申悲，乃為□□：（以下或不缺字）
11 二儀既泮，清濁殊津。曷□□□，□□□□。□□
12 縣遠，仁風稍陳。子□□□，□□□□。□□□□，
13 中貞獨步。世□□□，□□□□。□□□□，□□
14 延長。□□□□，□□□□。□□□□，□□□□。
15 □（下残，缺字多少不明）

列于《翟曹明墓志》名称前的日期“大周大成元年岁次己亥三月癸巳朔四日乙未”，应当是埋葬的时间。“大成”为北周宣帝宇文赟年号，元年当为公元579年。有关墓志的内容，因已撰文讨论，此不赘述。

统万城是十六国时期大夏的都城，北魏始光五年（428）攻占其地，设统万镇，后改夏州。这里是沟通从河西走廊经薄骨律（灵州），沿鄂尔多斯沙漠南缘路到达北魏首都平城（大同）的中间一站，在东西交往史上地位重要，远自波斯、粟特到平城朝贡的西域使者，都应当经过这里。西魏、北周时，统万城仍是北方重

镇[①]。西来的粟特商人，也应当在此驻足，建立殖民聚落。翟曹明应当就是北周末年夏州地区的胡人首领，他原本在乡邑当官，任职“天主”[②]；在北魏灭亡之际，加入北魏军队，任“仪同”职，即为国家所授之乡团统帅称号[③]。

根据《榆林碑石》发表的墓志资料，唐宋时期，胡人仍然在统万城具有很强的势力，武周时期的西凉大族安旻[④]，还有北宋初年的定难军管内都军指挥使康成此[⑤]，应当都是当地的胡人领袖。还有，除了武威安氏家族的安元寿曾在永隆二年（681）任夏州群牧使外，唐朝华严宗的贤首大师法藏的弟弟康宝藏，也曾在神龙二年（706）前以朝议郎的身份行“统万监副监”，而且从法藏的传记来看，由于其弟宝藏任职于夏州的统万监，所以在天

① 荣新江《中古中西交通史上的统万城》，29—33页；《北朝隋唐粟特人之迁徙及其聚落补考》，《欧亚学刊》第6辑，中华书局，2007年6月，169—170页。

② 2004年4月23—25日北京“粟特人在中国”国际学术讨论会在讨论到当时刚刚发现的康业墓志“大天主”的称号时，我曾口头提出与《翟曹明墓志》的“天主”可以印证，应当都是“袄主”的意思，因为那个时候还没有“袄”字，所以“天主”即唐代的“袄主”。程林泉、张翔宇、山下将司《北周康业墓志考略》，《文物》2008年第6期，83页在论述康业的“大天主”称号时，也独立地认为“天主”即“袄主（祝）”。但我以为“袄主”并不等于“袄祝”。

③ 参看山下将司《新出土史料より見た北朝末・唐初間ソグド人の存在形態——固原出土史氏墓誌を中心に》，《唐代史研究》第7号，2004年8月，60—77页；《隋・唐初の河西ソグド人軍團——天理圖書館藏〈文館詞林〉〈安修仁墓誌銘〉殘卷をめぐって》，《东方学》第110辑，2005年7月，65—78页；苏航《北朝末期至隋末唐初粟特聚落乡团武装论述》，《文史》2005年第4辑，2005年11月，173—186页的相关论述。荣新江《从聚落到乡里——敦煌等地胡人集团的社会变迁》，高田时雄主编《敦煌写本研究年报》第3号，京都大学，2009年3月，27—29页对此有补充讨论。

④ 康兰英编著《榆林碑石》，三秦出版社，2003年，图29，录文见211页。

⑤ 《榆林碑石》，图82，录文见253页。

授元年（690）前，法藏一家就居住在夏州[①]。这也为山下将司氏关于唐代监牧制与入华粟特人的关系问题的论证[②]，增添了一个例子。

还有一些材料则迄今还没有完全落实，我这里说的是北京出土的《何府君及夫人康氏墓志》。据1998年12月13日《北京青年报》报道，同年12月9日，在北京燕京汽车制造厂内，发现两座唐墓，出土墓志记载，墓主人姓何，柳城人，开元九年（721）卒于范阳；夫人康氏，卒于史思明称帝时的顺天元年（759）。这是典型的粟特家族，而且和安史之乱的首领安禄山、史思明一样，出身柳城，是研究安禄山以及幽州地区粟特人的重要史料[③]。但是，迄今为止，这样绝好的材料一直没有正式发表。

这方墓志就收藏在北京，而我也住在北京。但从1998年以来，我曾多方打听墓志的下落，也没有找到。有的人说可能在北京市文物研究所，因为是他们发掘的墓葬；有的说可能在辽金城垣博物馆，因为那里距离墓葬最近，可能就近收藏；有的说可能材料

---

① 崔致远《唐大荐福寺故寺主翻经大德法藏和尚传》，《大正新修大藏经》卷五十，281—283页。相关史料的辨证，见Jinhua Chen, *Philosopher, Practitioner, Politician: The Many Lives of Fazang (643–712)*, Leiden: E. J. Brill, p.355, n. 95。关于康宝藏掌管统万城一带唐朝监牧的事迹，详见荣新江《唐代六胡州粟特人的畜牧生活形态——2007年西北农牧交错地带城址与环境考察纪略》，妹尾达彦编《都市与环境的历史学》（待刊）的论证。

② 山下將司《唐の監牧制と中國在住ソグド人の牧馬》，《东洋史研究》第66卷第4期，2008年，539—569页。

③ 荣新江《北朝隋唐粟特人之迁徙及其聚落》，68页；《中古中国与外来文明》，105页就是根据《北京青年报》来写的。

整理完交给了首都博物馆，或者在北京石刻博物馆（五塔寺）；但都没有确定的消息。好在大概 2008 年夏，我通过大葆台西汉墓博物馆白岩馆长（北大毕业生）的帮忙，在北京市文物研究所副所长赵福生先生那里，看到了这方墓志的录文，他是在较早的时候，为《北京历史地图集》收集材料时抄下来的，原石他也忘记在哪里了。据抄件，何君讳数，字延本，柳城人，曾任北平卢龙府别将赏绯鱼袋，开元九年卒于范阳私第，享年 55 岁。夫人兰陵康氏，顺天元年卒，享年 87 岁，与何数合葬于燕台乡之平原。这些无疑为我们考察幽州粟特人的具体情况提供了更多的信息。

三、新出石刻史料对粟特人研究的贡献

以下举几个新近发表的石刻材料，来谈谈在某些方面对粟特研究的推进。

1. 隋安备墓志

这方墓志是 2007 年河南某地出土，与一件汉白玉雕刻的石棺床底座的大半边一起，被西安大唐西市博物馆征集收藏。葛承雍先生发表《祆教圣火艺术的新发现——隋代安备墓文物初探》，录出这方墓志，并做了考释，特别对石棺床底座上的祆教图像，结合安伽墓、虞弘墓的同类图像，做了从艺术角度的分析[①]。下面对照图版，录文于下，只有个别字的订正：

① 《美术研究》2009年第3期，14—18、90—91页＋图版1—4、彩版1—3。

故開府長兼行參軍安君墓誌銘

君名備，字五相，陽城縣龍口鄉曹劉里人。其先出於安居耶尼國，上世慕中夏之風，大魏入朝，名沾典客。父知識，齊車騎大將軍、直盪都督、千乘縣散男。君種類雖胡，入夏世久，與漢不殊，此即蓬生麻中，不扶自直者也。善於白圭之術，薀而不為[①]；玄高之業，棄而不慕。訥言敏行，唯事安親。室名龍駒，鄉號指南。孝悌之響，聞於邦國。武平之末，齊許昌王莫（幕）府初開，牒為長兼行參軍。一參府寮，備經駈使。雖未執斷，小心恭奉。時輩之中，謙直遜順。屢展勤誠，漸望昇進。但事與願違（遠），遇周統齊，許昌失寵，歸於廉之第。君便義絶，遂還舊廬，斂志東畢（皐），歸田二頃。忽縈疾〔病〕，醫僚（療）無工。大命運窮，奄從朝露。時年卅有四，以大隋開皇九年歲次己酉十月辛酉朔廿四日甲申塟於漯（濲）水之南，長分橋側。恐山壑時移，乃為銘曰：門標貴胄，世代高良；比蘭斯馨，譬蕖能芳。弱冠釋褐，奉事君王。年始過立，奄歸元常。

安备埋葬在开皇九年（589），年34，其生在北齐天保六年（555）。据墓志记载，其先原为“安居耶尼国”。祖父在北魏时入华，任职典客，即掌管外来客使的职务。父名“知识”，应

① 第5行和第6行最下面的“此”、“薀”二字上，有迭刻的“陵易”二字。

当是音译胡名，任北齐车骑大将军、直荡都督、千乘县散男。安备开始时没有入仕，他“善于白圭之术”，“玄高之业”，白圭、玄高都是战国时的著名商人，所以这里暗指安备的经商能力。后来他入许昌王幕府，但因为北周灭北齐，他没有屈从，而是回乡种地。年仅 34 岁而殁。

这个墓志的内容还有一些问题没有解决，比如安姓一般来说出自安国，为什么称作“安居耶尼国”而不称“安国”，按道理安国的名字在北周时已经出现，开皇初“安国伎”的名称已经著之于令[①]。还有像“千乘县”、“许昌王”、“洁水之南”等在葛先生的文章中都没有给予很好的解释。特别是与之一同收购的石棺床底座，用汉白玉制成，中间有火坛和人身鹰爪的祭司，模式与美国弗利尔美术馆所藏安阳石棺床底座、大都会博物馆藏传为 Miho 美术馆石棺床底座的模式相同[②]，则墓主人的身份应当很高，或为萨宝一级。但安备则去世时没有任何官衔，棺床底座与墓志是否一套的资料，也不得而知。

此墓志我最早从赵振华先生寄赠的王绣编《洛阳民间收藏精品集》上看到[③]，曾请教洛阳龙门石窟研究院的张乃翥先生，他

---

① 斉藤达也《北朝・隋唐史料に见えるソグド姓の成立について》，《史学杂志》第118编第12号，2009年，49—50页。当然，如果把这个名字解释为当时安国的称呼还没有固定，所以有不同的写法，也完全可以成立，而且合乎斉藤氏的看法。

② M. L. Carter, "Notes on Two Chinese Stone funerary Bed Bases with Zoroastrian Symbolism", *Iran Questions et connaissances, vol. I: La periode ancienne* (Studia Iranica. Cahier 25), ed. Philip Huyse, Paris 2002, pp.263–287.

③ 王绣编《洛阳民间收藏精品集》，解放军外语音像出版社，2009年，126页。

对此表示怀疑。后来曾得到大唐西市博物馆的邀请，但因为事情较多而一直没有前去考察。现在只是就葛先生的论文提出一些思考，如果这些疑问得到圆满的解释，我非常希望这是一方新出的隋代粟特人的真实史料。

2. 史盘陀及其后代·与康、安两氏的通婚

洛阳曾出土《唐呼论县开国公新林府果毅墓志》，称墓主“公讳陀，字景□，□会稽人□”，姓已失，贞观七年（633）卒，显庆四年（659）葬[①]。又千唐志斋藏《安怀夫人史氏合葬墓志》记：“夫人史氏，陇西成纪人也。祖盘陁，唐任扬州新林府车骑将军，呼仑县开国公。父师，□朝左□卫。”夫人长寿二年（693）卒，春秋六十有四[②]。《康君夫人史氏墓志》记：“夫人姓史，洛州洛阳人也。祖□陁，呼论县开国公，新林府果毅。父英，左卫郎将，袭封父邑。显庆六年（661）二月廿三日，终于私第，春秋卅有六。”[③]赵振华先生指出，这是同一个血亲家族的三代人。由此我们不仅可以补史陀的姓，也可以补全他的名字“盘陀”，这是粟特人最常用的名字[④]。而且，还可以从河西的会稽，到陇西的成纪，再到河南的洛阳，画出这个家族的迁徙路线。关于这个家族，最近

① 洛阳古代艺术馆编《隋唐五代墓志汇编·洛阳卷》4，天津古籍出版社，1991年，17页；《唐代墓志汇编》，297页；《全唐文补遗》2，三秦出版社，1995年，160—161页。

② 《隋唐五代墓志汇编·洛阳卷》7，21页；《全唐文补遗》2，325—326页。

③ 《隋唐五代墓志汇编·洛阳卷》4，72页；《全唐文补遗》2，171页。

④ 赵振华《唐代粟特人史多墓志初探》，《湖南科技学院学报》第30卷第11期，2009年11月，79页。

发表的材料又有新的补充，即《康老师及夫人史氏墓志》：“夫人史氏，即呼论公之孙也。”是史盘陀的第三个孙女，她所嫁给的康老师，“其先康国人也。曾祖宝，康国王之第九子也。周游击将军，以西诸国首领。”康老师是康国贵胄，虽然没有什么正式的官衔，但“金鞍宝马”，潇洒富裕，像是个粟特商人。两人以垂拱三年（687）合葬于北邙山之平乐原[①]。这一组四方墓志，也为我们提供了唐高宗武则天时期洛阳粟特康、安、史三姓之间的通婚情况。

3. 唐少府监郑岩墓志

赵振华先生近撰《唐少府监郑岩及其粟特人祖先》一文，介绍了一方非常重要的与粟特人相关的墓志，即近年在洛阳市伊川县彭婆乡许营村发现的《唐少府监郑岩墓志》，青石质，边长 78 厘米，楷书 27 行，满行 29 字。右下角缺失，失落 10 余字。墓志为宪部尚书张均撰，略云：

> 維天寶十一載歲在壬辰正月己卯朔十七日乙未，銀青光禄大夫、□□□、上柱國、咸林縣開國伯鄭君卒于咸寧之親仁里，春秋六十有五。……夏五月□□□十五日辛未，歸窆于河南伊汭鄉萬安南原。
>
> 君諱岩，字良石，河南滎陽人。周之胄系，昔宣王封

① 《全唐文补遗》8，294—295页；《洛阳新获墓志续编》，54页。参看毛阳光《洛阳新出土唐代粟特人墓志考释》，《考古与文物》2009年第5期，77—78页。

友于鄭，氏之以國。……君六代曰盤陁，當後魏練次名宗，尤推北祖之盛。烈考齊州曆城丞，出為循良，入為孝悌；藴沖德以潛施，克追榮以顯複。君即曆城府君次子，故工部薛紘之甥。……君夫人，余之女弟。德配君子，行標母儀。嗣子潤，次汲，次泌，並以貞秀履清貫。

这方墓志非常重要，因为《新唐书·宰相世系表》载郑岩前三代为："德淹。行谌，萨宝果毅。琰，历城主簿。"郑岩的祖父郑行谌曾任"萨宝果毅"，过去我们对这样一位纯汉人的名字而担任胡人的职官一直不得其解。据赵振华先生的考证，撰志者张均是郑岩的妻兄，即紫微令、燕国公张说的长子，郑岩是张说的女婿。《新唐书·宰相世系表》记郑氏出自姬姓，即周宣王姬静的异母弟姬友受封于郑（今陕西华县），为郑国国君，因以为姓，这是一般唐人墓志都有的假托之词。但墓志特别把自己的祖先追述到"六代曰盘陁，当后魏练次名宗，尤推北祖之盛"。"盘陁"显然是胡名，表明墓志是有意以六代祖"盘陁"来表示自身本源于异域外族，而郑岩之祖行谌为"萨宝果毅"，也可看出这支所谓世代右族的荥阳郑氏，其出身显系假托。他们原本应当是粟特人，通过和荥阳郑氏北祖的通谱手法，改作郑姓，这些可能发生在唐朝初年郑行谌任萨宝果毅之后。由此，他们这家粟特人成为汉族一员，行谌子琰娶河东薛氏，郑岩则成为张说的女婿，如果不是墓志作者有意把其六代祖"盘陀"写出来，我们是不知道这个郑岩家族原本应当是粟特人的[①]。

这个例子对于粟特人的研究极其重要，以前我讨论萨宝问题，结论基本上是萨宝均为粟特人担任，而萨宝府成员也基本上是胡人[②]，唯觉郑行谌一位难以解释。这个墓志的发现，可以使疑问涣然冰释。而且，郑氏一家的例子，也对今后审视其他汉姓人士的先祖胡名现象，有普遍的意义。

4. 洛阳景教经幢与安史之乱后洛阳的粟特聚落

我曾经仔细对比过安史之乱前后粟特人墓志的不同。在此之前所写的墓志上，粟特人并不讳言出身，有些直接说是西域某国人。但是，由于安禄山、史思明等叛乱首领出身粟特，所以安史之乱后的唐代社会弥漫着一股反对“胡化”的社会思潮，生活在中原的大多数粟特人的墓志有个明显的变化，即讳言出身，他们力图用改变自己的出身和郡望的做法，来与胡人划清界限，如武威安氏改姓李氏，康姓附会出自会稽，何氏自称望在庐江，有些粟特人则迁徙到河北三镇，寻求自己的新家园[③]。新出石刻史料

---

① 赵振华《唐少府监郑岩及其粟特人祖先》，《中国历史文物》（待刊）。此承赵先生提供大作电子文本，谨此致谢。

② 荣新江《萨保与萨薄：北朝隋唐胡人聚落首领问题的争论与辨析》，叶奕良编《伊朗学在中国论文集》第3集，北京大学出版社，2003年，128—143页；《北朝隋唐胡人聚落的宗教信仰与祆祠的社会功能》，荣新江主编《唐代宗教信仰与社会》（《北京大学盛唐研究丛书》），上海辞书出版社，2003年，385—412页；Rong Xinjiang, “Sabao and Sabo: On the Problem of the Leader of Sogdian Colonies during the Northern Dynasties, Sui and Tang Period” (tr. by Wang Yuanyuan), *Collection of Papers on Iranian Studies in China*, ed., by Ye Yiliang, Peking University Press, 2009.5，pp.148–162。

③ 荣新江《安史之乱后粟特胡人的动向》，纪宗安、汤开建主编《暨南史学》2，暨

对于这个看法有新的补充。

2006 年 5 月，洛阳隋唐故城东郊出土一件十分珍贵的景教经幢石刻，前面刻写《大秦景教宣元至本经》，后面为经幢题记，记录了元和九年（814）当地景教僧人清素与从兄少诚、舅安少连，以及义叔上都（长安）左龙武军散将某某等，在洛阳县感德乡柏仁〔里〕买地，为亡妣安国安氏太夫人及亡师伯修建茔墓，并在其上树立景教经幢，参与其事者还有“大秦寺主法和玄英，俗姓米；威仪大德玄庆，俗姓米；九阶大德志通，俗姓康”等。张乃翥先生根据洛阳出土各种碑志材料，包括葬于开成二年（837）的疑为粟特后裔的《史乔如墓志》[①]，推测东都洛阳城外东南隅一带，曾有胡人聚落[②]。对此，我表示赞同。在安史之乱以后的洛阳，还有这样的胡人聚落存在，而且不讳言自己是安国人，并标识“俗姓米”、“俗姓康”等粟特特征，这大概是因为这个聚落有景教作为他们的保护伞。我们知道，在安史之乱中，景教僧作为朔方军的支持者，建立功勋。所以在安史乱后，景教受到官方的保护，在长安的大秦寺树立了《大秦景教流行中国碑》[③]。而这件经幢

南大学出版社，2003年12月（2004年4月），102—123页。

① 见《全唐文补遗》6，149页。

② 张乃翥《洛阳景教经幢与唐东都“感德乡”的胡人聚落》，《中原文物》2009年第2期，98—106页。按，张乃翥先生是最先发现这件经幢价值并向学术界报道的洛阳人，他也在一直探讨这件经幢的出土地问题。

③ 荣新江《〈历代法宝记〉中的末曼尼与弥施诃——吐蕃文献中的摩尼教和景教因素的来历》，王尧编《藏学研究丛刊·贤者新宴》，北京出版社，1999年，142—143页；《中古中国与外来文明》，364—365页。

表明，与长安大秦寺主要以波斯僧为主不同，洛阳的大秦寺是由粟特人为主的，在元和九年时，主要的神职人员是粟特米国和康国出身的人，推测安氏太夫人的丈夫也是一位粟特人（很可能姓米），他们的儿子僧清素同样供职在洛阳的景寺当中，其义叔所任上都禁军左龙武军散将一职，也是唐朝专门给予胡人子弟的。据记载，贞元三年（787）唐朝检括西域胡客，把原由鸿胪寺供给而已在长安有田宅者停其给，使之分隶于神策两军，“王子、使者为散兵马使或押牙，余皆为卒”[①]。重要的是，从清素叔父从长安赶来参加的事实，说明迟至元和年间，两京之间的粟特家族成员，还有着频繁的往来交通。这件经幢提供了中晚唐洛阳粟特聚落的存在，这有助于我们理解在中晚唐时期，洛阳地区一定还有相当多的粟特人存在。

近年在洛阳地区出土的粟特人墓志中，安史之乱前后的都有，如《安公夫人康敦墓志》（垂拱三年）[②]、《康老师及夫人史氏墓志》（垂拱三年）[③]、《史多（北勒）墓志》（开元七年）[④]、《史诺匹延墓志》（开元九年）[⑤]、《康远及夫人曹氏墓志》（开元九

① 《资治通鉴》卷二三二，中华书局标点本，1956年，7492—7493页。
② 毛阳光《新见四方唐代洛阳粟特人墓志考》，74—75页，图1。
③ 《全唐文补遗》8，294—295页；《洛阳新获墓志续编》，54页。参看毛阳光《洛阳新出土唐代粟特人墓志考释》，《考古与文物》2009年第5期，77—78页。
④ 赵振华《唐代粟特人史多墓志初探》，80—82页。
⑤ 毛阳光《两方唐代史姓墓志考略》，《文博》2006年第2期，82页。

年）[①]、《康仙昂墓志》（天宝九载）[②]、《安思温及夫人史氏墓志》（天宝十载）[③]、《何澄墓志》（贞元十八年）[④]、《史然墓志》（元和六年）[⑤]、《庐江郡夫人（何澄夫人）墓志》（元和八年）[⑥]，可以从许多方面补充我们对于洛阳粟特人的认识。

四、关于粟特人的判断问题

我们现在已经拥有了大量的石刻资料，特别是墓志所记录的墓主、祖父辈、妻族、子孙等情况，但一个关键的问题，就是他/她们是不是粟特人。由于近年来粟特首领墓葬的发现和有关粟特的石刻史料的大量公布，产生了一股研究粟特的热潮，但同时也有“泛粟特化”和“泛祆教化”的倾向，就是在没有论证的情况下，判断墓志的主人就是粟特人。在讨论是否为粟特人墓志的时候，有两种情况：一是类似的情况前人已经论证，我们不需要再重复，

① 《全唐文补遗·千唐志斋新藏专辑》，136—137页；《新中国出土墓志·河南》［三］（千唐志斋［壹］）上册，103页，下册，78页；毛阳光《洛阳新出土唐代粟特人墓志考释》，76—77页。

② 毛阳光《新见四方唐代洛阳粟特人墓志考》，78—79页，图4。

③ 《全唐文补遗·千唐志斋新藏专辑》，221页；《新中国出土墓志·河南》［三］（千唐志斋［壹］）上册，169页，下册，124—125页；毛阳光《洛阳新出土唐代粟特人墓志考释》，78—79页。

④ 毛阳光《新见四方唐代洛阳粟特人墓志考》，76页，图2。

⑤ 赵君平编《邙洛碑志三百种》，272—273页；毛阳光《两方唐代史姓墓志考略》，75—76页。

⑥ 毛阳光《新见四方唐代洛阳粟特人墓志考》，76—77页，图3。

可以把志主纳入粟特人的范畴里；另一类是我们在确定其为粟特人的时候，首先需要做一些论证。

从桑原骘藏、向达两位先生以来①，大多数学者主要是根据一个人的姓，再结合有关他的一些记载来判断其是否粟特人。其中中国传统的（先秦以来的）姓氏中所无的康、安、米三姓的人，基本上来说没有问题，虽然康、安两姓的人也可能是康居、安息人，但中古时期这两个中亚古代王国已经不存在了，所以康、安两姓人基本上可以划归粟特人的行列，其中可能只有极少数是汉代入华的康居、安息人的后裔②。另外，史、石、曹、何、穆、毕等姓因为也是传统的中国姓氏，所以需要看史料对相关人物的记载，有与胡人相关的来历、婚姻、宗教信仰等方面的说明，则视作粟特人。

蔡鸿生先生曾综合陈寅恪先生的有关论述，把辨认唐代西胡的标准概括为以下五项："（一）胡貌——深目、高鼻、多须，构成胡人的外部特征，也是胡汉之别的自然标准。（二）胡姓——'以国为姓'是胡姓汉译的通例，'昭武九姓'就是一组典型的西胡姓氏。（三）胡名——音译胡名，与汉名大异其趣。中国史

① 桑原骘藏《隋唐时代に支那に来住した西域人に就いて》，《内藤博士还历祝贺支那学论丛》，京都：弘文堂，1926年，565—660页；收入《桑原骘藏全集》第2卷，东京：岩波书店，1968年，270—360页；向达《唐代长安与西域文明》，《燕京学报》专号2，1930年；收入《唐代长安与西域文明》，三联书店，1957年，1—116页+图1—10。

② 汉代入华的康居、安息人主要是佛教僧侣，基本上没有子嗣。但有些人出家前可能是入华的普通人，但史料记载的为数极少。

乘中的胡名音义，至今仍亟待研讨。（四）胡俗——这是汉胡之别的文化标准。‘胡旋女’能歌善舞，‘酒家胡’营酒为生，‘商胡’行贾，‘火胡’拜火，都是胡俗的具体表现。（五）胡气——即‘腋气’。此点为寅恪先生之创获，‘世之考论我国中古时代西胡人种者，止以高鼻深目多须为特征，未曾一及腋气’，因此，他才撰写了《狐臭与胡臭》的专论。（陈寅恪《寒柳堂集》，上海古籍出版社，1980 年，140—142 页）”[1]也就是说，外貌特征、胡姓、胡名、文化特征以及胡人特有的气味，是判断唐朝西域胡人的五个条件。

另外，福岛惠氏也总结过判断粟特胡人的标准，即（一）出身地的明确记录，（二）先祖曾任粟特聚落首领“萨宝”的职位，（三）与上记条件有血缘家族关系的人，可以肯定为粟特人。而符合下面三个条件的，则是粟特人的可能性极高：（四）与粟特姓的人结为婚姻关系的人，（五）名字可以用粟特语加以解释的人，（六）出自与粟特关系很深的地方的人，这些地点如河西走廊的敦煌、酒泉、武威，以及粟特军人集中的卢龙、成德、魏博镇等[2]。最近，斉藤达也氏在福岛惠论文的基础上也做了归纳：（a）出身地明记为康居、粟特或其他粟特各国，（b）采用粟特语或粟特人特有的名字，如 Nanai，vandak，farn 等，（c）与萨宝有关者，（d）

---

① 蔡鸿生《〈读莺莺传〉的眼界和思路》，蔡鸿生《仰望陈寅恪》，中华书局，2004年，54—55页。

② 福岛惠《唐代ソグド姓墓志の基础的考察》，《学习院史学》第43号，2005年，137—146页。

由于血缘、通婚关系而属于粟特诸姓及同姓社会集团的人，（e）具有在华粟特人特征的产业、身份（如商人、富豪及与西方文化相关者）的胡人[①]。

可见，随着研究的进步，对于胡人的判断日趋严密。归纳上面三位学者的看法以及我自己的意见，我想具有以下特征的人基本上可以判定为粟特人：

（1）声称来自西域或粟特各国，包括康居、安息等古国名称；

（2）具有高鼻深目多须等胡人外貌特征，以及带有胡人气味；

（3）具有康、安、史、石、曹、何、米、穆、毕等胡姓，可能还应当包括罗、翟、贺、鱼（虞）等姓；

（4）具有音译特征的胡名，限于我们的知识，目前只有部分可以用粟特语加以解释；

（5）具有胡人文化特征，如能歌善舞，信奉祆教；

（6）先祖及本人担任胡人聚落首领、萨宝、天主、祆祝等；

（7）与其他胡人通婚者，包括与月氏、波斯、突厥、焉耆等西北胡人；

（8）拥有胡人职业、技能，如商人、酒家、译语人、职业军人、宫廷侍卫；

（9）具有突厥化特征，能战斗、放牧；

（10）具有胡人性格特征，贪财重利，易翻覆、凶狠、勇敢；

（11）其来历、郡望、封爵中有与粟特关系密切的地点如粟

① 斉藤达也《北朝・隋唐史料に見えるソグド姓の成立について》，44页。

特聚落所在地，或代表西方的名词，如天山、蒲海、葱岭、关右。

其中，具有前面六项的话，基本上是可以肯定为粟特人的；后面五项并不是粟特人的专利，其他胡人甚至汉人也同样可能具有，这时就需要同时拥有其他项目。在我们所遇到的实际胡人例证中，不可能一个人的相关记录样样俱全，但如果一个人拥有两三个项目，那也就基本上可以看作是粟特人了。

还有一个问题就是入华以后的粟特人，到底在什么样的程度上说他们是“粟特人”，还是说“粟特人后裔”，也有的学者用“汉化粟特人”，更有的人认为像中晚唐的一些粟特人其实就已经是“汉人”了，这也和“突厥化粟特人”到底是粟特人还是突厥人的问题有关。

这里有个“胡人汉化的世代层次”问题（借用蔡鸿生先生语）。陈寅恪先生在讨论白居易和元稹的世系时，曾经说道：“吾国中古之时，西域胡人来居中土，其世代甚近者，殊有考论之价值。若世代甚远久，已同化至无何纤微迹象可寻者，则止就其仅余之标帜即胡姓一事，详细考辨，恐未必有何发见，而依吾国中古史‘种族之分，多系于其人所受之文化，而不在其所承之血统’之事例言之，则此类问题亦可不辨。故谓元微之出于鲜卑，白乐天出于西域，固非妄说，却为赘论也。”[1]蔡鸿生先生据此认为：“魏晋以降，直至隋唐，胡人汉化的问题，在文化史中占有重要的地位。其中涉及‘兴生胡’与‘土生胡’的差异，似乎不难辨认；至于

① 陈寅恪《金明馆丛稿初编》，生活·读书·新知三联书店，2001年，365—366页。

土生胡中华化程度的深浅，如果没有精确的分析，就比较容易产生混乱。例如，据墓志或文书中的胡姓（源出西胡或东胡之姓），就断言某甲某乙属于胡族种类，甚至认定某时某地仍有胡人聚落，都是很难取信于人的。”[①]这是从方法论上对一些人利用墓志不加分辨地就说是胡人的做法的批评，他认为应当把胡人分作外来的（兴生胡）还是本地成长的（土生胡），要对土生胡的汉化程度深浅，做比较精细的分析。这里批评利用土生胡的墓志或文书来遽下结论的做法，言外之意是这个土生胡已经汉化，不能证明有胡人聚落的存在。

陈寅恪先生这里讨论的问题是已经彻底汉化的元、白两位大诗人，因此觉得种族的问题已经没有什么意义，关键问题是文化。他们既然已经彻底汉化，就以汉人对待之。但是对于粟特研究的取向来说，与陈先生的取向正好相反，也就是要把粟特人的蛛丝马迹发掘出来，来找寻粟特人在中国留下的痕迹。如果这些痕迹只是一个孤证，则会陷入蔡先生所说的陷阱，但如果这些痕迹不是一点，某些地点的这类胡人不止一个，那么就可以建立新的看法了。不过陈、蔡两位先生关于要注意胡人入华的世代问题，的确是关系到如何利用石刻史料来研究粟特人，而不至于“泛粟特化”的关键。

判断一个人是胡人还是汉人，主要的两点是种族和文化，其

① 参看蔡鸿生《〈陈寅恪集〉的中外关系史学术遗产》，蔡鸿生《仰望陈寅恪》，81—82页。

种族是根本，文化是表征。在一个粟特人从本土迁到中国之后，不论种族与文化都是粟特的。而据我的考察，这些早期来到中国的粟特人，一般都生活在自己的殖民聚落当中，与胡人相通婚，所以受到的汉化影响还较少[①]，特别是在种族上他们还没有和汉人通婚混血，所以是地地道道的粟特人。不过在中华居住三代以后，粟特人被融入汉人社会，与汉族通婚，逐渐汉化，慢慢地在文化上越来越呈现出汉文化的色彩，所以三代以后的粟特人，可以说是"汉化粟特人"。但是他们或多或少地仍然保留有我们上面归纳的十一种粟特特征的某些部分，所以他们并不是彻底的"汉人"，我以为叫作"粟特人后裔"或"粟特后裔"比较合适，但粟特人后裔仍然可以说是"粟特人"，这就是本文统称之为"粟特人"的缘故。直到他们的语言、宗教、生活习惯，甚至种族特征都完全汉化，那他就是汉人了，即使他还保留着粟特的"胡"姓。

上面以三代为界限来判断是"粟特人"还是"粟特人后裔"，只是一个笼统的界限，有的可能不止三代就汉化，有的可能几代也没有汉化，其实历史上的实际情况是非常复杂的。比如据我的考察，中古时期的胡人聚落向乡里的转变，各个地方的先后是不一致的，所以各地的粟特人汉化的速度也是不一样的[②]。有些粟特人可能比较集中地生活在某个区域，在历史文献对他们很长一

---

① 参看荣新江《中古中国与外来文明》，111—168页《北朝隋唐粟特聚落的内部形态》一文。

② 荣新江《从聚落到乡里——敦煌等地胡人集团的社会变迁》。

段时间没有记载之后，又突然在晚唐的时候冒了出来，比如沙陀中的粟特人[①]，就是这样还没有怎么汉化的粟特人。还有就是，粟特人的东来中国，不是一个固定的时间到来的，而是在数百年间陆续而来的，所以当早到的人已经汉化之后，新来的还满身胡气，所以我们也不能用同样的标尺来看待同一时期的粟特人。

对于是否粟特人、是粟特人还是粟特人后裔的判断，还有许多工作要做，判断的方法有多种，这里提示两点：

一、在考察一个粟特人的墓志时，如果有同时出土的其他文物，都应当作为考虑墓主人文化特征的组成部分。比如在许多胡人墓葬中，我们可以看到有戒指、作为冥币的东罗马金币、萨珊波斯银币，甚至还有金覆面这样比较少见于汉人墓葬的舶来品。出身武威安氏家族的安元寿，死后陪葬昭陵，他是安兴贵之子，到他这一代这个家族入华已经几代了。他的墓志由国子监祭酒郭正一撰写，如果不知道他是武威安氏后代，很难看出他的种族，在追述祖先的时候，一句不提世代曾为“萨宝”，只是在最后的铭词中，用“妫水导源”来提示他的西域出身[②]。如果我们看同墓的出土资料，他的墓室石门门楣左侧刻有“安胡”二字[③]，表

① 参看森部豊《后晋安万金・何氏夫妻墓志铭および何君政墓志铭》，《内陆アジア言语の研究》16，2001年，1—69页；《8－10世纪の华北における民族移动－突厥・ソグド・沙陀を事例として－》，《唐代史研究》第7号，2004年，78—100页；《唐末五代の代北におけるソグド系突厥と沙陀》，《东洋史研究》第62卷第4号，日本东洋史研究会，2004年，60—93页。

② 《隋唐五代墓志汇编・陕西卷》3，98页；《全唐文补遗》1，67—69页。

③ 见张沛《昭陵碑石》，三秦出版社，1993年，202页，《安元寿墓志铭》注［一］。

明在当时人的眼里，安元寿是地道的安国胡人。这一点是最近到昭陵整理出土文物的北京大学考古文博学院沈睿文先生注意到并告诉我的[①]。

二、利用中国传统的谱牒、姓名学等手段，来追寻粟特人的痕迹。除了我们常常使用的《元和姓纂》、《新唐书·宰相世系表》、《古今姓氏书辨证》之外，要更广泛利用有关家族的谱牒，有关姓氏的各种著作，来弄清楚每一个姓氏的来龙去脉。同时，也要熟悉中国传统的行状、传记、墓志的写法，并了解胡人冒称黄帝子孙、名人后代，以及转换生地、冒称郡望的做法是怎样层累地构筑起来的。其实这种做法不仅仅是胡人墓志如此，汉人的墓志也是如此。

随着新出石刻史料的增多，有助于我们判别粟特人墓志记载的真实和虚构的部分。我们应当合理地利用这些石刻史料，来展现入华粟特人更为丰富多彩的情状，并由此推动粟特研究的日益进步。

（2010年2月6日初稿，7月11日改订，原载北京大学中国古文献研究中心编《北京大学中国古文献研究中心集刊》第11辑《中国典籍与文化国际学术研讨会专辑》，北京大学出版社，2011年12月，200—220页。）

---

① 他还提示，昭陵博物馆（陈志谦执笔）《唐安元寿夫妇墓发掘简报》（《文博》1988年第12期，37—49页）一文误将临川公主墓的门额、门楣、门柱、门坎、门墩（白石质）当做安元寿墓的。安元寿的石门是青石质，在上述简报中只有青石质的两石门扇才是安元寿的。（沈睿文2010年2月3日邮件）

长安学与敦煌学

2003年，笔者在编辑《唐研究》第9卷“长安：社会生活空间与制度运作舞台”研究专辑时，曾撰文《关于隋唐长安研究的几点思考》[1]，对比“敦煌学”，提出要建立“长安学”，加强对隋唐长安的研究，并从四个方面做了论证。文章对比敦煌和长安的研究时说道：

> 笔者在研究隋唐史和敦煌学的过程中，不断在思考一个问题，即长安是兴盛的大唐帝国的首都，敦煌是唐朝丝绸之路上的边陲重镇，由于特殊的原因，敦煌藏经洞和敦煌石窟保留了丰富的文献和图像资料，引发了一个多世纪以来的敦煌学研究热潮；相反，虽然有关长安的资料并不少于敦煌，但因为材料分散，又不是集中被发现，

---

① 原载《唐研究》第9卷，北京：北京大学出版社，2003年，1—8页；收入笔者《中国中古史研究十论》，上海：复旦大学出版社，2005年。

所以有关长安的研究远不如敦煌的研究那样丰富多彩，
甚至也没有建立起像“敦煌学”那样的“长安学”来。

话虽然是这么说了，但笔者并没有对于“敦煌学”和“长安学”的关系加以仔细的论说。经过若干年来对于“长安学”的探索，包括2009年主编《唐研究》第15卷“长安学”研究专号，笔者逐渐对两者的关系有所体悟，这里略加阐述。

与敦煌城相比，长安的城市空间要大一百多倍。长安是中国古代最盛期的隋唐王朝的都城，也是当时东亚地区的一大都会，它既是各种人物活动、各类事件发生演变的中心舞台，也是包罗万象、融汇各种文化因子的社会空间。

长安地区虽然没有发现敦煌藏经洞那样整整一窟的文献，但目前流存下来的隋唐典籍，其实大多数都是在长安撰写、编纂而成的。长安为帝国都城，宫室所在，因此属于政书类的著作，如《唐六典》、《通典》、《唐律疏议》以及集中在《唐会要》、《唐大诏令集》中和散在各种文献中的诏令及格式，除少部分产生在洛阳外，都是在长安编纂或制作出来的；长安是文人荟萃之地，唐朝大量的诗赋、小说、碑铭赞记等各类文体作品，很多都是在长安写作的，像《文苑英华》、《太平广记》、《全唐文》、《全唐诗》搜罗的篇什，大多数都是长安的作品；长安寺观林立，学僧道长汇聚其间，许多佛经都是在长安大寺中传译出来的，道教典籍也是在此地编纂而成，佛道文献中的传记、感应故事等等，多是以长安为背景而撰写的；甚至摩尼教、景教的译经，也都是产生在这里；加上地面上耸立的石碑，地下埋藏的墓志，也都是长安文献的组成部分。因此说，长安虽然没有发现过藏经洞，但长安的文献要比敦煌藏经洞的文献不知多多少倍，而且敦煌藏经洞中的一些文献，也是长安的传抄本，或者就是长安传来的真正的长安文献。

敦煌与长安相比，的确可以说不可同日而语。但敦煌自有敦煌的特色，在某些方面闪烁着光芒。敦煌是个边塞城市，带有很强的军事色彩，这里的大街小巷都有士兵的足迹，民众百姓喜欢有关战争的作品即可为证；敦煌又是一个典型的丝路城市，它位于东西交往的丝绸之路要道之上，更是几条所谓丝路汇集于此的咽喉之地，因此城市呈现出多元文化景观，不仅有佛教、道教，也有三夷教流行，不仅有印度来的僧人，也有中亚来的粟特商队；敦煌当然更具有佛教都会的色彩，佛教无疑在各种宗教文化当中占据主导地位，而且影响着民众的社会生活和精神思想。

敦煌莫高窟幸运地发现了一个藏经洞，在石窟壁画、雕像之外，集中了大量的有关敦煌或产生于敦煌的各类文献资料。这里面三教九流，无所不包，既有高僧念诵的繁琐宗教哲学经典，也有民众喜闻乐听的讲经文、变文；既有正规的儒家典籍藏书，也有学子抄录的识字课本；有代表唐朝诗歌最高水平的李白、王维、白居易的诗歌，也有民间诗人“王梵志”的白话诗，以及学生游戏之作的打油诗；而大量的公私文书、寺院账簿，种类繁多，记录了敦煌社会的方方面面。

因此可以说，长安与敦煌的文献可以互补，“长安学”与“敦煌学”可以相互促进。从材料出发，特别是对比更具有地方特色的出土文献，我觉得两者的互补性亟待开发，特别就长安学的发展来说，可以有许多研究旨趣，这里略举数端：

一、传世的长安文献往往能够告诉我们大历史，一个王朝的政治史是如何演进的，我们离不开两《唐书》，离不开《资治通鉴》；一个王朝的制度变革，我们也离不开《唐六典》、《唐会要》等；这些都是历史研究所不可或缺的部分，也是一个王朝的根本骨架，同时也是我们搭建长安历史殿堂的基础。而敦煌文献往往能够告诉我们小历史，一片文书，一个手卷，记录的范围十分有限，但这些公私文书中保留着很多历史细节，这些细节正是传世隋唐历史文献所不具备的，有些材料可以与明清史料相媲美，甚至更为细致。因此，在传统的政治史、制度史、经济史、思想史、文化史之外，我们还可以利用敦煌文书，来做一些新史学的课题，比如可以做一些社会史、新文化史、性别史、医疗史、儿童史的研究。长安和敦煌，都是中古时期的一方都市，其中发生的事情也有许多共性，因此我们可以利用长安文献，来构筑敦煌历史的总体发展面貌，而运用敦煌文献，来补充长安历史的细节层面。

二、后现代理论给利用传统的编纂史料撰写的历史著作提出挑战，而中国古代一个王朝修完前朝历史即烧掉史馆档案的做法，为这种对正史的质疑提供了借口。但中国古代的史料其实是丰富多彩的，不仅仅有正史，还有私人修的史书，以及文集、笔记、传奇小说等其他材料，相互印证，因此有关长安的传世史料是极富价值的宝贵财产。与此同时，我们也拥有长安及有关长安的大量出土碑志材料，这些虽然大多数也属于编纂史料范围，但和正史、政书毕竟不同。而敦煌文书中的许多牒状、契约、书信、杂写，是完全无意识的保留下来的，是原始的档案，是真实的历史记录。像晚唐沙州归义军在长安的进奏院写给归义军节度使的状文，完全没有任何避讳的词语，极其鲜活地呈现了两班专使对于为节度使求取旌节的不同态度，以及在朝廷上下送礼走门路的真实过程①。因此，对比传世史料、出土墓志、敦煌文书，对同类史事加以研究，或许比只是依赖某一类史料的研究，要更加接近历史。在这方面，我们不论研究长安，还是研究敦煌，都应当尽可能地汲取另类史料。比如我们最近很幸运地找到传世史书、新出土的《李浔墓志》和敦煌文书《张议潮变文》三类史料对于大中十年（856）唐朝册封回鹘可汗的不同记录，从中体会到不同史料对于同一事件的处理方式，以及三类史料最终给予我们的历史面貌②。

三、传世的佛教传记和长安保存的寺院碑刻，记录了长安寺院的盛衰历史。一些著名的碑刻，可以说是中国佛教史的坐标点。

① S. 1156《沙州进奏院状》，录文见荣新江《归义军史研究——唐宋时代敦煌历史考索》，上海：上海古籍出版社，1996年，87—189页。

② 参看荣新江《大中十年唐朝遣使册立回鹘史事新证》，《敦煌研究》2013年第3期，128—132页。

但高僧的碑记和传文往往只是其本人修学和讲道的记录，我们可以从中了解佛教教学和宗教思想的情形，却无法知道长安佛教寺院的全貌。敦煌保存了大量寺院文书，既有各种不同层次的佛教经典，也有大量的寺院行政、财政文书[①]。因此，我们可以利用敦煌资料，来了解唐朝下层僧侣的思想，我们也可以利用敦煌的寺院文书，来推拟长安寺院的社会生活；我们可以使用敦煌寺学的丰富资料[②]，来想象长安寺院的教育功能；我们也可以依据大量存在的敦煌讲经文和变文[③]，来看长安佛寺作为大众娱乐场所的世俗化情境。敦煌的资料有许多都可以折射出中晚唐长安寺院的同样情形。

四、传世史料和长安出土的墓志，已经为长安的坊里增补了大量人物宅第，但限于编纂史料的性质，特别是墓志本身所记以历官为主，所以相关人物在坊里的行事，我们知之甚少。最近由于郭子仪家族墓的发现，我们对郭家在长安坊里的居住情形有了新的认识[④]，但坊里生活的细节还是十分缺少。敦煌，还包括吐鲁番出土的文书，有时候或许可以增加我们对长安坊里生活的认

---

① 参看谢和耐《中国五—十世纪的寺院经济》，耿昇译，兰州：甘肃人民出版社，1987年；姜伯勤《唐五代敦煌寺户制度》，北京：中华书局，1987年。

② 参看郑阿财、朱凤玉《开蒙养正——敦煌的学校教育》，兰州：甘肃教育出版社，2007年。

③ 参看黄征、张涌泉《敦煌变文校注》，北京：中华书局，1997年。

④ 田卫卫《唐长安坊里辑补——以大唐西市博物馆藏墓志为中心》，《碑林集刊》第18辑，2012年，108—129页；荣新江、李丹婕《郭子仪家族及其京城宅第——以新出墓志为中心》，《北京大学学报》2013年第4期，17—26页。

识。比如敦煌有一些坊巷结社的社条①，完全可以推想长安一些坊里的同样社会组织和社会运作。而我们幸运地在吐鲁番墓葬文书中，找到一组来自长安新昌坊质库（当铺）的帐历，使得我们对于安史之乱以前长安街东新昌坊穷困人家的生活状况有了了解，而对比安史之乱后文人官僚如白居易等人的新昌入住，使这里的人文、自然景观大为改观，变成长安城内最宜居住的区域②。如果没有吐鲁番文书资料，我们无法看出新昌坊的变迁。在敦煌、吐鲁番文献的帮助下，我们或许可以做某些社区，或某类长安坊里的研究的。至少我们可以利用敦煌文献，来补充长安历史的一些细节。

五、长安作为一大都会，曾经聚集了大量的财富，其中包括各种收藏，有典籍，有艺术品，还有各种“宝物”，但随着历史车轮的前进，长安的收藏，早已不复存在。长安留存下来的文献，又经过宋代以后的“刻本化”，书籍的原始形态也已无法展现。幸运的是，敦煌文献中保存了抄本时代书籍的原本形式，可以让我们知道长安书籍的主体面貌。同时，敦煌文献里也保存了一部分原本就是长安的文献，比如所谓“宫廷写经”，即武则天为其父母供养的《金刚经》和《妙法莲华经》，极其精美③；一些拓

---

① 参看郝春文《中古时期社邑研究》，台北：新文丰出版公司，2006年；孟宪实《敦煌民间结社研究》，北京：北京大学出版社，2009年。

② 王静《唐代长安新昌坊的变迁——长安社会史研究之一》，荣新江主编《唐研究》第7卷，北京：北京大学出版社，2001年，229—248页。

③ 赵和平《武则天“御制”〈金刚般若经序〉及〈妙法莲华经序〉再研究》，波波

本、写本、刻本，都是从长安直接或间接传来，还有一些是长安文献的转抄本或再转抄本，如开元道藏和律令格式，都是经过凉州而转抄到沙州，长安东市的刻本灸经，甚至被改作抄本流传到敦煌[①]。

六、长安的寺观早已毁灭，壁画、雕像荡然无存，只有《历代名画记》、《寺塔记》等书的记载，可以让今人想象吴道子等隋唐时代最有名的画家画壁的样子。所幸敦煌石窟保存了大量同类的图像，虽然不是像长安那样多是高手所为，但可以根据这些雕刻和绘画，部分复原长安寺院壁画中的一些尊像、经变、佛传等画作。敦煌壁画的图像对于长安研究还具更为广阔的功用，建筑史家早已指出，敦煌壁画中的一些城市、坊里、宫殿、宅居的形象，并非敦煌本地所有，而是长安的景象，因此可以作为复原、模拟长安地面上的建筑景象的参考[②]。敦煌石窟壁画上还有对于当时物质文化许多层面的表现，有些是写实的场景，可以据以来看包括长安在内的唐人物质生活；有的则是对佛教天国的描写，那也表现了唐人最理想的物质文化形态。这些图像材料可以和敦煌文书中的寺院财产帐历（什物历）结合起来，与法门寺出土的物账单加以对比，来考察长安、敦煌两地佛教物质文化的面相和

娃、刘屹主编《敦煌学：第二个百年的研究视角与问题》，圣彼得堡，2012年，339—344页。

① 妹尾达彦《唐代长安东市の印刷业》，《东アジア史にぉける国家と地域》，东京：刀水书房，1999年，200—238页。

② 参看萧默《敦煌建筑研究》，北京：文物出版社，1989年。

层级。

以上所举，只是利用“敦煌学”的成果来研究长安的几个可能方向，相信在今后的“长安学”研究中，“敦煌学”的成果会起到直接、间接的作用。我们期待着“长安学”与“敦煌学”，相互促进，比翼双飞。

（2014年10月1日完稿，原载黄留珠、贾二强主编《长安学研究》第1辑，中华书局，2016年1月，11—15页。）